maritim

Das Buch

Jörg Wilhelm, in Friedenszeiten einer der besten deutschen Hochseesegler, der 1938 als Steuermann beim berühmten Fastnet Race vor Cowes den zweiten Platz belegte, arbeitet seit Ausbruch des Krieges, UK-gestellt, auf der Werft seines Großvaters in Kiel als Bootsbauer. Im Herbst 1940 erhält er unerwarteten Besuch von einem Major der Abwehr, der ihn vor die Alternative stellt, entweder an die Front zu müssen oder mit einem unauffälligen Schoner vom italienischen Tarent aus heimliche Agententransporte nach Kreta durchzuführen. Als der Skipper zögert, darauf einzugehen, wird er mit der fiesen Drohung erpresst, der Schwiegervater seines Bruders Herrmann, der bei der U-Boot-Waffe ist, könnte als Vierteljude auf Nimmerwiedersehen aus dem Verkehr gezogen werden. Jörg Wilhelm bleibt nunmehr keine andere Wahl.

Mit einer von ihm aus »wilden Vögeln« der ehemaligen Hochseeseglerszene bunt zusammengestellten Crew lässt er sich notgedrungen auf den riskantesten Törn seines Lebens ein.

Der Autor

Richard Storm, Jahrgang 1956, befährt als Kapitän eines Containerschiffs die europäisch-asiatischen Routen. Während seiner langen Seereisen hat sich der passionierte Freizeitsegler schon immer speziell mit deutschen marinehistorischen Themen beschäftigt. Mit Des *Teufels Skipper* legt er nun seinen ersten Roman vor.

Richard Storm

Des Teufels Skipper

Thriller

Ullstein

Besuchen Sie uns im Internet:
www.ullstein-taschenbuch.de

Umwelthinweis:
Dieses Buch wurde auf chlor- und säurefreiem Papier gedruckt.

Originalausgabe im Ullstein Taschenbuch
1. Auflage Juli 2009

Umschlaggestaltung: HildenDesign, München /
Buch und Werbung, Berlin
Titelabbildung: Tine Ehrlich
Satz: LVD GmbH, Berlin
Gesetzt aus der Sabon
Druck und Bindearbeiten: CPI – Ebner & Spiegel, Ulm
Printed in Germany
ISBN 978-3-548-28094-3

Prolog

1938

»Er fällt ab!«

Jörg Wilhelm stieß einen Fluch zwischen den Lippen hervor. Auch ohne den Zuruf seines Vorschotmannes hatte er bereits gesehen, was vor sich ging. Beinahe automatisch kontrollierte er die Stellung der Segel. Die *Undine* lag hart am Wind und trug alles, was sie tragen konnte. Beinahe glaubte Wilhelm schon, er könne sehen, wie der Mast sich bog – aber nicht brach. Darauf kam es an oder war es angekommen, bis der Engländer ihn überrascht hatte.

»Er spielt auf Reglement!«

»Verdammt, du kannst ihm nicht den Wind wegnehmen!« Anton, der ebenso durchnässt wie alle anderen auf dem Vorschiff hockte, spuckte in die Gischt. »Die Rennkommission wird dich dafür kielholen!«

Der Steuermann nickte mit einem jugendlichen Grinsen. »Richtig, also auf mein Zeichen! Wir gehen durch den Wind!« Es war ein Spiel um Sekunden geworden. Näher und näher schob sich der Schatten der *Undine* an das Kielwasser der englischen *Tigress* heran. Wenn er es kreuzte …

»Reeeeee!«

Das große Rad wirbelte herum, und Wilhelm duckte sich, als der Baum herumschwang. Der Mast knirschte unter dem

Wechsel des Drucks gefährlich, als das Vorsegel killte. Gischt spritzte am Bug in hohen Fontänen auf.

Die Männer auf dem Deck holten mit aller Kraft die Taue durch. Es war ein eingespieltes Manöver, eine eingespielte Crew. Wilhelm spuckte in die vorbeirauschende See. »Mal sehen, wie ihm das gefällt!«

Meter um Meter kamen die mehr als sechzig Fuß der Yacht herum, kämpften sich mit killendem Vorsegel durch den Wind. Donnernd füllte sich das Groß wieder, und das Boot legte sich an den Wind. Auf dem Deck der *Undine* sah es so aus, als würden sie ihm direkt in die Zähne segeln, aber in Wirklichkeit lagen sie noch gut zwei Strich ab auf Steuerbordbug am Wind. Und dieses Mal bog sich der Mast wirklich.

»Hoch mit dem Vorsegel!« Wilhelm brüllte, bis er heiser war. Zweifelnde Blicke trafen ihn, aber die Männer taten, was sie konnten. Er war der Steuermann, er musste wissen, was er tat. Vertrauen war das Einzige, was jetzt zählte.

Der Bug stampfte ein paar Mal hart in der See. Jörg Wilhelm blickte über die grauen Wogen. Der Wind war zu stark, er konnte so nicht durchhalten. Der Skipper der *Tigress* hatte alles auf eine Karte gesetzt. Aber nun, statt auf gleichem Bug mitzulaufen, nur höher am Wind, lief seine *Undine* auf anderem Bug. Sie würden das Kielwasser des Engländers kreuzen, aber der Abstand war groß genug. Keiner konnte ihm nachsagen, er hätte Segel reffen müssen, um dem Konkurrenten nicht den Wind wegzunehmen. Regattareglement.

Der Wind heulte im Rigg, und wieder kam Wasser über. Aber die Segel zogen, sie zogen …

Anton, der Vorschotmann, blickte nach achtern zu der einsamen Gestalt am Rad. Breitbeinig stand der Skipper auf dem schrägen Deck, als seien seine Segelschuhe dort festgewachsen. Auf dem Ruder musste ein enormer Druck lasten, aber der große Mann hielt das Steuer mit eiserner Hand. Zufrieden grinste Anton. Der Skipper mochte verrückt sein, einige behaupteten das zumindest. Andere hingegen flüsterten hinter vorgehaltener Hand, er stehe mit dem Teufel im Bund. Wieder andere behaupteten, er würde gar nicht in diese Zeit passen, und tatsächlich hätte Anton ihn sich auch auf dem Achterdeck einer Fregatte oder eines Piratenschiffs vorstellen können. Egal, wie. Hauptsache hoch am Wind und frei.

Anton spürte den Blick des Steuermannes auf sich und erwiderte das Grinsen. Es war Wahnsinn. Er blickte zum Verklicker. Böig! Der Wind war stark, aber etwas böig! In plötzlichem Begreifen sah er wieder nach achtern. Wilhelm hielt das Gesicht in den Wind, als wolle er dessen Absichten erschnüffeln. Die blauen Augen blitzten, das dunkelblonde Haar, wie üblich zu lang, wehte steif aus. Anton blickte kurz zur *Tigress*, die sich im Augenblick entfernte. Vom Engländer schallte lautes Johlen herüber, wahrscheinlich feierten die Tommys schon ihren Sieg. Eine Spur von Mitleid lag in Antons Blick. Der Wind würde ausschießen. Der Engländer hatte den richtigen Kurs gewählt, falls er krimpen würde oder durchstand – aber nicht, wenn er ausschoss. Und ausschießen würde er. Der Skipper hatte es gewusst, natürlich. Des Teufels Skipper!

1. Kapitel

Ein Angebot, das man nicht ablehnen konnte

Der frühe Herbst 1940 zeigte sich in Deutschland noch einmal von seiner besten Seite. Während sich die Bäume bereits golden färbten, wehte doch noch ein warmer Wind, und sogar an der Küste ließen die ersten Herbststürme noch auf sich warten. Es war ein Wetter, das zu Spaziergängen, vielleicht auch zum Reisen einlud.

Aber Reisen, das war schwierig geworden, wenn man nicht gerade in die Schweiz, nach Österreich oder Italien wollte. Denn Deutschland befand sich im Krieg. Ein Krieg, den man im Begriff war zu gewinnen, wollte man den täglichen Radiosendungen Glauben schenken. Die Engländer saßen auf ihrer Insel fest, und es war nur eine Frage der Zeit, bis sie ausgehungert sein würden – auch wenn die Invasion Englands, die jeder, einschließlich der Engländer selbst, täglich erwartete, bislang nicht stattgefunden hatte. Stattdessen war es zur Luftschlacht um England gekommen, und die hatte die deutsche Luftwaffe verloren. Eine Tatsache, deren Verschleierung selbst Goebbels schwerfiel.

Der Herbst 1940, das war aber auch eine Zeit hektischer Aktivität. Alle Werften entlang der Küste waren nach wie vor vollkommen ausgelastet: Die größeren bauten U-Boote, die kleineren je nach ihren Möglichkeiten Minensucher, U-Boot-

Jäger, oder, wenn die Kapazitäten der Betriebe nichts anderes hergaben, Marinefährprähme. Kastenartig, mit einer Rampe am Bug, klein und billig zu bauen, galten diese MFPs zunächst eher als eine der vielen Notlösungen der Marine, als die Invasion – die Operation Seelöwe gegen England – noch auf der Tagesordnung gestanden hatte. Mittlerweile hatten diese Fahrzeuge jedoch eine andere Rolle übernommen: Mit Sandsäcken, Betonplatten und was eben gerade so zur Verfügung stand, um dem Steuerhaus etwas Schutz zu gewähren, und bewaffnet mit einer Vielzahl leichter Waffen hatten sich die Prähme zu einem der beiden Gegenspieler der britischen Schnellboote im Kanal entwickelt. Sie waren Geleitzug und Eskorte in einem, zu flach, um torpediert zu werden, aber zu schwer bewaffnet, um leichte Beute darzustellen. Also wurden immer mehr solcher MFPs gebaut, obwohl die Invasion auf unbestimmte Zeit verschoben worden war.

Jörg Wilhelm kontrollierte den Rumpf Meter für Meter. Aber alles schien in Ordnung zu sein. Missmutig wandte er sich um. »Hässlich, aber in Ordnung.«

Einer der Werftarbeiter lachte, aber das ging im Lärm der pneumatischen Hämmer unter, mit denen auf der Helling nebenan bereits der nächste Rumpf zusammengenietet wurde. Über den Männern, an Deck, blitzte schon wieder der Funkenregen eines Elektroschweißgeräts auf.

»Ich schau mir mal an, was die da oben treiben.« Der große Mann schüttelte den Kopf. »Falls da überhaupt einer versteht, was ich sage.« Mit wenigen Schritten war er auf einer Leiter und verschwand nach oben – eigentlich nicht an Deck, denn der Prahm war nicht mehr als eine viereckige Wanne, und nur am achteren Ende war das Steuerhaus auf einer Plattform nach oben versetzt. Irgendwo musste man ja die Maschinen unterbringen.

Die Männer blickten auf und begrüßten ihn mit unverständlichen Worten. Kein Wunder, der größte Teil von ihnen waren Polen. Sicher nicht freiwillig hier, aber es war besser, als anderswo in Lagern zu hocken. Und sie leisteten gute Arbeit. Zufrieden hob er einen Daumen. Der Sockel für die leichte Flak war sauber auf den Spant geschweißt. Einer der wenigen Punkte, an denen man sicher sein konnte, dass alles hielt, auch wenn der Zwilling darüber ein paar hundert Schuss pro Minute raushämmerte.

Jörg Wilhelm stieg hinauf ins Steuerhaus. Von hier konnte er das Werftgelände überblicken. So groß war es ja nicht. Aber Wilhelm und Söhne bauten seit hundertzwanzig Jahren Boote. Die Söhne waren zu Vätern geworden und dann zu Großvätern. Jörg war bereits die vierte Generation von Bootsbauern, die hier an der Schleimündung gearbeitet hatten. Boote gebaut hatten. Nicht Dinger wie diese hässliche Monstrosität, wie dieser Prahm, auf dem er gerade stand, sondern richtige Boote, Yachten. Boote zum Vergnügen, für Rennen. Sein Blick verweilte auf der unter Persenningen verhüllten Form am Rand der Werft hinter der letzten Helling. Die *Undine*. Sein Boot. Der Hilfsmotor war zwar der Materialerfassung zum Opfer gefallen, aber alles andere war noch da und wartete auf bessere Zeiten.

»Onkel Jörg!«

Die helle Stimme schien sich problemlos auch gegen den Lärm der Werft durchzusetzen. Jörg Wilhelm trat aus dem Steuerhaus und beugte sich über die Reling, während er sich ein weiteres Mal fragte, woher der Knirps eigentlich die Luft nahm. »Hier oben, Rudi!«

Ein kleines Gesicht – im Augenblick vor Konzentration verzerrt – eines etwa acht Jahre alten Jungen blickte ihn von unten an. »Großvater sagt, du sollst kommen, Onkel Jörg. Da sind Männer, die mit dir reden wollen.«

»Kannst du Großvater sagen, ich komme gleich?«

»Er hat gesagt, sofort!«

Das klang ungewöhnlich. Ungewöhnlich und nicht gut. Jörg spürte ein leises Unbehagen, als würde sich der Wind drehen. Aber äußerlich klang er ruhig, während er ein Bein über die Leiter schwang. »Dann schauen wir mal, was er für mich hat.«

Rudi verschwand wie ein geölter Blitz im Gewirr der Werft. Verdammt schnell, der Kleine.

Major Dietrich Reinhard lehnte sich zurück und ließ den Blick durch den großen Raum gleiten. In Adolf Wilhelms Büro schien die lärmende Welt der Werft weit entfernt zu sein. Schwere Möbel, die warmen Farben von edlem Holz und Leder. Mehr ein Herrenzimmer als ein Arbeitsplatz. Aber Reinhard hatte seine Hausaufgaben gemacht. Die Wilhelms hatten hier Boote verkauft, deren Preis weit über dem Jahressold eines Majors lag. Verdammt, weit über zehn Jahressolden! Das tat man nicht hinter einem Schreibtisch, sondern bei einer guten Zigarre und einem Cognac.

Zufrieden betrachtete der Major die Pokale und Plaketten in einer Vitrine hinter dem alten Mann. Alles aus einer anderen Zeit, aber es zeigte, dass der Apfel nicht weit vom Stamm fiel. Für Reinhard eine beruhigende Vorstellung.

Die Tür öffnete sich, ohne dass der Major ein Klopfen gehört hätte. Adolf Wilhelm blickte auf. In der Tür stand ein großer, schlanker Mann. Das dunkelblonde Haar war für den Geschmack der Zeit etwas zu lang. Aber Reinhard achtete mehr auf die Augen: blaugrau, wie die See selbst.

»Jörg, schön, dass du kommst.« Der alte Wilhelm lächelte gleichmütig. »Wir haben Besuch. Major Reinhard ...« Er zögerte und sah den Major an. »Er möchte dich sprechen.«

Reinhard musterte Jörg Wilhelm kurz, dann streckte er die Hand aus. »Schön, Sie kennenzulernen.« Er verkniff sich die

Bemerkung, dass Jörg keine Ähnlichkeit mit seinem Vater hatte. Während Adolf Wilhelm eher kompakt wirkte, machte Jörg einen schlanken, durch seine Größe beinahe schon hageren Eindruck. Selbst der Blaumann konnte aber nicht verbergen, dass beide Wilhelms Autorität ausstrahlten. Selbstsicherheit. Reinhard, zu dessen Aufgaben es gehörte, Menschen zu beurteilen, hatte das Gefühl, er könne diese Ausstrahlung fast greifen.

»Ganz meinerseits. Was kann ich für Sie tun, Major?«

Reinhard zuckte mit den Schultern. »Ich habe ein paar Fragen, die in Ihr Fachgebiet fallen. In Ihrer beider Fachgebiet.«

Jörg Wilhelm ließ sich trotz Blaumann ungefragt in einen der Ledersessel seines Vaters fallen. »Dann schießen Sie mal los!«

»Jörg!« Adolf schüttelte den Kopf. »Losschießen!« Aber die beiden Männer wechselten einen kurzen Blick, ein angedeutetes Grinsen, das mehr verriet als tausend Worte. »Aber bitte, ich wollte Sie nicht unterbrechen, Major.«

»Mittelmeer!«

Die beiden Wilhelms sahen ihn verdutzt an. »Mittelmeer?« Es klang, als hätte Major Reinhard genauso gut »Eierkuchen« sagen können. »Vielleicht geht es etwas konkreter?«

»Was wissen Sie über die Situation im Mittelmeer?«

Wieder wechselten die beiden Wilhelms einen kurzen Blick, dann zuckte Jörg mit den Schultern. »Nun, es liegt südlich von Frankreich, Italien und Griechenland und nördlich von Afrika. Als ich das letzte Mal da war, war es mit Wasser gefüllt.« Die blaugrauen Augen blinzelten. »Was um alles in der Welt wollen Sie wissen, Major? Ich habe viel zu tun, und ich nehme an, Sie auch?«

»Aber Sie wissen, dass ein Krieg ausgebrochen ist?« Reinhard schnippte ein unsichtbares Stäubchen von der Uniform. »Das hat sich wohl auch schon zu Ihnen herumgesprochen?«

»Hören Sie, Major. Mein Bruder ist irgendwo auf einem U-Boot unterwegs. Wir bauen hier Landungsprähme im Akkord, und die Hälfte unserer jüngeren Arbeiter wurde eingezogen. Was …«

»Jörg!« Ein Wort nur, aber es reichte, um den jüngeren Wilhelm verstummen zu lassen. Adolf Wilhelm beugte sich vor und fixierte den Major. Der alte Mann, der er war, schien irgendwie wie durch Zauberei verschwunden. Die Augen des Vaters blitzten, und sein Gesicht zeigte keine Spur von Gemütlichkeit mehr. »Und Sie, Major, kommen Sie jetzt vielleicht zur Sache?«

»Wie Sie wünschen«, sagte Reinhard ungerührt. Er kannte das alles zur Genüge. Sie würden sich zwar widersetzen, aber am Ende hätten die beiden keine andere Wahl. Denn Major Dietrich Reinhard hatte seine Hausaufgaben gemacht. Er machte sie immer. Ein kaltes Lächeln spielte um seine Lippen. »Wie Sie vielleicht aus den Wehrmachtsberichten wissen, sind unsere Verbündeten, die Italiener, in Nordafrika tätig.« Keine Spur einer Gefühlsregung oder etwa gar Mitleid klang in der Stimme des Majors mit. »Nicht sehr erfolgreich, sollte ich hinzufügen. Die Verluste sind hoch, und es gelingt den Tommys immer wieder, die Italiener zu übertölpeln. Wir denken, das liegt unter anderem auch an der erfolgreichen Spionage der Engländer.«

»So weit kann ich folgen. Aber wir hier sind Bootsbauer, keine Spione. Ich sehe nicht, wie wir Ihnen helfen könnten, Major.«

»Spione haben wir, auch wenn ich Ihnen darüber natürlich nicht mehr sagen kann. Jedenfalls nicht im Augenblick.« Major Reinhard zauberte ein entschuldigendes Lächeln auf seine Lippen. »Was wir brauchen, ist ein Taxi.«

Plötzlich herrschte Schweigen. Die beiden Wilhelms sahen ihn verständnislos an. Es war Jörg, der zuerst die Sprache wiederfand. »Ein Taxi? Sie meinen, ein Boot, das Ihre Agenten durchs Mittelmeer schippert?«

»Sie sind nicht nur Bootsbauer. Vor dem Krieg galten Sie als einer der erfolgreichsten Regattasegler der Welt. Zweiter auf der Fastnet-Regatta, Gewinner der Ägäis-Regatta, Vuitton Cup, Sieger der Kieler Woche ... die Liste erscheint endlos. Auch einige Mittelmeerregatten.«

»Sie denken an ein Segelboot?« Jörg blickte den Major mit einer Mischung aus Belustigung und Entsetzen an. »Vergessen Sie es!«

»Wieso?«

»Wieso?« Jörg schüttelte den Kopf. »Sie haben es vielleicht wirklich noch nicht gehört, aber es ist ein Krieg ausgebrochen. Seither ist das Regattasegeln etwas eingeschlafen. Wenn da unten eine Rennyacht auftaucht, wird jeder englische Zerstörer das Boot sofort in den Grund bohren. Mitsamt Besatzung und Ihren kostbaren Spionen. Deshalb!«

In Reinhards Gesicht zuckte kein Muskel. »Dann denken Sie besser mal nach, wie es klappen könnte.« Der Major beobachtete eingehend Jörgs Gesichtsausdruck. »Die Agenten müssen an die Küste gebracht werden, und sie müssen wieder abgeholt werden. U-Boote kommen nicht in Frage, weil viele der Landeplätze zu seicht sind. Außerdem haben wir nicht viele Boote im Mittelmeer.«

»Wenigstens sind Sie ehrlich.« Adolf Wilhelm musterte den Oberst misstrauisch. »Sie sind doch ehrlich? Sie sind wirklich nur mit dieser verrückten Idee zu uns gekommen, um nach unserer Meinung zu fragen?«

Dietrich Reinhard schüttelte den Kopf. »Nein, nicht ganz, Herr Wilhelm.« Er zögerte. »Die Idee, Segelboote einzusetzen, ist nicht so verrückt, wie sie sich anhört. Sie brauchen keinen Brennstoff, können also lange Strecken zurücklegen, ohne auf Versorgung angewiesen zu sein. Die Boote sind nicht groß, können also auch an flachen, einsamen Landeplätzen Agenten absetzen …«

»Nur erwischen lassen dürfen Sie sich nicht. In Gibraltar und Alexandria sitzt die Royal Navy, falls Sie das vergessen haben sollten. Die Italiener in allen Ehren, aber die sind nicht diejenigen, die da draußen das Heft in der Hand haben.«

»Und Nordafrika ist für die Tommys lebenswichtig. Es ist nach dem Fall von Frankreich ihre Versorgungsbasis.« Zum ersten Mal wirkte der Major verunsichert. »Wir befürchten auch, dass Mussolini sich übernommen hat – und sich vielleicht auch ein zweites Mal übernehmen wird.«

»Wo sollte der denn hinwollen?« Jörgs Augen wurden groß. »Oh nein, doch nicht etwa nach Griechenland?«

Major Reinhard nickte. »Das ist genau das, was wir vermuten. Natürlich sind wir nicht offiziell unterrichtet worden, aber … nun ja!«

»Griechenland?« Der Segler schüttelte den Kopf. »Da werden sich die Italiener aber wirklich den Schädel einrennen. So blöd können sie doch gar nicht sein!«

»Abwarten.« Major Reinhard lehnte sich zurück. »Aber sollte der Knoten platzen, dann brauchen wir mehr Agenten an mehr Orten, und dann wird unsere Operation noch wichtiger.«

»Jetzt ist es bereits eine *Operation*?« Adolf Wilhelm starrte den Major wütend an. »Für mich klingt es eher nach einem nicht ausgegorenen Hirngespinst. Was ist, wenn mein Sohn sich weigert?«

»Vater, bitte!«

Reinhard winkte beschwichtigend ab. »Nein, das ist schon eine gute Frage.« Seine Stimme klang etwas kühler. »Eine, die eine Antwort verdient.«

»Dann geben Sie uns doch diese Antwort.«

»Ihre Unabkömmlichstellung könnte jederzeit aufgehoben werden. Das würde Fronteinsatz bedeuten.«

Jörg blinzelte. »Sie wollen mich mit regulärem Fronteinsatz überzeugen, einem Himmelfahrtskommando zuzustimmen?« Er wirkte verblüfft.

»Sagen wir, es war der milde Versuch.« Reinhard lächelte. »Es gibt andere Möglichkeiten. Zum Beispiel ist der Schwiegervater Ihres Bruders Vierteljude. Ich nehme an, Sie sind sich über die Bedeutung dieser Tatsache im Klaren.«

Dieses Mal war das Schweigen im Raum kalt. Eiskalte unterdrückte Wut. Als Adolf Wilhelm endlich sprach, klang es, als müsse er jedes einzelne Wort herauspressen. »Gehen Sie, Major! Verlassen Sie mein Büro. Sofort!«

Reinhard erhob sich. »Wie Sie wünschen.« Er lächelte trotz der Situation freundlich. »Aber ich werde wiederkommen. In zwei Wochen. Und Sie sollten bis dahin ein paar Ideen haben. Es ist Ihr Fachgebiet, nicht wahr? Ihr Sohn wird segeln. Also denken Sie sich schon mal aus, wie Sie die Sache möglichst sicher für ihn gestalten. Was für ein Boot, welche Umbauten, was für eine Besatzung?«

Er griff in seine Aktentasche und zog einen Umschlag hervor. »Ihre Gute-Nacht-Lektüre. GeKdoS*, selbstverständlich. Ich verlasse mich auf Ihre Diskretion.« Er stand auf. »Bemühen Sie sich nicht, ich finde alleine hinaus.«

Ohne eine Erwiderung abzuwarten, wandte er sich um und verließ den Raum. Aber die beiden Wilhelms hörten ihn noch lachen, bevor er die Tür hinter sich schloss.

---

* GeKdoS: Geheime Kommandosache, also streng geheim.

2. Kapitel

Der Not gehorchend

Natürlich hatten sie den Umschlag geöffnet. Sie hatten keine andere Wahl. Jörgs Bruder Herrmann war mit einem U-Boot in See, und der Teufel mochte wissen, wie lang diese Operation dauern würde, nun, da der Kampf hinaus in den Atlantik getragen worden war. Seine Frau Judith war Achteljüdin. Sie unterlag also gar nicht dem Rassengesetz, aber trotzdem hatte sie bereits ein paar unerfreuliche Erlebnisse gehabt und war unter anderem gezwungen worden, ihre Arbeit als Ärztin in einem Krankenhaus aufzugeben. Aber ihr Vater war Vierteljude und unterlag damit dem Rassengesetz. So, wie sich die Dinge in Deutschland entwickelten, konnte er jederzeit verhaftet werden und auf Nimmerwiedersehen verschwinden. Natürlich wussten die Wilhelms, genauso wie viele andere Deutsche in dieser Zeit, nicht, was mit den verhafteten Juden geschah, aber es gab Gerüchte. Wer Augen hatte, zu sehen, der konnte sehen. Er musste nur wollen. Die Drohung von Major Reinhard war alles andere als eine leere Drohung gewesen.

Vater und Sohn starrten verdutzt auf den Inhalt des Umschlags. Jörg räusperte sich. »Das ist ja ein Ding!«

Vorsichtig nahm Adolf eines der Schriftstücke. »Vollmacht zur Requirierung! Mit dem Wisch kannst du dir so ziemlich jedes Boot unter den Nagel reißen, das du irgendwo findest.«

Er sah seinen Sohn an. »Die wollen, dass du dich selber darum kümmerst?«

»Ich glaube, die haben keine Ahnung, was sie suchen.« Jörg blickte nachdenklich aus dem Fenster. »Deswegen wollen sie uns. Deine Erfahrung mit Bootsbau, meine als Segler.«

»In allererster Linie wollen sie dich.« Adolf Wilhelm sah seinen Sohn an und hatte Mühe, seine Furcht zu verbergen. Einer seiner Söhne kämpfte bereits in diesem Krieg. Nun sollte auch noch der zweite ihn verlassen. Zu einer noch gefährlicheren Aufgabe. »Sie wollen dich wegen deines Rufes als Segler.«

»Was meinst du, wird dieser Major seine Drohung wahr machen?«

»Der ist ein eiskalter Misthund.« Adolf nickte. »Er muss das tun. Wenn du dich weigerst, und er tut es nicht, womit will er dann den Nächsten erpressen?«

»Vater, deine Logik ist herzerfrischend.« Jörg deutete auf die Unterlagen. »Was haben wir sonst noch?«

Der Vater ging die Papiere Blatt für Blatt durch. »Die haben an alles gedacht. Hier: Eine Zusammenfassung über die Situation im Mittelmeer.« Er schob die zusammengeklammerten Seiten Jörg zu. »Du kannst ja mal überfliegen, was die schlauen Köpfe zu sagen haben.«

»Mach ich!« Jörg blickte trotzdem nicht in das Dossier. »Lese ich da meinen Namen?«

Vater Wilhelm griff nach einem Papier und zog es aus dem Packen. »Die müssen ziemlich sicher sein, dass du ja sagst.«

»Weil sie uns so lange erpressen, bis ich zusage?« Jörg Wilhelms Stimme klang bitter. »Was ist es?«

Adolf reichte seinem Sohn das Dokument. »Deine Bestallung zum Oberleutnant zur See (S)*.«

---

* Oberleutnant z.S. (S) bzw. Kapitänleutnant (S) waren Sonderoffiziere, d.h., die Inhaber dieser Ränge erfüllten nicht die nor-

»Was?« Jörg überflog das Schriftstück. »Du hast recht! Das gibt es doch gar nicht.«

Adolf lehnte sich zurück. »Er hat uns zwei Wochen gegeben und dann all sein Zeug hiergelassen. Dir ist klar, was das bedeutet?«

»Die stehen unter Druck. Der Teufel weiß, warum.« Jörg zögerte. »Und den Druck geben sie an uns weiter. Wenn er in zwei Wochen wiederkommt, dann …« Er brach ab und starrte seinen alten Herrn an.

»Genau. Wir haben etwas, oder er schnappt sich den alten Jakob Rothfuß … und du endest bei irgendeinem Himmelfahrtskommando an irgendeiner Front, denn der Tanz scheint ja noch nicht vorbei zu sein.«

»Frankreich ist geschlagen, und England ist eine belagerte Festung.«

Adolf nickte. »Aber wie Reinhard sagte, Mussolini ist noch nicht satt. Und wie ich unseren Führer kenne, wird der zwar sauer sein, aber er wird die Italiener aus der Patsche holen. Weil er *muss.*« Er sprang beinahe aus seinem Stuhl auf. »Wenn nur einer wüsste, was Hitler plant. Er hat immer von Lebensraum im Osten geschwätzt, aber es kann sein, dass die Italiener uns in einen ganz anderen Krieg ziehen. So oder so, es ist noch nicht vorbei. Es wird genügend Fronten geben, an die dich Reinhard schicken kann. Und wenn nicht das … er hat noch andere Möglichkeiten. Da ist Rudi, da ist Herrmann. Judith, die wir auch nicht mehr ohne Pass aus Deutschland rausbringen können.«

---

malen Anforderungen für Marineoffiziere nach Ausbildung, Dienstalter oder körperlicher Qualifikation, leisteten jedoch Offiziersdienst in verschiedener Form, zu dem sie durch andere Qualifikationen berufen waren. Die Prisenoffiziere der Hilfskreuzer waren beispielsweise Sonderoffiziere, da sie aus der Handelsmarine stammten, also nicht militärisch ausgebildet waren.

»Er hat uns am Kanthaken.« Jörgs Stimme klang plötzlich ruhig. »Was wir haben, wenn ich mich weigere, weiß ich jetzt. Was haben wir, wenn ich mich nicht weigere?«

Er sah aus dem Fenster. »Eine Chance? Vielleicht?«

»Es kommt darauf an, was du draus machst. Das richtige Boot, eine gute Crew.«

Trotz der beklemmenden Situation spielte ein schmales Lächeln um Adolfs Lippen. »Ich habe da so eine Vorstellung von den Leuten, die du brauchen könntest. Falls die Hälfte davon nicht bereits im Knast sitzt.«

»Machen wir uns an die Arbeit. Selbst wenn es nicht klappt, können wir Reinhard zumindest beweisen, dass wir es versucht haben.« Er seufzte. »Schon mal über Schonersegeln nachgedacht?«

»Nicht gerade eine echte Rennyacht, falls du das meinst, an was ich denke.«

Jörg nickte. »Eben! Aber genug Raum für Wasser und Proviant. Ein paar Kojen brauchen wir natürlich auch. Ich habe so ein Gefühl, das Ganze dauert länger.« Er nickte. »Das ist die einzige Idee, die ich im Augenblick habe. Wir können keine Kriegsschiffe aussegeln, also müssen wir bluffen.«

»Mann, Jörg, und was, wenn die Tommys dich mit so was schnappen?«

»Was wohl?« Jörg Wilhelm schüttelte den Kopf. »Auch nichts Schlimmeres, als wenn ich mit einer Bootsladung voller Spione und Saboteure geentert werde, nicht wahr? Die werden uns an die Wand stellen.«

»Sie suchen was, bitte?« Reinhard sah ihn an, als habe er verlangt, ein Kaninchen aus seiner Uniformmütze zu zaubern. »Noch mal langsam, bitte.«

»Einen Gaffelschoner.« Jörg nickte ruhig. »Das ist, jedenfalls soweit wir es im Sinn haben, eine Art von Segelschiff, das immer noch häufig zwischen den griechischen Inseln, an der Levante bis in die Adria und hinüber nach Nordafrika verwendet wird.« Er grinste spöttisch. »Ein Frachtschiff, wenn Sie so wollen.«

»Also keine Rennyacht?«

»Was haben Sie immer mit Rennyachten, Major?«

Reinhard sah ihn unsicher an. »Nun, sie sind schnell ...«

»Sie waren wohl nie auf einer. Nein, natürlich nicht. Sie haben sich das am Schreibtisch ausgedacht. Also, vergessen Sie mal all Ihre Ideen. Eine Rennziege ist ein hohler Rumpf. Da wird alles an Gewicht gespart, was geht. Weil eine Rennyacht normalerweise, außer bei einem Transatlantik-Rennen, selten länger als drei bis maximal vier Tage auf See bleibt. Was Sie wollen, das kann Wochen in Anspruch nehmen. Also vergessen Sie Rennyachten.«

»Schön, Sie sind der Experte.« Reinhard seufzte. »Und wo finden wir so einen ... Gaffelschoner?«

»Wahrscheinlich in jedem Hafen entlang der italienischen Adria, in Griechenland, an der jugoslawischen Adria. Die sind überall. Das ist der große Vorteil. Sie fallen nicht auf, sind leicht zu beschaffen und groß genug für einen längeren Törn.«

»Aber dafür brauchen Sie mehr Besatzung.«

Wieder schüttelte Jörg den Kopf. »Nein, nicht mal das. Was ich wissen müsste, ist, mit wie vielen Agenten ich zu rechnen habe. Pro Fahrt, meine ich.«

»Mit zwei, vielleicht drei.« Reinhard zuckte mit den Schultern. »Wir legen Wert darauf, dass unsere Agenten möglichst einander nicht begegnen.«

Wilhelm wollte schon nachfragen, aber dann wurde ihm klar, warum die Abwehr Wert auf die Anonymität ihrer Agenten legte. Er verzog das Gesicht. »Andererseits wird jeder Ihrer Agenten mich und mein Boot kennen. Wenn also einer geschnappt wird ...« Er ließ den Rest offen.

Der Major nickte. »Richtig, Sie werden wahrscheinlich nach einer Weile Ihre Tarnung wechseln müssen. Andererseits, es gibt Tausende von Schonern dort unten, wie ich gehört habe.«

Unendlich viele. Aber Jörg verzichtete darauf, dem Major zu erklären, dass für den Seemann trotzdem jeder von ihnen ein Unikat war. Stattdessen lag ihm eine andere Frage auf dem Herzen. »Wie sieht es mit der Besatzung aus?«

»Freiwillige, von der Marine. Wie viele brauchen Sie?«

Jörg klappte seine Mappe zu. »Vergessen Sie es!«

»Was?« Reinhard sah ihn mit offenem Mund an. »Wieso das jetzt?«

»Ich brauche Segler, keine verdammten Kanoniere oder Maschinisten. Na ja, vielleicht einen Maschinisten, aber das ist es dann auch schon.«

»Was ist mit Bewaffnung? Sie kennen sich damit nicht aus.«

Wieder winkte Jörg ab. »Keine große Bewaffnung. Wir wollen uns nicht mit den Tommys im Schießen messen. Ein, zwei Karabiner, das sollte reichen. Und dafür brauchen wir auch keine Kanoniere.« Er zögerte kurz. »Ich habe eine Liste zusammengestellt. Von zweien weiß ich, wo sie stecken. Der Rest? Der Himmel weiß, wo die abgeblieben sind. Können Sie die Leute für mich finden?«

»Ich sehe zu, was ich tun kann.«

Jörg nickte. »Sehen Sie zu, dass Sie die Burschen finden. Die meisten sind verrückt aufs Segeln und kennen sich auf See besser aus als Sie in Ihrem Dienstzimmer. Aber an Land können Sie die Jungs nicht einen Augenblick allein lassen.«

»Klingt hinreißend!« Reinhards Gesicht drückte deutliches Missfallen aus. »Und Sie wollen, dass ich diese Kerle in Uniform stecke?«

»Ich will, dass Sie genau das nicht tun!« Jörg grinste. »Ich wette, dass mindestens einer im Knast sitzt und die beiden anderen besoffen sind. Und ich habe keine Ahnung, wer gerade derjenige ist, der im Knast sitzt. Aber wenn Sie wollen, dass das hier klappt, dann besorgen Sie mir besser diese Männer. Einer treibt sich wahrscheinlich irgendwo bei der Luftwaffe herum. Die Liste ist bei Ihren Unterlagen.«

»Und das Boot?«

»Ich sollte mir eine neue Uniform besorgen und nach Italien reisen. Irgendwo dort muss es so ein Schmuckstück geben. Ein einfacher, abgehalfterter Schoner.« Wilhelm sah den Major ernst an. »Und dann wird es Zeit, dass Sie mir erzählen, wohin es geht.«

»Erst, wenn Sie Schiff und Besatzung haben.«

Jörg nickte. »Also schön.« Er grinste. »Dieses Mal haben Sie zwei Wochen Zeit.«

Das zersiebte Boot hinkte mit stotternden Motoren in den Innenhafen. Doch die leeren Torpedorohre erzählten eine andere Geschichte, ebenso wie die leeren Wasserbombengestelle am Heck. Die Brücke war ausgebrannt, und in der Kalotte zeigten sich breite Risse. Das Holzdeck sah aus, als hätten die Pranken eines wilden Tieres große Teile herausgerissen. Und das Boot hinterließ mit etwas Vorstellungskraft eine wahre Leuchtspur.

Auf der Brücke stand ein einzelner Offizier und gab Kommandos. Er tat das eher automatisch, denn man sah ihm an, dass er zum Umfallen müde war. Ein üblicher Anblick – nur, dass dieses Mal bloß eines der Boote zurückkehrte. Ein Angriff auf einen Küstengeleitzug. Daraufhin das plötzliche Kreuzfeuer der Geleiter. Doch die waren gegen die vierzig Knoten der S-Boote hilflos: Wasserspritzer am Bug, Aale, die aus den Rohren sprangen, sich kreuzendes Kielwasser – ein Angriff wie aus dem Lehrbuch. Und dann ein Geräusch wie eine Kettensäge in der Nacht – der hohe Ton der englischen MTBs und

MGBs. Benzinmotoren. Das dumpfe Krepieren von Wasserbomben, die mit flacher Einstellung geworfen wurden, während die rasenden Schrauben die Boote weitertrieben, als könnte nichts und niemand jemals wieder Kontrolle über ihren Vernichtungswillen gewinnen. Und dazu die Leuchtspur, die sich wie glühende Peitschen auf die Decks heruntersenkte, das Rattern von Maschinenkanonen, der sogenannten Pom-Poms, die Schreie von Männern, die zu blutigen Fetzen zersiebt wurden. Das Übliche eben.

Die Leinen schlängelten sich an die Pier, und eine Stelling wurde ausgebracht. Schon wartete ein Sanka, aber er brauchte sich nicht mehr zu beeilen. Selbst der Anblick eines Heeresoffiziers, der hastig über die Stelling kletterte, konnte keine Verwunderung mehr auslösen. Schlafen, das war alles, was die Männer wollten. Nur noch schlafen und vergessen.

»Leutnant Georg Rath?«

Der Offizier wandte sich langsam um. »Das bin ich. Und wer sind Sie?«

Major Reinhard schluckte kurz. Laut seinen Unterlagen war Rath vierundzwanzig, aber das Gesicht vor ihm gehörte zu einem viel älteren Mann. »Reinhard mein Name. Ich soll Sie von Jörg Wilhelm grüßen.«

Ein Funke Interesse blitzte in den Augen Raths auf. »Jörg? Was treibt der so dieser Tage?«

»Das können Sie von ihm selbst hören.« Reinhard zögerte. »Sie sind abkommandiert, ich habe das bereits mit dem Kommandeur besprochen.« Er sah sich um. »Das war, bevor wir wussten …«

»War 'ne raue Nacht, Major.« Der Leutnant beugte sich über die Brüstung der Kalotte und winkte einem Oberleutnant zu, der etwas ratlos auf der Pier stand. Er war einer von den anderen Booten, die im Päckchen hinter ihnen lagen. »Thomas, hast du etwas Zeit?«

Der Oberleutnant blickte auf. »Klar, wofür? Wo steckt Hannes?«

Rath zögerte einen Augenblick, dann schüttelte er nur kurz den Kopf. »Ich habe hier jemanden, der mich abkommandieren will. Kannst du dich um das Boot kümmern?«

»Mach ich!« Der andere Offizier, nicht älter als Rath, nickte und kletterte über die Stelling.

Rath wandte sich um. »Also gut, gehen wir.« Er warf einen letzten Blick auf die Gestalt, die still in der Ecke der Brücke lag, das Gesicht mit einer angesengten Jacke bedeckt. »Der Alte wird nichts dagegen haben.«

»Sie haben einen vorgesetzten Offizier geschlagen. Wissen Sie eigentlich, was das in Kriegszeiten heißt, Mann?«

Der Mann in der Uniform eines Luftwaffengefreiten sah Major Reinhard hoffnungsvoll an. »Dass er Brötchen aus der Schnabeltasse lutscht?«

»Kriegsgericht. Wenn Sie Glück haben, Strafkompanie.«

Anton Berwitz sah den Major ruhig an. »Strafkompanie, ja? Sehen Sie zu, dass Sie mich zur 999. schicken, da habe ich schon Kumpels.« Die Augen des Mannes blickten so kalt wie Eis. »War sowieso eine Schnapsidee, fliegen zu lernen.«

Reinhard blickte kurz in seine Unterlagen. Berwitz hatte einen Pilotenschein seit 1936 und war als registrierter Pilot von der Luftwaffe gezogen und nach einer Schnellausbildung in eine Jagdmaschine gesetzt worden. Drei Abschüsse in der Luftschlacht um England und einmal im Kanal niedergegangen, als seine Maschine aussetzte. Beinahe vierzig, aber knochenhart. Und zweimal degradiert. Der Major seufzte. »Ich habe eine Aufgabe für Sie. Hat was mit Segeln zu tun, nicht mit Fliegen.«

»Segeln? Wo? Bei der Marine?« Anton sah Reinhard misstrauisch an. »Sie sind doch vom Heer.«

»Bin ich.« Der Major spürte den Drang, seine Hände in Unschuld zu waschen. Wenn Wilhelm mit solchen Burschen segeln wollte, dann war das seine Sache. »Ihr alter Skipper aus Vorkriegstagen würde Sie gerne sehen.«

»Jörg? Jörg Wilhelm?« Das Letzte brüllte Anton fast. »Wo? Wann?« Er wandte sich um und begann, seine wenigen Sachen zusammenzupacken. »Eine Minute, Major!«

Reinhard blinzelte. »Sie fragen gar nicht, worum es geht?«

»Scheißegal!« Anton winkte ab. »Wenn der Skipper dabei ist, bin ich es auch.«

»Sofort!« Aber der junge Mann machte keine Anstalten, mit ihm zu kommen. Stattdessen griff er nach einem anderen Schraubenschlüssel und verstellte etwas an der Maschine. Das Donnern des großen Motors wurde lauter, aber der Mechaniker schien zufrieden. Christian Bergmann, der Letzte. Wenigstens war er nicht besoffen. Oder falls er angetrunken war, ging seine Fahne in den Öldämpfen unter. Aber er wirkte nicht alkoholisiert.

»Wir müssen los!« Vergeblich versuchte Reinhard, den Lärm des großen Diesels zu übertönen.

Bergmann wedelte mit einer ölverschmierten Hand. Die andere lag auf dem Fundament und schien den Schwingungen der Maschine nachzuspüren. Dann begann er wieder, an der Maschine herumzuschrauben. Ein Motorenraum in einem U-Boot war nicht mehr als eine Höhle voller Ölgestank und Lärm. Reinhard spürte Kopfschmerzen herannahen. Aber der hier war der Letzte. Dann war Wilhelms Liste komplett.

Das Donnern des Diesels erstarb mit einem letzten Röcheln. »Sofort, Major!« Bergmann lächelte schüchtern, und seine Stimme war überraschend leise. Verblüfft erkannte der Major, dass ihm der Mechaniker alles, was er gesagt hatte, von den Lippen abgelesen hatte. Haben musste. Er brauchte nicht laut zu sprechen, weil es sowieso niemand hörte. »Ich sage schnell dem Chef Bescheid.« Er warf einen letzten Blick auf den Diesel, der wie ein gefesseltes Ungeheuer neben dem engen Laufgang kauerte. »Eine hübsche Maschine. Hat aber 'nen Schlag abbekommen. Fliegerbombe irgendwo im Atlantik.« Er zuckte mit den Schultern. »Der Motor ist in Ordnung, denke ich. Aber die Welle, oh die Welle ...« Ohne den Major weiter zu beachten, schlüpfte er durch das Schott.

3. Kapitel

Die *Achat*

Schoner wirkten auf den ersten Blick immer etwas unordentlich. Der Fockmast war auf Schonern kleiner als der Großmast, und wenn sie unter Segeln standen und der Wind gut war, setzten sie oftmals auch noch einen Fischermann, das dreieckige Zusatzsegel zwischen den beiden Masten. Es passte nicht ganz zu dem üblichen ordentlichen Bild, das man sich im Regattasegeln machte. Wie gesagt, Schoner machten immer einen etwas unordentlichen Eindruck, selbst wenn sie gepflegt waren. Dieser war es nicht.

Die beiden Männer in der Uniform von Wehrmachtsoberleutnants, die das langsame Geleit beim Einlaufen beobachteten, sahen das geschleppte Segelschiff mit völlig unterschiedlichen Augen. Oberleutnant Degen, einer von Major Reinhards Mitarbeitern, verzog das Gesicht. »Das Boot ist dreckig, es braucht einen neuen Anstrich – und selbst dann, es muss uralt sein.«

»Bestimmt dreißig Jahre, eher vierzig.« Über Jörgs Gesicht glitt ein Schmunzeln. Die Reaktion von Oberleutnant Degen war so vorhersagbar gewesen. Noch einer, der nichts von dem verstand, was er einsetzen wollte. Kein Segler, nicht einmal ein Seemann. Wilhelm studierte das Rigg. Wenn es sein musste, konnte der Schoner bei gutem Wetter außer den beiden großen Gaffelsegeln noch zwei Toppsegel, eine Fock und zwei Klüver führen. Vielleicht sogar ein Genua, und wenn nicht jetzt … Jörg spürte, wie seine Gedanken in die Zukunft abglitten, und er musste sich mühsam wieder auf das konzentrieren, was am nächsten lag. »Von hier aus sieht sie recht hübsch aus.«

Oberleutnant Degen unterdrückte ein Seufzen. Für ihn sah das Boot, das gerade von einem italienischen Patrouillenboot eingeschleppt wurde, so aus, als werde es bald auseinanderfallen, sollte es der See nur gelingen, den Schmutz wegzuwaschen. »Ich habe den Anruf gestern Abend erhalten. War eigentlich ein Glücksfall.« Er zögerte. »Es würde uns eine Requirierung ersparen. Wir legen verständlicherweise wenig Wert auf Aufmerksamkeit.« Wieder dieses Zögern. »Andererseits …«

Wir? Wilhelm warf dem anderen Oberleutnant einen kurzen Blick zu. *Wenn wir mit dem Ding auffliegen, sitzt du sicher an Land, mein Freund!* Aber er sprach den Gedanken nicht aus. Stattdessen blickte er wieder auf das Boot. »Es gibt immer ein andererseits.« Es bereitete ihm keine Mühe, sich den Schoner unter Segeln vorzustellen. Er konnte ziemlich hoch an den Wind gehen mit diesem Rigg. Bei gutem Wetter, verstand sich. Bei schlechtem Wetter … das war eine andere Frage. Es gab viele dieser Schoner im Mittelmeer. Sie trugen Fracht von hier nach dort, manche schmuggelten auch. Die meisten taten wahrscheinlich beides. Aber bei schlechtem Wetter zogen sie sich in sichere Ankergründe zurück, die in kaum einer Karte verzeichnet waren. Ein Luxus, den sie sich nicht immer würden leisten können. Trotzdem, Jörg Wilhelm spürte ein lange nicht gekanntes Gefühl beim Anblick des alten zerstoßenen Rumpfes. Er konnte fliegen. Das war es, was Oberleutnant Degen nicht verstehen würde. Er räusperte sich. »Hat er einen Namen?«

Degen blickte überrascht auf. Da war ein Ton in Wilhelms

Stimme gewesen, den er vorher noch nie wahrgenommen hatte. Unsicher blickte er in seine Notizen. »Er ist eigentlich französisch, so viel wissen wir schon. Die Franzosen haben ihn an die Italiener verkauft und die Italiener an irgendwelche Jugoslawen.«

»Und nun lief er der italienischen Marine über die Füße?«

»Gewissermaßen.« Degen zuckte mit den Schultern. »Routinekontrolle. Aber dann fanden die Italiener im Laderaum Ölfässer.«

»Ölfässer!« Der Oberleutnant nickte ernsthaft. »Die Engländer können so viel Öl transportieren, wie sie wollen. Aber wenn es auf die Inseln geht …«

»Ich verstehe.« Aber Wilhelms Gesicht zeigte, dass er nicht verstand.

Degen lächelte. »Die *Regia Marina* hat im Juli gegen die Tommys ganz gewaltig den Kürzeren gezogen. Seither halten sie sich etwas zurück. Mussolinis Selbstbewusstsein muss wohl gelitten haben.« Ein geringschätziges Lächeln spielte um Degens Lippen. »Itaker, was will man da machen? Wir wissen, dass es Widerstandsgruppen gibt, dass es einen Schwarzmarkt gibt, weil Öl und Benzin rationiert sind, und dass die Engländer etwas planen. Aber wie auch immer, das soll nicht Ihr Problem sein.«

»Solange die *Achat* nicht auf der schwarzen Liste bei der gesamten Royal Navy steht, nicht wahr?«

Der Oberleutnant nickte. »Vermutlich steht sie als einer der vielen Schmuggler, die ihnen nützlich sind, in irgendeiner Liste. Aber das wäre ein Glücksfall.«

Die beiden Boote legten sich an die Pier, und Leinen flogen herüber, die von italienischen Matrosen wahrgenommen wurden. Augenblicke später lagen beide fest, und die Motoren des Schnellbootes erstarben.

Jörg setzte sich in Bewegung. Es war bereits jetzt ein

Glücksfall. Er hatte zwei Dutzend Boote angesehen. Zu groß, zu klein, zu viele auffällige Merkmale, es gab immer etwas. Ein Boot wäre geeignet gewesen, aber der Rumpf war bereits so morsch, dass er einem schweren Sturm kaum hätte standhalten können. Er hielt seine Erregung gewaltsam im Zaum. Noch hatte er die *Achat* nicht genauer untersucht, noch war alles nur ein Gefühl, eine Botschaft seiner Instinkte. Nicht mehr. Noch nicht …

Die beiden Oberleutnants grüßten flüchtig zur italienischen Flagge, die vom Heck des Schnellbootes herunterhing. Es wurde Zeit, sich mit dem Kommandanten des Bootes zu unterhalten, der die *Achat* aufgebracht hatte.

Rennyachten hatten keine Kammern, keine Kabinen. Auf diesen Booten wurde Gewicht gespart, da galten schon ein paar Kojen als Luxus. Der Schoner hingegen, das war ein Schiff, dazu gebaut, wochenlang die Küsten des Mittelmeeres abzuklappern. Es diente gleichermaßen als Lebensunterhalt und als Zuhause. Jörg Wilhelm schnüffelte in der Luft herum. Musste wohl ein Junggeselle gewesen sein! Aber der Gedanke an den vorherigen Skipper der *Achat* blieb nur ein flüchtiger Einfall. Aufgeräumt musste hier mal werden. Aber dafür blieb noch genug Zeit, und äußerlich, das hatte er schon beschlossen, würde das Schiff so bleiben, wie es war. Mit dreißig Metern Bootslänge war es größer als die meisten Yachten. Und im Holz immer noch gesund. Achtern lagen Kammern für den Skipper und einen Maat, im Vorschiff Kojen für ein paar Mann. Nicht sehr viele, denn die *Achat* brauchte keine große Besatzung, aber das hatte er schon aus der aufgeteilten Besegelung ersehen können. Größere Segel erforderten mehr Muskelkraft, sie zu setzen oder zu bergen. Aber mit mehr und kleineren Segeln konnten sie immer noch beachtliche Fahrt herausschinden und gleichzeitig mit einer kleinen Crew auskommen.

Das Mittelschiff war ein einziger Laderaum, der im Augenblick voller festgezurrter Fässer stand. Es hatte Mühe gekostet, sich hindurchzuquetschen und nach fauligen Stellen zu suchen. Seine Uniform sah aus, als sei sie durch den Dreck gezogen worden. Aber es war genug Platz und Tragkraft im Schiff, um hier mehr Leute und Vorräte unterzubringen, und immer noch genügend Raum übrig.

Oberleutnant Degen, der in der Kammer des Skippers saß und neugierig in ein paar Unterlagen blätterte, sah auf und lächelte bei Jörgs Eintreten. »Sie sehen zufrieden aus.«

»Bin ich!« In der Stimme des Seglers schwang ein neuer Unterton mit. »Ein schönes kleines Schiff.«

»Etwas größer, als wir ursprünglich gedacht hatten.«

Wilhelm zuckte mit den Schultern. »Wir wollen keine Seeschlachten gewinnen. Also sollten wir nicht auffallen.« Er sah sich um. »Solche Schiffe finden Sie überall im Mittelmeer. Sie erwecken kein Misstrauen, und wenn sie nicht gerade in eine Routinekontrolle kommen ...«

»Wir werden uns auch dafür etwas einfallen lassen müssen.« Die Stimme Degens hatte plötzlich einen harten Klang. »Aber so, wie es aussieht, haben Sie ein Boot. Was nun?«

»Wir müssen eine Werft finden, und ich brauche meinen Vater in Italien.« Jörg grinste. »Was mein alter Herr nicht von Bootsbau weiß, das braucht man nicht zu wissen. Es wird etwas Arbeit kosten, die *Achat* entsprechend auszurüsten.«

Der Oberleutnant nickte. »Tarent! Es gibt dort Militärwerften, Sperrgebiet, in das keine Zivilisten reinkommen. Dort kann alles in Ruhe erledigt werden.« Er zögerte. »Aber nehmen Sie sich nicht zu viel Zeit.«

Jörg sah Degen fragend an. »Wissen Sie etwas, das ich wissen sollte?«

»Vieles.« Der Oberleutnant lächelte. »Aber wir wollen die

Operation starten. Bald. Es ist beinahe Ende September. Wenn wir im Oktober …«

»Es hängt davon ab, wie schnell Sie besorgen können, was wir brauchen.«

Degen nickte. »Selbstverständlich. Aber wir sind auf die Italiener angewiesen, um das Boot nach Tarent zu schleppen. Das erfordert etwas Organisation.«

»Nicht ganz tausend Meilen.« Jörg lächelte kalt. Auch wenn sie sich in La Spezia, beinahe bei Genua, befanden und Tarent auf der Innenseite des Stiefelabsatzes lag – tausend Meilen konnten kein unüberwindliches Problem sein. »Acht Tage, wenn ich segle.«

»Segeln? So, wie sie ist?«

Wilhelm spürte, wie der Plan in seinem Kopf Gestalt annahm. »Zwei Tage vorher, um vorzubereiten, was in Tarent getan werden muss. Schaffen Sie es, meine Leute in diesen zwei Tagen hierherzubringen?«

»Das ist kein Problem. Wir haben sie natürlich noch nicht neu eingekleidet, und …«

Jörg unterbrach Degen. »Also, dann ist alles klar. Die Italiener können das Boot auch nicht schneller nach Tarent bringen, nehme ich an.«

»Was, wenn Ihnen der Wind wegbleibt oder …« Degen brach ab, als er das Funkeln in Wilhelms Augen sah.

Der große Segler lächelte amüsiert. »Der Wind wegbleiben? Hier? An der Riviera? Oder vor der Lazio?«

»Es gibt andere Gefahren. Die Tommys?«

»Die Engländer? Die Navy? Die haben andere Dinge zu tun, als auf einen kleinen Frachter zu schießen, meinen Sie nicht?« Er sah sich kurz um. »Also, stellen Sie fest, ob ich hier zwei Tage liegen kann, dann setzen Sie meine Crew in Marsch …« Auf seinem Gesicht erschien ein Grinsen. »… und außerdem besorgen Sie Werk- und Putzzeug. Es gibt viel zu tun. Wir können die Fässer nicht einfach der italienischen Marine überlassen, nehme ich an?«

»Sie sind verrückt, Wilhelm!« Oberleutnant Degen sah sein Gegenüber an, völlig von dem plötzlichen Wechsel überfahren. »Das …«

»Wenn wir es nicht schaffen, das Boot entlang der Küste unserer lieben Verbündeten nach Tarent zu bringen, dann können Sie Ihre ganze kostbare Operation sowieso vergessen, Degen. Sprechen Sie mit Major Reinhard, wenn Sie sich dann besser fühlen.« Er sah den Oberleutnant an. »Soweit es mich betrifft, ist es entschieden.«

Major Reinhard gab sein Einverständnis, wie Jörg es erwartet hatte. Die Männer, die Major Reinhard bereits zusammengesucht hatte, wurden in eine Tante Ju gesetzt und über die Alpen geflogen. Am Vormittag des zweiten Tages lieferte Oberleutnant Degen sie selber an Bord ab, zweifelnd, ob er diese Burschen nicht besser in die nächste Klapsmühle gebracht hätte.

»Jemand hier?«

Jörg blickte von seiner Arbeit auf, als er die vertraute Stimme hörte. »Anton, altes Haus!«

Anton Berwitz grinste spitzbübisch. »Nett, wenn die Leute sich freuen, dass man erscheint.«

»Ich hab ein paar wilde Geschichten gehört!«

Der Vorschoter grinste noch breiter. »Von Reinhard? Der hat mich immerhin vor dem Kriegsgericht gerettet, also muss ich ihm wohl dankbar sein.«

»Kriegsgericht?« Jörg bekam runde Augen. »Was hast du denn dieses Mal angestellt?«

»'Nen Idioten verprügelt. Nur dass der Idiot mehr auf der Schulter hatte als ich.« Anton zuckte mit den Schultern. »Wenn er gewonnen hätte, wär wohl nix passiert.«

»Klingt ja toll. Ich glaube, du wirst unseren neuen Job als richtig langweilig empfinden.«

»Langweilig?« Anton sah sich um. »Irgendwie glaube ich, du willst mir was verkaufen.«

»Wo sind die anderen, dann muss ich nicht alles zweimal erklären.«

Berwitz deutete über die Schulter. »Vorne, die kippen ihr Zeug ab.«

»Also gut, vorne ist etwas mehr Platz. Gehen wir zu ihnen.«

Im Vorschiff, eigentlich war es auch nur ein enger Verschlag, gab es ein halbes Dutzend Kojen, auf denen die anderen bereits ihre Habseligkeiten ausgebreitet hatten. Als Jörg und Anton den Niedergang hinunterstiegen, erhob sich ein großes Hallo. Es dauerte einen Augenblick, bis die gegenseitige Begrüßung erledigt war. Aber endlich kehrte Ruhe ein.

Georg Rath beugte sich vor. »Also, Jörg, was liegt an? Ich vermute mal, Reinhard hat uns nicht alle aufgelesen, um alte Segelkameradschaften wiederzubeleben.«

»Wenn ich euch erzähle, worum es geht, seid ihr festgenagelt. Reinhard wird keinen von euch einfach davongehen lassen.«

Die Männer wechselten ein paar Blicke, dann nickte Rath. »So also läuft das. Streng geheim, was?«

»Strenger.« Jörg suchte nach Worten. »Es geht ums Segeln, es geht nicht um reguläre Kampfeinsätze oder so etwas.« Er legte besondere Betonung in seine Worte. »Ich weiß nicht, was ihr gemacht habt, seit wir uns zuletzt getroffen haben, aber dieses Mal werdet ihr keine Uniform tragen. Wenn die Tommys uns kriegen …« Er deutete mit dem Zeigefinger einen Kopfschuss an.

Schweigen breitete sich aus. Jörg beobachtete die Gesichter der Männer. Anton, gegerbt von Wind und Salzwasser, wie er war, zeigte überhaupt keine Regung. Rath lächelte versonnen, als erinnere er sich an etwas. Christian Bergmann, der Maschinist, blickte unsicher von einem zum anderen. Er war der Jüngste von ihnen. Wahrscheinlich würde er erst abwarten, was die anderen zu der Sache meinten. Dieter Wolters, den die unerfindlichen Wege des militärischen Personalwesens zu einer Infanteriekompanie verschlagen hatten, klopfte unruhig auf das Holz der Koje, auf der er hockte, und Jakob Bär, dessen ziviles Berufsziel ihn in ein Feldlazarett in Frankreich gebracht hatte, wiegte besorgt den Kopf. Aber sie warteten darauf, dass er weitersprach. »Das ist alles, was ich sagen kann, ohne euch in Teufels Küche zu bringen.«

Anton nickte. »Ein bisschen was zum Nachdenken.« Aber keiner zweifelte, dass Anton dabei sein würde. Wenn Jörg des Teufels Skipper war, dann war Anton wahrscheinlich sowieso nicht weit von Beelzebub entfernt. Und außerdem war Anton verrückt. Ein guter Kamerad, ein hervorragender Segler, aber total verrückt. Das wusste jeder. Anton würde dabei sein, kein Zweifel.

Rath räusperte sich. »Zwei Fragen: Erstens, warum bist du dabei, Jörg? Und zweitens, wie schätzt du die Chancen ein?«

»Reinhard hatte ein paar gute Argumente.« Jörg verzog das Gesicht. »Er kann ein Mistkerl sein.«

»Das beantwortet eine Frage.« Rath wandte den Blick nicht ab. »Aber nicht die zweite.«

Der Skipper sah die Männer an. Jeden Einzelnen. »Ich weiß es nicht. Aber wenn es anbrennt, dann weil wir es verbockt haben. Nicht, weil irgendein Kommisskopf es so entschieden hat.«

4. Kapitel

Nach Tarent

Sie waren dabei! Jörg Wilhelm hatte es auch nicht anders erwartet. Er kannte seine Männer, kannte die Gründe, die sie trieben, und die Probleme, vor denen sie wegliefen. Man segelt nicht lange mit jemandem, ohne ihn kennenzulernen. Und genauso, wie er sie kannte, kannten sie ihn.

Als die *Achat* die Leinen loswarf und unter Segeln der Hafenausfahrt zustrebte, blieb Oberleutnant Degen an der Pier zurück. In seiner Aktenmappe lag eine lange Liste von Dingen, die Wilhelm bei der Ankunft in Tarent vorzufinden erwartete. Von der Hälfte wusste Degen nicht einmal, was sie waren, aber Adolf Wilhelm, der Vater des Skippers, würde es wissen. Alles, was sie brauchten, war ein ruhiger Platz am Rande der Marinewerft von Tarent. Ein Ort, den Augen der Welt entzogen. Degen starrte hinter dem alten Schoner her. Nun, unter ziehenden Segeln, wirkte das alte Boot nicht mehr wie ein verwahrlostes Wrack, sondern hatte sich auf einmal in etwas Lebendiges verwandelt. Degen blinzelte verwirrt. Es war etwas, das er sich nicht erklären konnte, etwas Fremdes, das sich in seine sonst so geordnete Vorstellungswelt gedrängt hatte. Mit einem letzten Blick wandte er sich ab. Es wurde wieder Zeit, in seine eigene Welt zurückzukehren. Zu Agenten, Informationen und Berichten.

Jörg stand breitbeinig am Ruder und lauschte dem knarrenden Holz und den schlagenden Segeln, als die *Achat* sich etwas höher an den Wind legte. Genau auf die Lücke zwischen den beiden Außenmolen zu. Es roch nach Salz, nach Fisch, nach See. Als warte das Meer bereits auf sie.

»Welche Flagge?«

Jörg sah Rath kurz an. »Italien!«

»Dann Italien ...« Georg schmunzelte. »... und Ravioli zum Abendessen. Falls wir genug Zeit haben.«

Wilhelm warf einen kurzen Blick zum Himmel. Ein stetiger Wind aus Westnordwest zu West. Aber fernab am Horizont stand ein leichter gelblicher Schimmer. »Drei Stunden, bis es dunkel wird. Wir bleiben auf diesem Bug und gewinnen etwas Seeraum.«

Auch Raths Blick war dem seines Skippers gefolgt. »Sieht staubig aus.«

»Scirocco, etwas spät für die Jahreszeit.« Jörg studierte den schmalen gelben Streifen. »Der Wind wird drehen. Gute Fahrt oder ein Sturm. Es kommt immer darauf an.« Er lächelte. »Wie stets im Leben.«

Auf dem Vorschiff hörte Anton das Gelächter der beiden Männer und blickte hinaus auf das Meer. Vielleicht ein Sturm, vielleicht nur einfach der heiße Wüstenwind, vielleicht auch Ravioli zum Abendessen, aber das waren alles Härten, die Anton Berwitz gerne in Kauf nahm. Er war wieder hier, auf See und unter Segeln. Das war alles, was zählte.

Im engen Maschinenraum bewegte sich Christian Bergmann um die vorsintflutliche Maschine herum. Das Ding hatte wahrscheinlich schon zur Zeit der alten Römer irgendetwas angetrieben, und soweit es Christian betraf, war er sicher, es hatte auch damals schon asthmatisch geklungen.

Der Schrotthaufen gab ein paar knallende Schläge von sich, produzierte Rauch und blieb stehen. Hustend stieg der Mechaniker die untersten Stufen empor und schlug den Lukendeckel auf. Verdammte Sauerei! Nicht, dass sie die Maschine viel benutzen würden. Der Skipper würde jeden Meter segeln, wie es so seine Art war. Aber wenn sie schon eine Maschine hatten, sollte die ja auch laufen.

Ohne sich um die Zurufe der anderen Männer an Deck zu kümmern, wandte er sich wieder um und stieg in sein kleines Reich hinab. Acht Tage, acht lange Tage würde er dieses Ding bei Laune halten. Er gab dem Fundament einen Tritt. Und danach kommst du auf den Schrott.

Überall auf der *Achat* richteten die Männer sich ein. Es war ein Provisorium, denn in Tarent würde das Schiff umgebaut werden. Sie brauchten für ihre Aufgabe Unterbringungen, größere Wassertanks und mehr Raum für Verpflegung. Eine zusätzliche Segellast, eine Farblast, einen Funkraum, denn augenblicklich hatte die alte *Achat* nichts an Bord, was modernen Kommunikationsmitteln auch nur ähnlich sah, eine stärkere Maschine und damit verbunden wiederum mehr Treibstoff. Es würde eine Herausforderung für Jörgs Vater sein, alles im Rumpf des Schoners unterzubringen, aber es würde gehen. Die *Achat* war schließlich zum Transport von Fracht gebaut worden. Etwas Gewicht konnte sie schon vertragen. Diese Fahrt hier, das war nur ein Provisorium. Am Ruder schnüffelte Jörg. Tomatensoße, eindeutig! Auch Wolters, der um das Seitendeck ging und das stehende Gut kontrollierte, hatte offensichtlich den Geruch wahrgenommen. Grinsend hob er den Daumen in Richtung Anton, der im Augenblick einfach faul an Deck saß und die Nachmittagssonne genoss. Zufrieden lächelte Jörg, während seine kräftigen Hände die Ruderlage etwas korrigierten. Sie lagen nicht wirklich hoch am Wind, die *Achat* konnte mehr. Aber für den Augenblick war er zufrieden, das lebendige Schiff unter sich zu fühlen und einfach dahinzugleiten. Es würde nicht so einfach bleiben, dann konnten sie zeigen, was sie draufhatten. Er blickte hinauf zum Mast, an dem die italienische Flagge fröhlich im Wind flatterte. Nichts anderes als ein weiterer alter Schoner.

In der Nacht frischte der Wind auf und drehte. Jörg schlug die Augen auf und blickte einen winzigen Moment verschlafen in die Dunkelheit. Die unruhigen Schiffsbewegungen drangen in sein Bewusstsein, das Wasser, das am Rumpf vorbeirauschte, die Geräusche. Das unwillige Knarren des alten Holzrumpfes.

Es klopfte, und dann riss Wolters auch schon die Tür auf. »Jörg, Georg braucht dich oben.«

»Bin sofort da!« Wilhelm schwang die Beine aus der schmalen Koje und schüttelte den Kopf, um klar zu werden. »Was liegt an?«

»Der Wind hat gedreht, und Georg fürchtet, er wird noch stärker werden.«

Jörg hörte die Warnung in den Worten. »Süd?«

»Ziemlich genau aus Süd. Und sehr warm.« Mehr brauchte Wolters nicht zu erklären. Scirocco. Mit einem Satz war der Skipper auf den Beinen und lief den Niedergang hoch.

An Deck begrüßten ihn ein starker warmer Wind und ein paar ziemlich kalte Wasserspritzer. Er atmete tief durch und spürte, wie die letzten Reste von Schlaftrunkenheit verschwanden. Georg war ein erfahrener Segler, auch auf längeren Törns. Er hatte seinen Skipper rechtzeitig wecken lassen. Mit ein paar Schritten war er am Ruder. »Wie sieht es aus?«

»Wind aus beinahe Süd und frischt schnell auf.« Georg Rath blickte in die Dunkelheit, aber alles, was man erkennen konnte, waren einzelne Wellen mit weißen Köpfen. Keine richtigen Brecher, das Mittelmeer war hier nicht tief genug, um solche hohen Wellen zu produzieren. Für die alte *Achat* waren sie aber bereits hoch genug. »Wir müssen den Kurs wechseln, sonst treiben wir zu weit ab. Oder wir suchen Schutz unter Land.«

Jörg warf einen Blick auf den Kompass. Noch immer liefen sie etwa Südwest, weg von der italienischen Küste, um Raum zu gewinnen. Er schüttelte den Kopf. »Zu spät.« Die warme Luft war ungeheuer staubhaltig geworden. »Da kommt ein rechtes Sauwetter auf uns zu.« Er runzelte die Stirn. Wie meistens gab es zwei offensichtliche Alternativen. Sie konnten beidrehen. Nach Norden hatten sie bereits einigen Raum, selbst wenn der Sturm sie abtreiben sollte. Also beidrehen und abreiten? Es konnte sie später Tage kosten, die Strecke wieder aufzukreuzen. Oder auf den anderen Bug wechseln und nach Südosten laufen? Sie konnten Weg gutmachen, aber sollte es ein starker Sturm werden, dann riskierte er, auf die Küste getrieben, oder schlimmer noch, entmastet zu werden. Ende September. Die Zeit der Sciroccos, beinahe schon etwas spät, aber nur selten wurden sie zu richtigen Stürmen. Jörg zögerte kurz. Er war mehr im Atlantik gesegelt als im Mittelmeer und selten zu dieser Jahreszeit. Aber seemännischer Instinkt war seemännischer Instinkt, und der schlug gerade heftig Alarm. »Wir bleiben auf diesem Bug. Ein Klüver, gereffte Großsegel. Ruf die Männer, wir gehen etwas höher an den Wind.«

Rath schluckte kurz. *»Höher?«*

»Höher, aber wir nehmen Segel weg.« Jörgs Augen funkelten. »Zeit, dass die *Achat* zeigt, was sie kann!«

»Aye!« Rath sah ihn kurz an, und Jörg meinte, er könne beinahe die Gedanken des Mannes hören. *Verrückt!*

Jörg umfasste das Ruder und spürte die unruhigen Vibrationen. Als sei das Schiff selber unruhig, so unruhig wie er. Eine Herausforderung, mehr brauchte es nicht.

Auf dem Deck erschienen undeutliche Gestalten in der Dunkelheit. »Innenklüver einholen! Anton, du kennst den Drill!«

Aus der Dunkelheit hörte er Berwitz' raue Stimme. »Ran an den Speck, Männer!«

Die Gestalten eilten nach vorne. Der Klüver war durchnässt und zum Zerreißen gespannt. Das nasse Tuch zu bergen war Schwerstarbeit, aber die Männer verstanden ihr Handwerk. Nach wenigen Augenblicken fiel die bleiche Leinwand in sich zusammen. Harte Fäuste trugen ihren Kampf mit dem widerspenstigen Segel aus und laschten es fest. Von Jörgs Standpunkt am Steuer sah es so aus, als stehe Anton auf dem Bugspriet mitten im Wasser. Aber er spürte, wie die Bewegungen im Ruder weicher wurden. Weniger Druck vorne. Doch das würde sich wieder ändern.

»Achtung!« Vorsichtig legte er das Ruder, und der Bug der *Achat* stampfte nach Backbord weg. Wasser kam über und breitete sich schäumend auf dem Deck beinahe bis zum vorderen Niedergang aus. Die großen Bäume an Fock- und Großmast wollten dem stärkeren Zug folgen. »Dichtholen!«

Die Männer stemmten sich in die Taue. Der Wind heulte im Rigg, und Jörg spürte den Sand zwischen den Zähnen. Dieser Sturm kam geradewegs aus der Wüste Nordafrikas. Sie konnten seine wilde, ungebändigte Kraft spüren. In dieser Nacht würden auch ein paar andere Schiffe in Schwierigkeiten kommen. Größere und modernere Schiffe. Und in ernstere Schwierigkeiten. Vom Bug her stießen in Halbminutenabständen weiße Wasserfontänen auf, für lange Augenblicke schwankte die *Achat* wie betrunken. Aber die Gaffeln kamen unten immer weiter ein, gegen den Zug der Segel dichtgeholt von den fluchenden und schwitzenden Männern, die beinahe waagerecht in den Tauen hingen. Die Backbordseite des Decks hing nur noch ein paar Handbreit über dem schäumenden Wasser, während die Steuerbordseite gen Himmel zu zeigen schien. Jörg musste sich gegen das Ruder stemmen, um das fragile Gleichgewicht aufrechtzuerhalten. Er konnte es nicht sehen, aber er war sicher, dass sich die Masten durchbogen. Der Zug war enorm. »Festmachen!« Er musste brüllen, um sich gegen den Wind verständlich zu machen. Die Bäume standen beinahe mittschiffs, und die Segel standen wie riesige, bleiche Muschelschalen in der Nacht. Aber alles hielt. Kein pistolenschussartiger Knall zeigte an, dass ein Stag brach, kein nervenzerfetzendes Reißen kündigte an, dass gleich mit Donner eines der großen Segel in Fetzen gehen würde.

Aus der Dunkelheit erschienen Rath und Anton. »Segel sind fest.« Der durchnässte Mann schüttelte sich wie ein großer, zottiger Hund. »Ziemlich viel Zug drauf.«

»Wir werden später ein zusätzliches Reff einschlagen müssen.« Jörg kontrollierte noch einmal die Stellung der Segel. Das ganze Deck schwamm, der Schoner lag halb auf der Seite, aber die *Achat* flog, bei Gott, sie flog. »Im Augenblick kann sie es noch gut ab.«

Rath verzog das Gesicht. »Wird ’ne lange Nacht.«

»Sieht so aus!« Wilhelm grinste. »Aber sieh es so, wir kommen voran.«

Stunde um Stunde kämpfte sich der alte Schoner voran, beinahe dem Wind in die Zähne. Nach Mitternacht mussten sie die Segel bis auf ein Minimum wegnehmen, und in jedem Wellental, das sie durchquerten, knarrte das Holz protestierend. Es war eine Nacht, in der kaum einer Ruhe fand und schon gar keinen Schlaf. In einer solchen Nacht sollte man nicht mit einem alten Segler draußen sein. Eigentlich überhaupt nicht, wenn man den gesunden Menschenverstand befragte. Aber nicht jeder hatte die Wahl.

Es war die Nacht, in der die italienische Marine zwei Patrouillenboote verlor, in der ein britischer Zerstörer bei dem Versuch, Landschutz unter Kreta zu gewinnen, auf Grund lief und erst am nächsten Morgen wieder freigeschleppt werden konnte. Und es war die Nacht, in der die *Achat* und viele ihrer betagten Schwestern den Sturm zwischen den Inseln oder entlang der italienischen Küste abritten. Einige wurden beschädigt, einige zogen sich fluchtartig unter Land zurück, aber etliche blieben auf See, sorgsam darauf bedacht, den felsigen Küsten nicht zu nahe zu kommen.

Es war ein überraschender Sturm, den der Wetterbericht nicht vorhergesagt hatte. Scirocco, das war normalerweise nur heißer, staubiger Wind. Nur manchmal, sehr selten, entwickelte er sich zu einem echten Sturm. Dieses Mal hatte er es getan und die Schifffahrt im gesamten Mittelmeer in Aufruhr versetzt.

Als im Laufe des Vormittages die Sonne durch die Staubwolken drang, der Himmel war immer noch in ein ungesundes Gelb getaucht, sah die *Achat* ziemlich mitgenommen aus. Alles war mit Wüstenstaub bedeckt, und bei jedem Schritt an Deck knirschte es unter den Füßen der Männer.

Jörg fuhr sich mit der Hand über die Wangen und wusste nicht richtig, ob es Bartstoppeln waren oder er nur den verdammten Sand fühlte. Aber der Sturm hatte nachgelassen. Zufrieden ließ er den Blick über sein Schiff gleiten. Er würde demnächst einen Schiffsort in die Karte kriegen, aber rein nach Gefühl hatten sie einiges an Weg gutgemacht, und der alte Schoner hatte sich prächtig gehalten. Klar, die Nacht war nicht spurlos an ihm vorbeigegangen. Jörg grinste, und wieder knirschte Sand zwischen seinen Zähnen. Jetzt war das Schiff eben noch mehr ein oller Zossen.

Anton kam von vorne auf ihn zu und hob den Daumen. »Alles in Ordnung.« Er schüttelte ungläubig den Kopf. »Ich habe das ganze Tauwerk kontrolliert.«

»Also, dann?« Jörg hob die Nase prüfend in den Wind. »Hoch mit dem Tuch! Weiter geht's«

»Aye, aye! Und danach sehen wir zu, dass es was zu essen gibt? Falls wir diesen Dreck jemals wieder aus der Kombüse kriegen.«

»Ein bisschen Dreck reinigt ja bekanntlich den Magen. Hab ich zumindest gehört.« Jörg lachte auf, als er Antons Gesicht sah. »Nein, besser, Dieter schrubbt alles noch mal durch.«

5. Kapitel

Vorbereitung

»Schon einmal in Tarent gewesen?«

Jörg nickte. »Kurz in der Marina. Aber dieses Mal sollen wir ins Marinearsenal …« Er ließ seinen Blick über die weite Bucht schweifen. »Laut Karte müsste das irgendwo im Südosten der Bucht liegen.«

»Wenn wir darauf zuhalten, haben wir sofort einen von den Burschen auf dem Hals!« Anton deutete auf zwei Wachboote, die in der Bucht scheinbar gelangweilt vor sich hindümpelten. Aber die blauen Abgaswolken am Heck zeigten an, dass die Boote sofort bereit waren, Fahrt aufzunehmen.

Jörg runzelte die Stirn. »Keine schlechte Idee eigentlich. Wir könnten die nach dem Weg fragen.«

Rath, der am Ruder stand und der Unterhaltung zugehört hatte, zog etwas unbehaglich die Stirn kraus. »Spricht einer von euch Italienisch?«

»Das ist mal wieder die verdammte großdeutsche Organisation. Wahrscheinlich stehen Degen und dein Vater schon mit allem, was das Herz begehrt, bereit, und dann hat man vergessen, für uns ein Licht ins Fenster zu stellen.«

»Hör auf zu mosern, Anton. Wie kommen wir ins Arsenal?« Jörg dachte nach. »Halt mal auf das nächste Wachboot zu, Georg.« Prüfend blickte er zu den Segeln empor. Nur eine Winzigkeit abfallen. Dazu brauchten sie nicht mal ein Segelmanöver.

»Unnötig!« Rath deutete mit dem Kinn in Richtung auf das Wachboot. »Die sind wach geworden!«

Tatsächlich setzte sich das Wachboot in Bewegung, aber wenigstens blieb die gefährlich aussehende Kanone auf dem Vorschiff unbemannt. Dafür blitzte eine Morselampe auf.

Jörg las laut mit. »Drehen Sie bei!« Eine Pause. »Willkommen in Tarent.« Er blinzelte. »Ich werde verrückt. Die morsen deutsch.«

Anton und Georg wechselten einen Blick. »Sieht so aus, als habe uns doch jemand ein Lichtlein ins Fenster gestellt.«

Jörg lächelte zufrieden. »Wir haben nichts, mit dem wir antworten könnten. Also drehen wir einfach bei. Georg, Segel einholen.«

Eines nach dem anderen verschwanden die großen Segel, und Jörg ließ das Boot mit der Restfahrt in den Wind drehen. Dann warteten sie auf das Wachboot.

»Ich hoffe nur, das Wachboot hat nicht alle Welt auf Sie aufmerksam gemacht.« Major Reinhard verzog das Gesicht zu einer säuerlichen Grimasse. »Es gibt nämlich auch englische Spione.«

»Ja …« Jörg erwiderte den finsteren Blick mit einem strahlenden Lächeln. »Ich freue mich auch, Sie hier zu treffen.«

Oberleutnant Degen streckte die Hand aus. »Willkommen in Tarent.« Er zögerte kurz. »Als wir von dem Sturm hörten, befürchteten wir schon das Schlimmste.«

Jörg nahm die dargebotene Hand und schüttelte sie. »Keine Sorge, die *Achat* ist ein gutes Boot. Die hat garantiert schon mehr als einen Sturm von der Sorte überlebt.« Er sah sich suchend um. »Wo ist mein Vater?«

»Noch unterwegs. Ihrer eigenen Schätzung nach sollten Sie ja erst morgen ankommen.« Der Major deutete kurz auf die Halle hinter ihnen. »Er hat sich sozusagen der Slipbahn bemächtigt und alles vorbereitet. Heute sitzt er mit einem Segelmacher zusammen.« Reinhard zuckte mit den Schultern. »Er hat auch Männer mitgebracht und einen Haufen Material. Ich frage mich, ob es das nicht auch hier gegeben hätte.«

»Wahrscheinlich.« Jörg nickte. »Sie hätten auch einen Bootsbauer hier ganz offiziell beauftragen können, einen alten Schoner umzubauen; ich nehme an, die hätten den Auftrag gerne genommen.«

»Die Sicherheit ...«

»Eben!« Jörgs Stimme klang plötzlich scharf. »Eben, Major!«

Für einen Augenblick starrten sich die beiden Männer wütend an, dann senkte Reinhard den Blick. »Also gut. Wie lange werden Sie brauchen?«

»Sechs Wochen. Vielleicht acht.«

Der Major hob den Blick wieder und schüttelte den Kopf. »Sie haben vier.«

»Vier Wochen, das ist zu kurz.« Jörg blinzelte. »Das ...«

»Sie müssen es.« Der Oberleutnant räusperte sich verlegen. »Wir brauchen Sie. Ihr erster Einsatz steht bevor. Ihr Vater weiß bereits Bescheid und tut, was er kann. Und auf Sie kommt auch eine Menge Arbeit zu.« Er sah sich nach den Männern der Crew um, die sich an Deck der *Achat* zu schaffen machten. »Kein Landgang.«

»Das wird den Männern stinken.«

Degen zuckte mit den Schultern. »Trotzdem, wir müssen auf Nummer sicher gehen.«

»Also schön, ich nehme an, Sie werden mir sagen, was anliegt, wenn wir die *Achat* auf der Slipbahn haben?«

Reinhard sah ihn ausdruckslos an. »Soweit es Sie betrifft,

Wilhelm.« Er ließ seine Worte wirken. »Wenn es an der Zeit ist, dass Sie es erfahren.«

Es dauerte einen Tag, die *Achat* so weit bereitzumachen, dann zogen starke Winschen den Schoner auf die Slipbahn. Adolf Wilhelms deutsche Arbeiter und etliche italienische Werftarbeiter schwärmten aus und begannen ihr Werk. Innerhalb von Stunden rissen sie im Inneren des Rumpfes Zwischenwände nieder, inspizierten das Unterwasserschiff und begannen, Teile des stehenden Gutes auszuwechseln. Für den Außenstehenden musste es wirken wie ein Ameisenhaufen, aber das Durcheinander hatte Methode.

In einem Schuppen nahe der Slipbahn beugten sich Adolf und Jörg Wilhelm über einen Stapel Pläne, eher provisorische Skizzen! Die alten Pläne der französischen *L'Achat* mochten irgendwo noch existieren, aber sie hatten sie nicht zur Hand. Alles, was sich in diesen Skizzen fand, hatten sie selber ausmessen und berechnen müssen.

»Wir wissen nicht, für wie lange das Wasser reichen muss.« Vater Wilhelm schob die Zunge an einem Rechenschieber herum. »Aber ihr seid sechs Mann, rechne noch mal sechs Badegäste dazu, um auf der sicheren Seite zu bleiben, das bedeutet mit allem Drum und Dran mindestens einhundertzwanzig Kilo Gewicht am Tag, beinahe zweieinhalb Tonnen für einen Törn von zwei Wochen, wenn du noch etwas Reserve willst.«

»Ich verstehe das Problem nicht.« Oberleutnant Degen blickte auf die Skizzen. »Sie sagten, die *Achat* sei gebaut, um Ladung zu tragen. Zweieinhalb Tonnen können doch nicht das Problem sein, selbst wenn die anderen Umbauten einiges an Gewicht mit sich bringen.«

Adolf Wilhelm warf dem Heeresoffizier einen finsteren Blick zu und konzentrierte sich wieder auf seinen Rechenschieber. Es blieb also Jörg überlassen, dem Oberleutnant eine

Antwort zu geben. »Zweieinhalb Tonnen sind kein Problem, aber diese zweieinhalb Tonnen verschwinden ja über die Fahrt hinweg. Also müssen sie eventuell durch Ballast ersetzt werden. Es sei denn, wir sind, was die Stabilität im Wasser angeht, ohnehin auf der sicheren Seite.«

»Oh!« Degen blinzelte. »Daran hatte ich nicht gedacht.«

Jörg verzog keine Miene. »Dafür gibt es ja auch Bootsbauer.« Er zögerte. »Wir haben das gleiche Problem mit Proviant. Aber Wasser bringt ein zweites Problem mit sich. Stellen Sie sich einen Tank vor, der zweieinhalbtausend Liter fasst. Das sind so ungefähr acht oder neun Badewannen voll. Aber alles in einem Tank. Solange das Ding randvoll ist, kein Problem. Aber wenn der Tank nur halbvoll ist, dann haben Sie eine Tonne Wasser, die mit jeder Bootsbewegung schwappt.«

»Eine Tonne?« Degen sah ihn unruhig an. »Das bedeutet, der Tank muss ziemlich stabil sein.«

»Nicht nur das, er muss auch stabil verankert sein, und die Teile, an denen er verankert ist, sollten besser auch stabil sein.« Adolf blickte von seinen Berechnungen auf. »Jörg, wir teilen den Tank. Wenn es nach mir geht, in vier kleinere Tanks. Dazwischen eine kleine Pumpe, dann kannst du die Füllungen austarieren, wie es dir gerade passt.«

Jörg beugte sich über die Skizzen. »Wo hast du gedacht?«

»Hier, hier, und noch mal hier und hier!« Adolf deutete auf die Stellen, die er für die Tanks im Sinn hatte. »Etwas weit außen, aber der Laderaum geht hier runter bis zur Bilge. Nur eine Bretterlage, nicht mehr.« Der alte Bootsbauer wirkte etwas trübsinnig. »Ich glaube, jemand hat das nachträglich umgebaut.«

Degen trat unruhig von einem Fuß auf den anderen. »Die Details sind ja alle schön und gut, meine Herren, aber die Frage ist, schaffen Sie es in vier Wochen? Je schneller, desto besser.«

»Sitzt Reinhard Ihnen derart mächtig im Nacken, Herr Oberleutnant?«

»Der Major hat auch seine Probleme, Herr Wilhelm. Er ist nicht derjenige, der diesen Zeitplan gemacht hat. Er muss nur damit leben.«

Jörg sah den Oberleutnant starr an. »Warum diese plötzliche Hektik?« Er runzelte die Stirn. »Reinhard deutete beim ersten Gespräch etwas an. Italien könnte möglicherweise …« Er brach ab und beobachtete Degens Gesicht.

Der Oberleutnant seufzte. »So viel also zur Geheimhaltung.« Er erwiderte Jörgs Blick. »Ich kann mich darauf verlassen, dass nichts diesen Raum verlässt? Nicht, bevor Sie Ihre Befehle bekommen haben?«

»Einverstanden.«

Degen seufzte erneut. »Wir glauben, Mussolini will zuschlagen. Wahrscheinlich in Jugoslawien und Griechenland gleichzeitig. Er hat Truppen verschoben, die Arsenale sind aufgefüllt worden, all das.«

»Er ist noch immer mit den Engländern in Nordafrika beschäftigt. Es könnte ja sein, dass er dort endlich Nägel mit Köpfen machen will.«

»Nein.« Degen schüttelte den Kopf. »Die Italiener haben keinen Schiffsraum, um Truppen in dieser Größenordnung über das Mittelmeer zu bringen.« Er senkte unwillkürlich die Stimme. »Wir glauben, er wird Albanien als Angriffsbasis benutzen.«

Albanien war vor einem Jahr von den Italienern besetzt worden. Jörg dachte über die Situation nach. »Die Italiener werden nicht viel Freude mit einem Krieg in Griechenland haben. Die Griechen können verdammt harte Burschen sein, und mit dem ersten Schuss wird sofort die Navy aktiv werden.«

»Es könnte sein, dass man sich der Situation in Athen und London genauso bewusst ist. Dass es vielleicht schon einen

Handlungsplan gibt.« Degen sah sich um, als vermute er Spione in jeder Ecke. »Verstehen Sie, Ihre Ansicht über die Griechen deckt sich mit der unseren. Wir glauben, dass Mussolini sich schon wieder übernimmt.«

Jörg starrte ihn an. »Was wird geschehen, wenn das der Fall ist?«

»Was wohl?« Der Oberleutnant schnitt eine Grimasse. »Die Wehrmacht wird Mussolini raushauen müssen. Ein neuer Kriegsschauplatz, eine zweite Front. Das Letzte, was irgendjemand will.«

»Und Sie wollen Ihre Agenten in Stellung bringen, bevor Mussolini den Knoten platzen lässt? Ist es das?«

Der Oberleutnant wand sich etwas. »Bitte, ich bin nicht befugt, Sie jetzt schon in die Einzelheiten einzuweihen. Es könnte sich auch alles noch mal ändern.«

Jörg wusste, Degen hatte bereits mehr gesagt, als er durfte. »Eine Frage trotzdem noch, für wie lange sollen wir rechnen. Tage in See, meine ich?«

»Sagen wir, Sie haben einen Törn von etwa zwölfhundert Meilen vor sich. Mit ein paar Extratagen.«

»Zwölfhundert Meilen?« Der Skipper dachte nach. »Vater, du hast recht, wir teilen die Tanks. Und ich will drei Tonnen.«

»Drei Tonnen.« Adolf Wilhelm blickte unsicher auf die Skizzen. »Ich denke mir was aus. Du brauchst auch mehr Raum für Proviant.« Er zuckte mit den Schultern. »Die Kammern werden sowieso eher Hundehütten, aber mehr geht einfach nicht.« Er sah Degen an. »Ihre Agenten sollten keine Luxusüberfahrt erwarten.« Er schüttelte den Kopf. »So schnell wie möglich, möglichst vorgestern.« Seine Aufmerksamkeit wandte sich einer anderen Skizze zu. »Können Sie mir Kupferblech besorgen?«

Jörg sah seinen Vater verdutzt an. »Kupferblech? So was verwendet man doch schon lange nicht mehr.«

»Nicht bei Rennyachten.« Adolf zwinkerte seinem Sohn zu. »Aber eigentlich nur, weil die nicht lange unterwegs sind. Und Stahlschiffe haben Stahlrümpfe und so weiter. Für einen kleinen Levantiner Gammelsegler ist Kupfer auch zu teuer.«

»Wenn wir am Wind liegen, wird das Unterwasserschiff leuchten wie ein Leuchtfeuer.« Jörg hatte offensichtlich seine Zweifel.

»Mennige, gemischt mit brauner Farbe.« Adolf zuckte mit den Schultern. »Nicht optimal, aber da leuchtet gar nichts.« Er sah seinen Sohn ernst an. »Und sollten die Tommys so nahe kommen, dass sie deine *Achat* aus dem Wasser holen und untersuchen können, dann ist es sowieso zu spät.« Er wandte sich an Degen. »Also, wie sieht es mit Kupferblech aus?«

»Wie dick, wie viel?« Der Oberleutnant zückte sein Notizbuch.

Sie schafften es. Sogar in etwas weniger als vier Wochen. Wobei der lange Arm der Abwehr mehr dazu beitrug, die Dinge zu beschleunigen, als man vorher hatte erwarten können. Am 24. Oktober 1940, einem Donnerstag, glitt die *Achat* wieder zurück in ihr gewohntes Element. Obwohl der Anlass eigentlich nach einer richtigen Feier verlangt hätte, mussten sich alle mit ein paar Bier begnügen.

Georg stieß mit Anton an. »Auf die alte Lady.« Er grinste. »Sie sieht von außen nicht wesentlich anders aus als vorher.«

Der Vorschoter grinste breit. »Du hast innen gearbeitet, hast also keine Ahnung, was das für eine Sauerei war, bis es wieder genauso übel aussah.«

»Ich habe es gerochen!« Georg lachte zufrieden. »Aber wir waren im Inneren auch nicht gerade untätig.«

»Kaum zu glauben, dass wir das alles in der Zeit geschafft haben.« Anton hob grüßend die Flasche zu den italienischen Werftarbeitern. »Ohne die Jungs wäre es Essig gewesen.«

Rath deutete auf das Deck. »Der Skipper scheint auch zufrieden zu sein.«

»Ich glaube, er will endlich hier raus.« Nachdenklich beobachtete Anton Jörgs hohe Gestalt. Die beiden Wilhelms standen zusammen nahe beim Ruder und unterhielten sich; dabei hielten sie die an diesem Tag unvermeidlichen Bierflaschen fest in der Hand. Ungeöffnet. Unwillkürlich wandte Anton den Blick ab. Die Zeit drängte, und die Welt veränderte sich täglich. Nicht, dass Anton die Welt wirklich verstand, und er gab auch zu, dass er sich gar nicht die Mühe machte. Aber die Welt trieb sie alle hinaus. Er wollte nicht raus, er musste!

Es dauerte zwei Tage, alles an Bord zu schaffen, von einem umfangreichen Sortiment an Seekarten über Proviant, der zum Leidwesen Antons sehr viel Pasta aller Art enthielt, bis hin zu einer Funkausrüstung, deren Antennen kunstvoll in zwei Stagen an Back- und Steuerbord versteckt waren. Nicht, dass die *Achat* viel funken würde, aber die Anlage erlaubte es, zu hören, was vor sich ging, ein Vorteil, wenn es galt, der Royal Navy aus dem Wege zu gehen. Tauwerk, Farbe, Werkzeug – kurz: Alles, was ein Boot auf einem längeren Törn wie diesem vielleicht gebrauchen konnte – kam an Bord.

Major Reinhard blickte Jörg Wilhelm an, der es sich hinter dem Tisch in der Kammer des Kapitäns gemütlich gemacht hatte. Noch immer lagen überall Kleidung und persönliche Gegenstände herum, aber Wilhelm hatte bisher nicht viel Zeit bekommen, sich einzurichten. »Ihre Befehle.«

Der Skipper nahm den dicken Umschlag mit einem leichten Zögern entgegen und riss ihn sofort auf. Reinhard beobachtete das Gesicht des Seglers, während der die sorgfältig getippten Anweisungen überflog. Überraschung, Interesse, Misstrauen. Es war die Mischung, mit der Reinhard gerechnet hatte.

Jörg blickte auf. »Zwei Treffpunkte? Und Abholung?«

»Es handelt sich um Agenten, die Informationen zu uns bringen.« Reinhard beugte sich etwas vor. »Leute, die möglicherweise gefährdet wären, sollte Mussolini zuschlagen.« Der Major sah die Überraschung im Gesicht des Skippers und nickte. »Oh ja, natürlich war mir klar, dass Degen Ihnen erzählen würde, was vor sich geht.«

»Na dann?« Jörg warf wieder einen kurzen Blick auf die Befehle. »Hier stehen Orte und Zeiten, aber nicht, wie ich Ihre Agenten erkenne. Es kann sein, dass ich in eine Falle segle.«

»Es gibt ein Erkennungszeichen, weiter hinten in Ihren Unterlagen.« Reinhard zuckte mit den Schultern. »Natürlich können wir Ihnen keine Personenbeschreibung mitgeben. Ich verlasse mich sowieso darauf, dass diese Befehle mit dem Schiff sinken, sollte etwas schiefgehen.« Er zögerte. »Sie finden in Ihrem Tresor einen bleibeschwerten Beutel, nur für den Fall. Und ich werde heute Abend noch etwas an Bord schicken. Ebenfalls nur für den Fall der Fälle.«

6. Kapitel

Schiffe, die sich nachts begegnen

Anton beobachtete die beiden Männer, die friedlich auf der Ladeluke hockten und ganz den Eindruck faulenzender Seeleute erweckten. Nur dass die Ladeluke keine Ladeluke mehr war, sondern nur dazu diente, die darunterliegenden Kabinen zu belüften. Adolf Wilhelms Leute waren im Inneren ziemlich rücksichtslos vorgegangen, aber immerhin hatten sie sieben kleine Kabinen in das Boot gequetscht und dazwischen noch Raum für eine winzige Messe, eine Kombüse und einen Kartenraum geschaffen, in dem jetzt auch das Funkgerät stand. Nicht schlecht, wenn man bedachte, was sonst noch alles untergebracht worden war.

Und die beiden faulenzenden Seeleute waren auch keine echten Seeleute. Anton kannte ihre Namen nicht. Soweit es die Crew betraf, hießen sie Otto und Fritz. Also war wenigstens sicher, dass das nicht ihre wirklichen Namen waren. Es gab noch einen Karl, der natürlich mit Sicherheit auch nicht Karl hieß. Der dritte der Agenten lag seekrank auf der Koje, praktisch schon, seit sie am Samstagabend Tarent verlassen hatten. Und der Morgen, der da graute, war bereits der Montagmorgen. Mit genüsslichem Schauer entschied Anton, dass der dritte Agent inzwischen wohl langsam den schwarzen Ring sehen könne.

»So in Gedanken?« Jörg schlug Anton auf die Schulter. »Oder einfach noch etwas schläfrig?«

»Was machst du denn hier oben?« Berwitz erwiderte hellwach den Blick seines Skippers. »Ich dachte, du warst bis Mitternacht am Ruder?«

»War ich!« Jörg blickte auf die See, dann auf den Himmel. »Das Wetter scheint zu halten. Aber der Wind hat etwas aufgefrischt.«

»Nicht so weit, als dass wir Probleme bekommen.« Wieder warf Anton einen Blick zu den beiden Agenten hinüber. »Die beiden können auch nicht schlafen.«

»Könntest du das? Wenn du so etwas machen würdest?«

Anton hob abwehrend die Hände. »Gott bewahre! Ich weiß ja nicht einmal, was die Burschen genau machen.«

»Ich auch nicht, und ich will es auch gar nicht wissen.« Jörg fuhr sich durch die Haare. »Wir sind hier nur das Taxi. Rein in die Adria, die drei an der jugoslawischen Küste absetzen und wieder raus.«

»Mitsamt ihrem verdammten Koffer.« Anton nickte zustimmend. »Das Ding macht mich nervös. Und der Kram, den Reinhard geschickt hat …« Er ließ den Rest offen.

»Was Reinhards Kram angeht, so muss er es wohl uns überlassen, ob wir ihn benutzen. Und den Koffer?« Jörg verzog keine Miene. »Ich glaube, die sind genauso wie wir daran interessiert, dass uns da nichts um die Ohren fliegt.«

Langsam erhob sich die Sonne aus dem Meer. Aber es war Ende Oktober. Das Rot war nicht mehr ganz so kräftig, und für einige Minuten erinnerte nichts an die strahlenden Sonnenaufgänge, für die das Mittelmeer so bekannt war. Nur mühsam setzte sich das Licht gegen das Grau des Morgens durch, und die Sonne würde noch um etliche Grad steigen müssen, bis die Gewässer südlich der Adria wieder den gewohnten grünlichen Farbton des Mittelmeeres zeigen würden.

Erst nach einigen Minuten sprach Anton wieder. »Wir gehen heute durch die Straße?«

Die Straße, das war die Straße von Otranto, die Einfahrt in die Adria. Nur etwas mehr als achtunddreißig Seemeilen breit, die engste Stelle ihrer Passage. »Ja, der Wind steht günstig. Etwas zu gute Sicht für meinen Geschmack.«

»Wenn ich ein Tommyskipper mit einem verdammten U-Boot wäre, würde mir keine bessere Stelle einfallen, um zu lauern.«

»Vermutlich.« Jörg legte die Hände auf die Reling und spürte das alte zerschrammte Holz. Wie etwas Lebendiges. »Aber unsere *Achat* ist zu klein, um einen Torpedo zu lohnen. Die warten auf größere Beute.« Er verfolgte den Gedanken weiter. »Die Tommys, die Griechen und, soweit ich weiß, auch die Jugoslawen haben Schiffe in diesen Gewässern. Natürlich immer schön auf der jugoslawischen Seite der Adria, aber der Himmel weiß, warum die Italiener nicht wenigstens da einen Riegel vorschieben können.«

»Sind halt Italiener.« Anton zuckte mit den Schultern, als würde das alles erklären. Vielleicht tat es das auch, wenigstens in diesem Krieg.

»Du kannst ja mal auf den Mast klettern«, schlug Jörg ihm vor. » Die Aussicht von da oben dürfte bestimmt großartig sein.«

»Sicher ...« Berwitz nickte ernsthaft. »Und vor allem kann man von da weit sehen.«

»Georg steht am Ruder, ich bin dann mal unten.« Jörg schnüffelte in der Luft, aber Kaffeearoma war noch keines zu erschnuppern. »Jakob ist mit Frühstückmachen dran.«

»Alles klar!« Anton rappelte sich auf. »Ich spiele dann mal Ausguck.«

Unter Deck kam das Leben erst langsam in die Gänge. Was daran lag, dass das Leben eigentlich nie so richtig endete. Solange keine großen Segelmanöver notwendig wurden, konnten zwei von ihnen die *Achat* beherrschen. Aber wenn sie einen größeren Kurswechsel vornehmen mussten, das Schiff auf den anderen Bug legten, wendeten oder dergleichen andere Manöver durchführten, dann wurde immer die Muskelkraft aller an Deck gebraucht, egal ob bei Tag oder Nacht. Aber ansonsten ging auch das normale Leben weiter. Schlaf in See, das war keine Rechnung der Tag- und Nachtstunden, das war eine Frage von Wachen und Alle-Mann-Manövern.

Trotzdem und trotz der frühen Morgenstunde gab es Anzeichen von Leben unter Deck. Wie immer lag die *Achat* natürlich etwas auf der Seite, dem Zug der Segel folgend. Alles hier unten war also ebenfalls schief. Ein irrer Anblick, aber die Crew war ihn gewohnt. Für die Agenten machte es das Leben natürlich auch nicht gerade leichter. Aber wenigstens lagen Segelschiffe immer ruhiger als Motorschiffe. Sie stabilisierten sich ja über die Segel und ihren Kiel.

In der engen Kombüse klapperte Jakob Bär mit Töpfen, aus dem Kartenraum drangen ein hohes Rauschen und gelegentliche verzerrte Sprachfetzen, und aus einer der kleinen Kammern ertönte ein anhaltendes würgendes Geräusch. *Armer Kerl! Was machen wir mit dem, wenn wir schlechteres Wetter kriegen sollten?* Aber Gedanken an »Gnadenschuss« und das berühmte Stück Speck an einer Schnur kamen Jörg nur kurz in den Sinn. Neugierig quetschte er sich in den Kartenraum, und Wolters, der vor dem Funkgerät saß, blickte auf. »Ich dachte, ich höre mich mal um.«

»Gute Idee!« Jörg warf einen kurzen Blick auf die Karte. Sie befanden sich jetzt auf der Ostseite des Stiefelabsatzes. Irgendwo, nicht mehr weit von der Straße von Otranto entfernt.

Dieter Wolters hatte ein paar neue Standlinien eingetragen. »Was hast du?«

»Einen italienischen Radiosender an der Adria, ein Flugfunkfeuer der Italiener, das ich im Seehandbuch gefunden habe, und die Hafenmeisterei von Otranto.« Wolters grinste. »Keine Bange, ich habe nicht geantwortet, nur gelauscht.«

»Dann ist es ja gut.« Jörg beugte sich vor. »Sonst noch etwas? Schiffe?«

»Schweigen im Walde.« Dieter drehte etwas am Gerät herum. »Es muss Schiffe geben, aber die halten alle brav den Mund, damit keiner sie hört.«

»Frachter, U-Boote, die üblichen Jäger und Gejagten?«

»So in etwa.« Wolters zögerte kurz. »Dafür sind die Radioleute ziemlich aufgeregt. Ich verstehe nur kein Wort. Hör's dir mal an.« Er verstellte wieder die Frequenz, und nach etwas Pfeifen und Rauschen konnten sie plötzlich eine einigermaßen klare Stimme hören. »Ist das der Mussolini?«

»Keine Ahnung!« Jörg lauschte der Stimme, die in italienischer Sprache offensichtlich eine Rede hielt. »Aber er hält eine Ansprache, das ist keine Musiksendung, die du da gekriegt hast.«

»Na toll, der tut das schon seit mindestens zwanzig Minuten.« Dieter versuchte, aus den wenigen Worten, die er klar verstand, schlau zu werden. »Das war ›Römisches Imperium‹ … und das war doch ›guerra‹, ist das nicht Krieg oder so etwas? Und gestern klang alles nicht halb so aufgeregt.«

»Glaube schon. Der hört sich irgendwie wichtig an.« Jörg verzog das Gesicht. »Ich wollte wirklich, ich könnte etwas Italienisch verstehen. Das Römische Imperium scheint ja in so ziemlich jeder Mussolini-Rede vorzukommen. Vielleicht ist er es also wirklich selber. Aber ich frage mich, warum …« Er brach ab.

»Warum?« Wolters sah seinen Skipper neugierig an. »Du hast eine Idee?«

»Ich hoffe, ich liege jetzt völlig falsch.« Jörg warf einen weiteren Blick auf die Karte. »Wir halten uns besser an die italienische Seite der Adria. Das hört sich beinahe genauso an wie die Rede unseres geschätzten Führers, als er den Krieg gegen Polen vom Zaum brach. Nur die Sprache ist anders.«

»Du glaubst, die Italiener sind losmarschiert?«

Jörg nickte ernst. »Abzusehen war es schon lange. Aber wir wissen nicht, ob nur gegen die Griechen oder auch die Jugoslawen.«

»Das letzte Mal, als ich in Jugoslawien war, standen die uns Deutschen eigentlich ziemlich nahe. Eine Menge von Fans auf der Prinz-Paul-Regatta.«

Jörg schüttelte den Kopf. »Auf der Prinz-Paul-Regatta vor drei Jahren? Da habe ich gefehlt.«

»Da hattest du ja auch ein Bein in Gips und warst stinksauer.« Wolters grinste bei der Erinnerung. »Schuhmann war Steuermann und hat es gegen die *Tigress* verbockt.«

»Die haben wir erst ein Jahr später vor Cowes geschlagen. Aber da hat uns der Amerikaner beide eingeseift. Glückliche Friedenszeiten.«

»Und jetzt sind die Italiener vielleicht auf die Jugos losgegangen. In Berlin werden ein paar Köpfe rauchen.«

»Ich wollte, wir wüssten mehr.« Jörg konzentrierte sich wieder auf die Karte. »Wenn die Italiener auf die Griechen einprügeln, dann werden die Tommys nicht zusehen.«

»Was befürchtest du?«

Jörg dachte nach. »Die Tommys werden etwas unternehmen, und zwar schnell. Darin sind sie gut. Fragt sich nur, was?«

»Nicht so schwierig vorherzusagen, denke ich.« Dieter deutete auf den Übersegler, den er an die Schottwand gepinnt hatte. »Kreta ist für sie wichtig als Basis. Also werden sie versuchen, sich Kreta zu greifen. Nicht viel, was die Italiener da tun können.«

»Kreta betrifft uns hier aber nicht.«

»Nein, tut es nicht. Oder nicht sofort. Denn die können von dort aus natürlich Flugzeuge starten lassen.« Wolters Finger glitt nach Norden. »Die werden die griechischen Gewässer verminen, und wenn sie können, dann gleich weiter hoch bis vor die albanische Küste. Um zu verhindern, dass die Supermarina über See kommt.«

»Also?«

Wolters klopfte unsicher mit der Hand auf den Kartentisch. »Wir wissen nichts Genaues. Es wäre nett von Reinhard, uns mal was mitzuteilen.«

»Auf jeden Fall, sollte es nämlich heute Morgen geknallt haben, dann haben wir bereits in der kommenden Nacht Tommys in der Straße. Das würde einen Sinn ergeben. Soweit irgendetwas an dieser Geschichte einen Sinn ergibt.«

Die Nachrichten sprachen sich in Windeseile auf der *Achat* herum. Es gab auch wenig, das auf so engem Raum geheim gehalten werden konnte. Die Männer nahmen die Neuigkeiten unterschiedlich auf. Anton fluchte vor sich hin. Wolters wollte beinahe in das Funkgerät hineinkriechen, um noch mehr zu erfahren, Bergmann, der Maschinist, streichelte die große Maschine, die von der Werft als Ersatz für die alte Kolbendampfmaschine eingebaut worden war, und sagte nichts. Jakob Bär, der lange Rostocker Segler, nickte bedächtig und schlug vor, sich an der italienischen Seite der Adria zu halten. Einzig Rath machte ein besorgtes Gesicht, als könnte er bereits bevorstehendes Unheil wittern.

Die drei Männer, die auf die Namen Otto, Fritz und Karl hörten, nahmen die Neuigkeiten mit unbewegtem Gesicht zur

Kenntnis, aber danach gingen sie in ihre Kammern und begannen, ihre Ausrüstung erneut zu kontrollieren. Jörg, der ihnen die Nachricht überbracht hatte, wusste nicht, was er davon halten sollte. Aber diese Männer waren gefährlich, und je schneller er sie von Bord haben würde, desto besser.

Der Tag verging in ängstlicher Erwartung. Als am Nachmittag kurz ein Flugzeug in Sicht kam, waren alle Männer an Deck und sahen zu dem kleinen, dunklen Punkt hinauf. Aber die Maschine kam nicht näher, nicht einmal nahe genug, um sie zu erkennen. Sie konnte italienisch, deutsch, englisch, vielleicht auch griechisch sein. In diesen Stunden wusste das niemand so genau. Eine Stunde später fingen sie einen allgemeinen Funkspruch in deutscher Sprache an alle deutschen Schiffe auf. Zwischen Italien und Griechenland waren Feindseligkeiten ausgebrochen. Alle Schiffe sollten das Ionische Meer und die südliche Adria meiden. Keine weiteren Angaben oder Informationen. Aber es war die Bestätigung, und das Schweigen an Bord wurde noch etwas tiefer.

»Wir laufen ab morgen unter jugoslawischer Flagge.« Jörgs Stimme hatte einen entschiedenen Klang. »Ich glaube kaum, dass wir mit dem italienischen Tuch dort drüben sehr beliebt sein werden.«

Otto, offenbar der Anführer der drei Agenten, musterte Jörg ausgiebig. »Ihr Auftrag lautet, uns nahe bei Split abzusetzen. Glauben Sie, dass wir bis dahin durchkommen?«

»Es gibt hier etliche Schoner wie diesen. Die können nicht alle kontrollieren. Aber mir wäre natürlich etwas Nebel oder Regen bedeutend lieber.«

»Es hängt vom Wetter ab?«

»Wir werden sehen, was wir vorfinden.« Georg Rath griff nach der Kaffeemug. »Es ist nichts, was wir beeinflussen können.« Er wandte den Kopf zu Jörg. »Ich habe es durchgerechnet. Der dreißigste und einunddreißigste sind mondlos. Sonnenuntergang kurz vor siebzehn Uhr, Monduntergang um viertel vor fünf am dreißigsten, halb sechs am einunddreißigsten.«

»Also wird es zur Treffzeit von elf bis eins in beiden Nächten stockfinster sein.« Otto zeigte sich zufrieden. »Dann sollte es doch gar keine Probleme mehr geben.«

»Abgesehen davon, dass wir uns bei völliger Dunkelheit an eine Küste herantasten müssen, an der in drei Tagen keine Leuchtfeuer mehr brennen?« Jörg schüttelte den Kopf. »Wie sicher sind Sie, dass Ihre Leute dort sind?«

»Wie das so ist …« Der hagere Agent hob abwehrend die Hand. »Die Dinge entwickeln sich schnell in unserem Geschäft.«

Oben an Deck hörten sie Schritte, und unwillkürlich blickten die Männer in der Messe auf. Aber da öffnete sich bereits das Schott, und der Verdunkelungsvorhang kam in Bewegung. Etwas geblendet von dem plötzlichen Licht, sah Anton sich um. »Schiff!« Seine Stimme war kaum mehr als ein heiseres Raunen. »Was Größeres.«

In die Männer kam Bewegung. Dunkle Nächte am Ziel hin oder her, es konnte genauso gut sein, dass ihre Reise bereits hier endete.

7. Kapitel

Durchbruch

Abnehmender Mond, ein paar Wolken, die *Achat* lief immer noch raumschots vor dem Wind nach Nordnordost. Jörgs Sinne nahmen alle Details in dem Moment auf, in dem er an Deck trat. »Der Wind ist etwas unruhig.«

Bär, der am Ruder stand, zeigte kurz die Zähne. »Noch hält sie durch, aber schwächer sollte es nicht werden.« Tatsächlich waren die Segel bereits nicht mehr voll ausgebaucht, wie es bei einem Kurs beinahe vor dem Wind sein sollte. Wieder spürte Jörg die warme Brise, und mehr als eine Brise war es wirklich nicht. Dieser Wind musste direkt aus Afrika kommen, wie so oft hier im Mittelmeer. Aber er war schwach, und zwischendurch schlief er immer wieder ganz ein, als müsse er den Atem anhalten. Kein gutes Zeichen ... oder ein sehr gutes Zeichen, ganz wie man es betrachten wollte.

Anton hob das schwere Glas. »Steuerbord, drei oder vier Meilen.«

»Schwer zu erkennen.« Wilhelm studierte den undeutlichen Schatten. Der Mond spendete nur noch wenig Licht, und über der *Achat* spannte sich ein unendlicher Sternenhimmel. Ein atemberaubender Anblick, hätte einer der Männer in diesem Augenblick einen Sinn dafür gehabt. »Er läuft auf gleichem Kurs in die Adria.«

»Wir stehen beinahe schon an den italienischen Gewässern.« Rath zuckte mit den Schultern. »Nicht, dass es einen großen Unterschied machen würde.«

»Nicht für uns.« Der Skipper klang etwas abwesend. »Aber vielleicht für ihn.«

»Ein Tommy?« Anton ließ das Glas sinken und starrte Jörg an. »Dann ist er auf der falschen Seite.«

Wilhelms Zähne leuchteten in der Dunkelheit, als er grinste. »Nicht unbedingt, Anton. Er ist auf der Seite, wo ihn keiner erwartet. Gewitzte Hunde, diese Tommys.«

»Einer? Oder sehen wir nur einen?«

Jörg wandte sich zu Georg um. »Was glaubst du?«

»Mehrere. Wir sehen nur den, der am weitesten an Backbord steht.« Rath klang entschieden. »Bei der Dunkelheit sind die anderen verborgen.«

»Sie werden sich nicht um einen kleinen Kolcher wie uns kümmern. Die haben Wichtigeres zu tun.« Bär verstummte, als er die Blicke der anderen spürte. »Das werden sie doch nicht, oder?«

»Die schleichen hier durch. Warum hier, warum nicht auf der anderen Seite der Straße?« Jörg runzelte die Stirn. »Es ergibt nur einen Sinn, wenn sie glauben, dass auf der anderen Seite italienische U-Boote auf sie lauern. Jeder kann sich ja ausrechnen, dass die Navy etwas unternehmen wird, also kann sich die Navy auch ausrechnen, dass jeder sich das ausrechnet.«

Schritte erklangen, und der hagere Agent namens Otto trat zu ihnen. »Was ist es?«

»Ich vermute, ein Brite, Zerstörer oder Minenleger, etwas in der Art.« Jörg wandte sich zu seinen Männern. »Der muss Tomaten auf den Augen haben.« Sein Blick glitt nach oben zu den Segeln, die wie große bleiche Flügel über dem Schiff standen.

»Oder wir interessieren ihn tatsächlich nicht.« Anton spähte nach Backbord. »Wir könnten halsen und auf Porto Badisco zuhalten …« Er brach ab und sah Jörg an. »Entschuldigung, war eine blöde Idee.«

Otto bewegte sich unruhig. »Warum nicht, wenn es uns von ihm wegbringt?«

»Weil es ihn wecken wird. Wir stehen schon etwas nördlich von Badisco. Zwölf bis fünfzehn Seemeilen, also ungefähr zwei Stunden bei diesem Wind.« Jörg versuchte, sein Schiff mit den Augen des Engländers zu sehen, denen des Feindes. »Ein englisches Kriegsschiff. Er läuft vielleicht zehn Knoten, beinahe schon vor der italienischen Küste. In finsterster Nacht.«

»Ich verstehe nicht?« Ottos Stimme verriet, dass er es wirklich nicht verstand. »Mit der Maschine wären wir doch schneller?«

Rath räusperte sich. »Er kann schneller laufen, viel schneller. Aber er kriecht hier an der Küste entlang, weil auf der anderen Seite der Straße vielleicht U-Boote lauern. Und er kriecht, weil er andere bei sich hat, Schiffe, die an seiner Steuerbordseite stehen und die nicht schneller laufen können.«

»Warum dann nicht abdrehen?«

Jörg ließ das Glas sinken. »Alles, was er will, ist hier durchzuschlupfen. Ohne Lärm, ohne Ärger und ohne entdeckt zu werden.« Er lächelte nachdenklich. »Alles lief gut, aber nun ist er über einen alten Küstensegler gestolpert. Unwahrscheinlich, dass der alte Schoner ein Funkgerät hat, und seine Funker hören ja auch keinen Pieps von uns. Aber der verdammte Kolcher kann halsen und schnurstracks in den nächsten italienischen Hafen laufen, wo es ein Telefon gibt.« Die Stimme des Skippers wurde härter. »Das kann er sich nicht leisten. Nicht, wenn er in der nächsten Nacht schon wieder raus aus der Adria will. Sollten wir also in Richtung Italien drehen, bleibt ihm keine andere Wahl, dann muss er uns aus dem Wasser pusten, in der Annahme, wir seien ein italienisches Schiff.«

Die Temperatur an Deck schien um einige Grade zu sinken, als den Männern die Gefahr klar wurde.

Endlich räusperte sich Anton. »Verdammte Sch ...! Und was nun?«

»Nun?« Jörg hob das Glas und spähte wieder zu dem undeutlichen Schatten hinüber. Langsam, aber sicher zog das Kriegsschiff vorbei. »Nun geben wir ihm eine Beruhigungspille.«

Otto hob verdutzt den Kopf. »Was?«

»Jakob, wir warten ab, bis er ein Stück weiter voraus steht. Dann leg sie etwas höher an den Wind. Wir kreuzen sein Kielwasser.«

»Auf ihn zu?« Der Rostocker sah ihn mit offenem Mund an.

»Hinter ihn, bitte nicht auf ihn zu.« In Jörgs Stimme klang leise Belustigung mit. »Das da drüben ist die Royal Navy, dein Freund und Helfer, oder so.« Er wandte kurz den Kopf. »Anton, haben wir eine griechische Flagge dabei?«

Anton nickte ernsthaft. »Wahrscheinlich, und wenn nicht, können wir uns eine bis zum Sonnenaufgang malen.«

»Sehr schön!«

Rath schluckte schwer. »Du willst mit ihm mitlaufen?«

»Sieh es mit seinen Augen.« Jörg deutete hinüber. »Er ist von der Royal Navy. Seine Angst ist, dass dieser alte Segler vielleicht zum Feind gehört, zu den Italienern. Selbst wenn wir behaupten, Griechen zu sein, eine Flagge ist so schnell gesetzt in diesen Zeiten.« Er grinste in der Dunkelheit. »Aber das Letzte, was ein italienischer Skipper tun würde, ist, sich in den Schutz der Navy zu begeben. Vor allem, wenn er aus Angst vor den bösen U-Booten sowieso auf der falschen Seite der Straße läuft.«

Der Agent Otto musterte ihn von der Seite. »Ich weiß jetzt nicht, ob Sie so ein gerissener Hund sind oder einfach total verrückt. Was glauben Sie, hat er vor?«

»Wenn es nur darum ginge, Minen zu legen, könnte er mit voller Fahrt in die Adria rauschen, seine Eier legen und verschwinden. Englische Zerstörer haben das oft genug in der Nordsee gemacht.« Jörg zögerte kurz. »Ich glaube, östlich von ihm steht ein Geleitzug. Waffen, Munition, Truppen für die Griechen. Die Griechen werden jeden Mann auf dem Festland brauchen. Die Truppen auf den Inseln sind jetzt nutzlos, sie brauchen sie an Land gegen die vorrückenden Italiener, und das schnell.«

»Aber die Griechen haben doch keine Adriaküste, was wollen die dann hier?«

»Die Italiener greifen von Albanien aus an. Wenn die Griechen mit Hilfe der Engländer Truppen in Albanien landen können und gleichzeitig von Mazedonien eine Armee vorrückt, dann sind die Italiener in echten Nöten. Was ist das? Eine Zange von etwa sechzig bis siebzig Seemeilen, vielleicht hundertzwanzig Kilometer? Und möglicherweise zusätzlich noch die Gewässer vor Albanien vermint.«

Für einen Augenblick herrschte Schweigen, dann nickte Otto. »Sie können den Geleitzug nicht melden.«

»Können wir nicht. Aber wir können ihn als Deckung benutzen, jedenfalls, bis uns die schnelleren Tommys weglaufen. Jeder wird einsehen, dass wir die zehn Knoten nicht mitlaufen können.« Jörg hob wieder das Glas. »Er ist weit genug voraus. Alle Mann an Deck! Wir gehen höher an den Wind.«

Es dauerte ein paar Augenblicke, bis alle bereit waren. Das Ganze war kein schwieriges Manöver, man musste nur die Segel etwas mehr mittschiffs zurren, und die *Achat* richtete ihren Kurs weiter östlich. Jörg plierte auf den Kompass. Ziemlich genau Nordost. Der neue Kurs würde sie langsam, aber sicher hinter das Kriegsschiff bringen. Äußerlich ruhig, hob er das Glas. Aber der Tommy dampfte stur weiter. *Beruhigt, weil wir auf diesem Kurs niemals ein Telefon in Italien erreichen werden.* Der Skipper schmunzelte. Nichts weiter als einer von vielen alten Schonern in diesen Gewässern. Ein alter Tramp, der nicht mehr wollte, als seinen Bestimmungsort zu erreichen.

Als die Sonne aufging, lag die Straße von Otranto bereits hinter ihnen, und die *Achat* stand über dreißig Meilen tief in der Adria. Die Leuchtfeuer von Cap d'Otranto und San Cataldo hatten sie gar nicht mehr zu Gesicht bekommen, weil ihr Kurs sie bereits zu weit hinaus auf See geführt hatte. Nun segelte die *Achat* wieder auf einem mehr nördlichen Kurs immer tiefer hinein in die Adria, in jenes Randmeer, das in Friedenszeiten Tausenden von Urlaubern zu einem Begriff geworden war, zu einem bevorzugten Reiseziel für die weißen KdF-Schiffe ebenso wie für die schwarzen Cunard-Schiffe mit den weißen Aufbauten. Sie war Austragungsort einiger kleinerer Regatten, ein wahrer Traum mit ihren ewig langen Stränden – in Friedenszeiten.

Jörg blickte zum Verklicker. Der Wind hatte leicht gedreht, blies aber immer noch schwach und ungleichmäßig. Immer wieder fielen die Segel in sich zusammen, um sich in der nächsten Böe donnernd wieder zu füllen. Natürlich hatten sie bei diesem lausigen Wind die Engländer bereits Stunden vor dem Sonnenaufgang verloren, aber das war ein Verlust, den man an Bord der *Achat* wenig bedauerte.

Die Begegnung hätte leicht ins Auge gehen können, allzu leicht. Es hätte nur einer Winzigkeit bedurft, einer Kursänderung, die den Engländer misstrauisch gemacht hätte, eines Fehlers in ihrem Erscheinungsbild. Die schweren Kanonen eines Zerstörers hätten jeden Fehler umgehend zu einem Desaster gemacht. Mochte die Adria auch ein Paradies für Urlauber sein, aber auf ihrem Grund ruhten seit Jahrhunderten die Gebeine derer, die hier Fehler begangen hatten. Von sarazenischen Seefahrern, die die schnellen Wetterumschwünge vor Ostia unterschätzt hatten, von Italienern und Österreichern aus dem Ersten Weltkrieg, die einander unterschätzt hatten, von Seefahrern aller Nationen der Antike. Von den griechischen Dromonen bis hin zu Linienschiffen war der Meeresgrund der Adria übersät mit Wracks.

»Du ziehst ein Gesicht, als wolltest du jemanden fressen.« Anton blinzelte hinaus auf die See, die sich scheinbar in alle Richtungen unendlich weit erstreckte. Der Eindruck täuschte, denn in Wirklichkeit waren diese Gewässer erschreckend eng. Die Adria war ungefähr vierhundertachtzig Seemeilen lang und im Durchschnitt weniger als hundert breit. Ein Kriegsschiff konnte sie in knappen drei Stunden überqueren, ein Bomber würde rund dreißig Minuten brauchen. Die langsame *Achat* konnte es selbst bei diesem lausigen Wind in etwa fünfzehn Stunden schaffen. Der Eindruck von Weite war täuschend, und an allen Küsten rundherum gab es genügend Felsen, um den zu bestrafen, der dieser Täuschung erlag und von schwerem Wetter erwischt wurde. Anton wusste das alles.

»Der Wind gefällt mir nicht.« Jörg spuckte in die See. »Zu unruhig, und das schon seit letzter Nacht.«

»Du glaubst, es braut sich etwas zusammen?« Berwitz klang nur mäßig besorgt.

Jörg blickte erneut zum Verklicker, der in diesem Augenblick mal wieder lustlos nach unten hing. »Wenn wir Glück haben, bleibt das Wetter weiter draußen, trifft südlich auf das Festland, und wir kriegen nur eine Mütze voll Wind mit.«

Anton studierte das Gesicht des Skippers. »Aber das glaubst du selber nicht?«

»Glauben, hoffen ...« Wilhelm zögerte. »Ein richtiges Sauwetter würde uns die Flugzeuge vom Leib halten, und jedes

Wachboot würde sich in den Hafen zurückziehen. Sieh es mal so.«

»Aber sich in der Nacht bei Sturm an die Küste heranzutasten, heißt, einen Halsbruch geradezu herauszufordern.«

Jörg winkte ab. »Machen wir uns nicht den Kopf heiß. Wir haben einen festen Zeitplan, den wir einhalten müssen. Der Sturm wird früher kommen, falls er kommt.«

»Das macht es nicht angenehmer.«

Jörg blickte Berwitz säuerlich an. »Nein, ganz und gar nicht.« Er deutete zum Himmel. »Nur eine einzige Wolke.«

Der Vorschoter betrachtete das einzelne Wölkchen. Wie alles in der Adria wirkte es täuschend harmlos. Vielleicht war es eine Spur grauer, als es sein sollte. »Willst du unter Land gehen oder die Suppe hier draußen abreiten?«

»Knappe hundert Meilen bis Mola di Bari.« Jörg zögerte. »Wir haben ausreichend Seeraum. Wenn es eng wird, muss Christian zeigen, was in seiner Maschine steckt.«

»Er hat nicht gerade endlos Sprit für das verdammte Ding.«

Jörg verzog das Gesicht zu einer Grimasse. »Ich weiß, war ja auch nur für Notfälle geplant. Aber wir können es uns nicht leisten, zu weit abzutreiben, wenn es finster wird. Nicht nach Norden.« Er runzelte die Stirn. »Selbst wenn das genau die Richtung ist, in die wir eigentlich wollen. Und erst recht nicht nach Westen.«

Anton nickte. Die Adria, das war ein gigantischer Schlauch, der sich im Grunde nach Nordwesten erstreckte. Split, ihr Ziel, lag also ziemlich genau nördlich von ihnen, während westlich schon wieder der italienische Stiefel lauerte. Nur, dass an der Küste von Dubrovnik bis nach Split haufenweise Inseln im Meer verstreut lagen. Einige waren so groß, dass es Städte auf ihnen gab, andere hingegen waren nicht mehr als Felsen in der See, scharfkantige Hindernisse, die den hölzernen Rumpf ihres Schoners zu Kleinholz zersägen konnten. Und nach Westen? Von Brindisi bis Bari lauerten sandige Untiefen. Besser als Riffe, aber fast genauso gefährlich. Sollten sie Schutz suchen, würden sie einen Hafen anlaufen oder sich in Lee einer der jugoslawischen Inseln legen müssen. Nur erreichen musste man so einen Ort erst einmal. Schweigend warf Anton der einsamen Wolke einen weiteren Blick zu. Das Ding war schon wieder etwas grauer geworden.

8. Kapitel

Dem Wind in die Zähne

Mit einem donnernden Knall riss das Großsegel und flog in Fetzen davon. Sofort spürte Jörg, wie sich die Bewegungen des Schoners veränderten. Die *Achat* richtete sich wieder etwas weiter auf, aber der Bug blieb in den Wind gerichtet.

»Aufpassen, der Baum!« Aber der Warnruf erstickte schon wieder in einer weiteren Wasserlawine, die vom Vorschiff her über das Deck rollte. Wasser von allen Seiten, der strömende Regen, der vom Wind beinahe waagerecht herangeweht wurde, mischte sich mit der kochenden See. Fluchend und hustend kamen die Männer wieder auf die Füße. Nach achtern. Der Baum des Großsegels, befreit vom Druck des Tuchs, schlug mit den Schiffsbewegungen hin und her. Bär und Rath, die mit vereinten Kräften versuchten, das schlagende Ruder unter Kontrolle zu halten, mussten mehrfach die Köpfe einziehen, während die *Achat* taumelnd wie ein angeschlagener Boxer ins nächste Wellental rutschte.

»Anton, ans Steuerbordschot!« Jörg erahnte die Bewegungen in der Dunkelheit mehr, als dass er sie sah. War das Wolters, der da mit Anton an die Nagelbank lief? Egal. Christian Bergmann folgte ihm, etwas unsicher, da der Schoner sich gerade wieder überlegte. Wenigstens hielten die Toppsegel noch!

Stück für Stück setzten sie die Schoten am Baum durch, bis

die beiden straff gespannten Taue ihn sicher in Position hielten. Normalerweise keine schwere Arbeit, denn an sich wurde ja der Baum mitsamt dem ganzen Segel bewegt. Aber unter diesen Bedingungen, durchnässt, ohne sicheren Stand und während einem ständig die See um die Füße leckte, war es Schwerstarbeit und gefährlich, denn die See selbst versuchte immer wieder, sie vom Deck zu waschen. Aber sie schafften es.

»Gute Arbeit!« Jörg richtete sich auf und versuchte, zwischen zwei unfreiwilligen Duschen einen Blick auf das Schonersegel zu werfen. Es war noch da und zog trotz zweier eingeschlagener Reffs wie die Hölle. Die Backstage des Mastes waren zum Zerreißen gespannt. »Das Schonersegel!«

Wieder setzten sich die Männer in Bewegung, warfen sich in die Taue und versuchten, die widerspenstige Leinwand in den Griff zu bekommen. Füße rutschten über das nasse Deck, als die Kraft des Windes einmal mehr das Tuch erfasste und ihre Muskelkraft bedeutungslos werden ließ. Nur langsam bewegte sich die Gaffel am Fockmast nach unten, dem Deck entgegen, während sich das Segel weit ausbauchte, dem Wind folgend. Harte, zerschrammte Hände griffen in das Tuch und bargen es, wie es in Reichweite kam. Irgendwo brach eine Leine, und ein Block knallte von oben auf das Deck, aber niemand wurde getroffen. Eines der Backstage brach, und die Leine zischte wie eine Peitsche durch die Luft. Der Fockmast bog sich noch mehr durch, ein Zittern ging durch den Rumpf, das sogar durch das Tosen des Sturms und die Schiffsbewegungen zu spüren war. Aber schon rauschte der Baum nach unten. Viele Quadratmeter nasses Segeltuch breiteten sich auf einmal über das Deck aus, bedeckten Nagelbänke, Männer und Taue. Fluchend griffen sie zu. Was auch immer geschah, sie mussten das Segel sichern, bevor der Wind es wieder zu fassen bekam. Es war der Zorn, der ihnen die Kraft gab, das

Unmögliche zu schaffen. Laschings wurden um die nasse Leinwand geschlagen.

Jörg tippte Christian auf die Schulter. »Wir treiben ab, schmeiß die Maschine an.«

In jedem Sturm kommt für ein Segelschiff der Moment, in dem alles getan ist. Die Segel sind bis auf winzige Sturmsegel, die nur noch der Stabilisierung dienen, eingeholt. Das Schiff ist gegen den Wind gerichtet, um ihn abzureiten, oder es läuft vor dem Unwetter her. Aber welchen Weg der Skipper auch gewählt hat, es ist zu spät, um noch etwas zu ändern. Der Versuch, zu wenden oder auch nur zu halsen, würde das Schiff in ein entmastetes Wrack verwandeln. Alles, was man tun konnte, war abwarten. Warten darauf, dass der Sturm nachlässt, dass der Wind dreht oder darauf, dass ein Tau bricht oder, die schlimmste aller Möglichkeiten, einer der überbeanspruchten Masten bricht.

Für die Männer der *Achat* war diese Stunde um etwa zwei Uhr morgens gekommen. Wilhelm und Bär standen am Ruder, Christian Bergmann wurde von den Bewegungen des gebeutelten Rumpfes in seinem engen Motorenraum herumgeworfen, hielt aber den starken Motor am Laufen, doch die anderen warteten. Nur war es kein ruhiges Abwarten in bequemen Messesesseln. Ständig schlug der Rumpf von einer Seite zur anderen. Vorhänge standen brettsteif in den Raum, Gegenstände rutschten herum, und so etwas wie heiße Getränke oder gar etwas Warmes zu essen lag außerhalb auch der kühnsten Vorstellungen. Es gab auch kaum jemanden, dem der Sinn nach Essen stand, denn verschalkt, wie alles war, kam natürlich auch keine frische Luft unter Deck, und die unvermeidlichen Gerüche der Seekrankheit erfüllten jeden Winkel.

Eingekeilt in die Kojen, versuchten diejenigen, die nichts anderes tun konnten, noch mehr Beulen und blaue Flecken zu verhindern. Es erforderte schon einen starken Magen, der Mischung aus Bewegung, Geräusch und Geruch nicht auch noch ein Scherflein hinzuzufügen. Ziellos auf dem ständig herumgeworfenen Schiff umherzutorkeln hätte nur Verletzungen herausgefordert.

Erst am kommenden Vormittag flaute der Sturm ein wenig ab, aber der Wind blieb stark, und für adriatische Verhältnisse herrschte immer noch hoher Seegang. Das hier war schließlich nicht der Atlantik, und es gab keine so ganz gewaltigen Brecher, nur wenn man im Atlantik abtrieb, machte das auch nicht viel aus. Es gab in jeder Richtung ein paar hundert Meilen Raum. Doch dies hier war die Adria.

Jörg Wilhelm starrte aus geröteten Augen zu den jagenden Wolken. Er konnte nur erahnen, wo die Sonne stand, und einen Stern hatte er während der Nacht nicht zu Gesicht bekommen. Der Kompasskurs war die ganze Nacht über Südsüdwest gewesen, aber das hatte nicht mehr bedeutet, als dass der Bug gegen den Sturm gerichtet war. Er wusste, sie waren abgetrieben, wahrscheinlich nach Norden, in die Adria hinein. Aber mehr nach Nordwesten oder mehr nach Nordosten?

»Eine Ahnung, wo wir stehen?« Rath sah genauso mitgenommen aus wie sein Skipper.

Jörg schüttelte den Kopf. »Ich hab nur eine Schätzung zu bieten. Irgendwo zwischen fünfzig und hundert Meilen südlich oder südöstlich von Vis.«

Georg fragte nicht, wie Jörg darauf kam. Seiner Ansicht nach hätte der Sturm sie genau nach Norden versetzen müssen, aber wenn dem auch nur annähernd so gewesen wäre, hätte die *Achat* bereits irgendwo als zerschelltes Wrack an der Küste gelegen. Damit sprach alles für Jörgs Annahme … »Also sind wir zu früh dran?«

»Beinahe einen Tag.« Der Skipper blickte über das Meer.

»Und viel zu nahe an der Küste. Der Treffpunkt für die erste Nacht liegt auf dem Festland, nahe an der Küstenstraße. Aus unseren Anweisungen geht hervor, dass es dort nicht viel Verkehr gibt. Ein paar Agenten sollen uns erwarten und uns mit einem Lichtsignal einweisen. Unsere Aufgabe ist es also im Prinzip nur, von elf bis eins am Treffpunkt zu warten.«

»Also?«

Jörg plierte auf den Kompass. »Wir müssen einen zuverlässigen Ort in die Karte kriegen und uns dann einen Tag lang unsichtbar machen.« Er sah hoch zur Flagge, die steif im Wind auswehte. Blau-Weiß-Rot, die Farben des Königreichs Jugoslawien. Vielleicht war Deutschland nicht im Krieg mit Jugoslawien, vielleicht sympathisierten viele Jugoslawen auch mit den Deutschen, aber sollten sie sich von einem Wachboot kriegen lassen, würde es trotzdem Ärger geben.

»Landsicht, um Peilungen zu kriegen?« Raths Blick war dem des Skippers gefolgt. »Könnte kitzlig werden mit dem Fetzen.«

»Vielleicht kann Dieter eine Radiostation an Land peilen.« Jörg dachte nach. »Wenn wir wissen, wo wir sind und wie viel Raum wir haben, können wir wenden und beinahe vor dem Wind ablaufen.«

»Sie läuft besch … eiden vor dem Wind.«

»Ich weiß. Vor allem bei diesem Seegang.« Auf Jörgs Gesicht erschien ein Grinsen. »Karl wird es uns nicht danken, aber Vorsicht ist die Mutter der Porzellankiste, habe ich gehört.«

Georg bewahrte ein ernstes Gesicht. Er wusste nicht, wie, aber es gelang ihm. »Besser als das, was die jugoslawischen Behörden mit ihm machen, wenn wir hier einen Bock schießen.«

Doch es sollte noch Stunden dauern, in denen sie, inzwischen auf neuem Kurs, beinahe vor dem Wind hersegelten. Wie alle Schoner tat sich die *Achat* damit schwer, und der Rudergänger hatte alle Hände voll zu tun, das unwillige Schiff auf Kurs zu halten. So gutmütig sich die *Achat* bei Manövern am Wind benahm, vor dem Wind war dies eine ganz andere Geschichte. Und natürlich machte der Seegang beinahe von achtern die Verhältnisse unter Deck nicht besser. Die Verpflegung bestand aus Wurstbroten und Wasser. Irgendwann, und die Männer hatten schon das Zeitgefühl beinahe verloren, gelang es ihnen, heißen Kaffee zu brühen, und er wurde mit großem Hallo begrüßt, außer natürlich von dem seekranken Karl, der ein paar Worte über Selbstmord murmelte und sich wieder in seine Koje zurückzog.

Dieter Wolters hatte seine eigenen Probleme. Er hatte sich mehr aus Interesse dem Funkgerät gewidmet. Natürlich war er kein ausgebildeter Funker, und Morsezeichen machten ihm erhebliche Mühe, aber immerhin konnte er die Radiostationen an der Küste empfangen. Nur die Richtung, aus der sie sendeten, konnte er nicht mehr bestimmen, denn die Peilantenne war zusammen mit ein paar Tauen vom Wind weggerissen worden. Er hatte zwar ein paar Ideen, wie er eine neue improvisieren könnte, denn sie war eigentlich nichts weiter als ein Drahtring, aber er hatte keine Möglichkeit mehr, sie zu tarnen. Ein alter Schoner mit einer Peilantenne, das hätte jedes Wachboot sofort misstrauisch gemacht.

Erst am frühen Abend brach die Wolkendecke auf, und die beiden Navigatoren, Jörg und Georg, konnten einige Sterne schießen. Navigation ist im Grunde eine ganz einfache Sache. Man misst den Winkel zwischen Horizont und einem Stern und berechnet aus diesem Höhenwinkel eine Standlinie. In der Theorie war das relativ leicht. Navigation in der Praxis hingegen hatte ihre Tücken. Denn der Winkel musste sehr genau gemessen werden. Ein Grad Fehler, und der Schiffsort, den man so mühsam berechnete, lag nicht nur etwas daneben, sondern gleich auch noch mitten auf dem Festland. Es kostete also ein paar Anläufe, bis die beiden Segler die gleichen Winkel hatten und einigermaßen sicher sein konnten.

Der Schiffsort, den sie schließlich auf diese Weise herausfanden, lag weder da, wo Georg ihn geschätzt, noch da, wo Jörg ihn vermutet hatte. 42° 42'N und 15° 48'O. Südwestlich der Insel Vis, nicht südöstlich. In der Nacht, bei abflauendem Seegang und unter immer noch gelegentlich wiederkehrenden Schauern, richtete die *Achat* ihren Bug weiter nach Südwesten, vorbei an den Inseln. Das erste Treffen war für die kommende Nacht vorgesehen, sollte es ihnen gelingen, ungesehen den Treffpunkt zu erreichen, und sollten es die Agenten an Land ebenfalls schaffen, pünktlich zur Stelle zu sein. Mehr als genug Zeit, die sie außerhalb der Inseln verbringen mussten, denn einige davon lagen nicht einmal zehn Meilen voneinander entfernt, und jedes Schiff, das diese Fahrrinnen bei Tage benutzte, wurde sicherlich gesehen. Nicht, dass die *Achat* Verdacht erregen würde, aber trotzdem erschien es Jörg Wilhelm sicherer, gar nicht erst gesehen zu werden.

»Verstehst du irgendwas?«

Dieter verzog das Gesicht. »Der morst, und das rasend schnell.«

Jörg lauschte dem Stakkato der Morsezeichen aus dem kleinen Lautsprecher. Es klang ganz anders als der langsame sorgfältige Rhythmus, den er von Seglern und Frachtschiffen her kannte. Schneller, präziser, drängender. »Vielleicht ein Kriegsschiff?«

»Kann sein.« Wolters verzog das Gesicht. »Aber dann ist es schon ganz nahe, so stark, wie ich den Sender reinbekomme.«

»Von Deck aus können wir ihn nicht sehen.«

»Aber er vielleicht uns.« Wolters lauschte wieder dem Zirpen aus dem Lautsprecher. »Ein paar Seemeilen, nicht mehr. Ich habe leider keine Peilung.«

»Du hast recht, es kann sein, dass er unsere Segel sieht.« Jörg sah sich um. »Ich muss mal mit unseren Agenten sprechen.«

»Was ist mit denen?«

»Gar nichts!« Der Skipper schüttelte den Kopf. »Aber wenn wir Glück haben, spricht einer von denen jugoslawisch.«

»Jugoslawisch?« Dieter sah ihn unsicher an. »Gibt's das überhaupt?«

»Keine Ahnung.« Jörg grinste amüsiert. »Aber falls die Agenten das sprechen, werden sie es wissen, nicht wahr?«

Wolters, der wie die meisten Segler außer Deutsch nur Englisch konnte, schüttelte den Kopf. »Hat eben keiner dran gedacht, dass wir überhaupt mit den Leuten reden müssen.«

9. Kapitel

Das erste Treffen

Jörg Wilhelm beugte sich über die Reling und spähte hinaus in die Nacht. Aber kein Mond schien, und der Himmel war halb bedeckt. Nur dann und wann einmal blinkte ein Stern am Himmel. »Wo ist er?« Die Frage war nur ein Raunen.

Er, das war ein Wachboot, wahrscheinlich ein Jugoslawe. Otto, der älteste Agent, lauschte in die Dunkelheit und antwortete genauso leise: »Ich würde meinen, irgendwo rechts von uns.«

»Steuerbord!«, bekräftigte Berwitz.

»Maschine stopp!«

Beinahe augenblicklich verstummte das Blubbern des schweren Motors. Was kein Wunder war, denn Christian, der Maschinist, hatte seinen Kopf aus der Motorraumluke gesteckt gehabt und der Unterhaltung gelauscht.

In der plötzlichen Stille klangen das Knarren des Holzes und das Plätschern des Wassers unheimlich laut. Mit eingeholten Segeln glitt die *Achat,* getrieben von der Restfahrt, weiter. An der Reling lauschten die Männer angestrengt in die Dunkelheit. Die hellen Segel mochten verräterischer sein als das eigene Motorengeräusch. Aber auch Geräusche konnten ein Schiff verraten. Wenigstens galt das für das jugoslawische Boot. Da war ein Motorgeräusch, irgendwo an Steuerbord.

Ziemlich leise, aber keiner wagte darauf zu wetten, dass es weit weg war. Die Passage zwischen den Inseln war etwa zehn Meilen breit, und sie befanden sich in der Mitte. Der andere *konnte* nicht weit weg sein.

»Was macht er?« Bär am Ruder klang nervös.

Georg räusperte sich. »Ich glaube, er läuft hinüber nach Backbord.«

»Christian, kleine Fahrt.« Jörg blickte auf den Kompass. »Jakob, einen Strich weiter nach Steuerbord, wir gehen hinter ihm durch. Anton ...« Er sah sich suchend um, und Anton schob sich näher heran. »Anton, ab mit dir nach vorne. Wenn du was siehst oder er stoppt ...«

»Verstanden, Skipper. Dann bin ich wieder da wie der geölte Blitz.« Berwitz verschwand nach vorne.

Otto scharrte unruhig mit den Füßen. »Hört er uns nicht, wenn die Maschine wieder läuft?«

»War schon Glück, dass wir ihn gehört haben. Unsere Maschine ist stark für einen Schoner. War eigentlich für einen MFP bestimmt. Aber gegen seine Maschinen ist das nichts. Wenn wir hinter ihm bleiben und er nicht stoppt, sollten wir an ihm vorbeikommen.«

Der Motor lief mit einem Husten wieder an, bevor er zurück in sein tiefes Blubbern fiel. Die *Achat* legte etwas an Fahrt zu, vielleicht auf drei oder vier Knoten. Nichts, gar nichts gegen das, was ein Zollboot oder ein Kriegsschiff leisten konnte. Alle Hoffnung bestand in der Heimlichkeit.

Minuten verstrichen, und das Motorengeräusch des anderen Schiffes wurde leiser. Meter um Meter schob sich die *Achat* durch die Passage, die Nerven der Männer waren zum Zerreißen gespannt. Jeden Augenblick, jeden Herzschlag rechneten sie damit, dass schwere Motoren aufbrüllen und Scheinwerfer sie aus der schützenden Dunkelheit reißen würden. Aber nichts geschah, und nach einer Weile hörten sie ein neues Geräusch.

»Brandung!« Jörg plierte nach vorne. »Wir stehen beinahe auf der Südseite der Passage.« Es machte ihm keine Mühe, sich die Straße zwischen den Inseln vorzustellen. »Halt Westnordwest, Jakob!«

»Aye, Skipper!« Behutsam ließ der große Mann das Ruder drehen. »Läuft 'ne nette Strömung hier, dafür, dass es kaum Gezeiten gibt.«

»Ist wie ein großer Trichter eben«, erklärte Jörg. »Sollte unserer Maschine keine Probleme machen.«

In Rath kam Bewegung. »Ich gehe kurz nach unten, die Position kontrollieren.«

»Tu das ...« Jörg rechnete kurz. »Noch etwa fünfzehn Meilen. Wir sollten geradewegs auf die Küstenstraße stoßen.« Er sah Otto an. »Danach hängt alles von Ihren Leuten ab.«

»Zwei Stunden Wartezeit?«

»So steht es in den Befehlen. Es sei denn, wir werden entdeckt.« Wilhelm versuchte, mit den Augen die Dunkelheit zu durchdringen. »Ich lasse für alle Fälle das Schlauchboot klarmachen.«

Hinter ihm blickte Bär auf die Uhr. Kaum zu glauben, dass es erst halb neun war. Es war finster wie um Mitternacht. Winter im Mittelmeer, das sollten die Leute mal wissen. Fünfzehn Meilen, zweieinhalb Stunden. Ob mit Motor oder unter Segeln, die *Achat* sollte das schaffen.

Jörg verglich die Küste mit der Karte. Die Leuchtfeuer brannten natürlich nicht mehr. Jugoslawien befand sich nicht im Krieg, noch nicht, aber in derartig unsicheren Zeiten war jeder vorbereitet. Trotzdem gab es keine Verdunkelung. Vielleicht verließ man sich aber auch nur darauf, dass man im Falle eines Falles den Strom zentral abschalten konnte. Verdunkelung, das war für jeden Deutschen seit mittlerweile einem Jahr zur Selbstverständlichkeit geworden. Aber hier galten noch andere Gepflogenheiten. Split war ein Lichtpunkt zu Jörgs Linken, aber er wusste, dass es einer großen Stadt bedurfte, um den Himmel darüber so hell zu erleuchten, dass sie auf diese Entfernung noch sichtbar war. Die viel kleineren Orte Dugi Rat zu seiner Rechten und Podstrana, ebenfalls zur Linken, waren näher und wirkten eher wie Städte oder große Dörfer als der helle Lichtschein am Horizont.

»Kein Verkehr auf der Küstenstraße.« Der Skipper spürte die unruhigen Bewegungen des Agenten neben sich. »Beruhigen Sie sich, wir haben noch ein paar Minuten bis elf.« Er wandte sich um. »Ihr kennt den Drill, wir legen sie vor Buganker. Einer steht immer Ankerwache, bereit, den Pickel zu schlippen, falls wir schnell verschwinden müssen.« Er versuchte, die Entfernung zum helleren Brandungsstreifen zu schätzen. Eine Meile? Eine Dreiviertel Meile? Laut Seehandbuch war der Grund sandig mit vereinzelten Felsen. Akzeptabler Ankergrund.

Die Männer begaben sich auf ihre Positionen. Auf großen Schiffen wurde der Anker durch eine Klüse geworfen, gehalten von einer starken Winsch. Auf der *Achat* hatte der Begriff des Ankerwerfens eine sehr viel direktere Bedeutung. »Dreh sie in den Wind, Jakob!«

Anton und Dieter wuchteten das spitzzackige Eisen über die Bordwand und gingen der Leine aus dem Weg.

»Maschine rückwärts!« Für einen Augenblick schien alles gleichzeitig zu passieren. Die Schraube begann, rückwärts zu drehen und die Fahrt aus dem Schoner zu nehmen, die Ankertrosse spannte sich, als der Anker im Grund griff, und die *Achat* drehte in den Wind. Jörg entspannte sich etwas. »Maschine stopp!« Er wandte sich zu Christian um, dessen Kopf aus der Motorenraumluke ragte. »Halt den Motor bereit.« Er brauchte nicht mehr zu sagen. Bergmann mochte zwar wenig sagen, aber er dachte mit.

»Anker hält«, gab Georg bekannt, der von vorne kam. »Sieht nicht so aus, als gäbe es hier so eine starke Strömung wie in der Straße.«

»Und was nun?« Bär ließ das Rad los und streckte sich. »Einfach abwarten?«

Jörg wandte sich an Otto. »Was meinen Sie?«

Der Agent blickte hinüber zum dunklen Strand. Das Einzige, was sich erkennen ließ, war ein hellerer Streifen Brandung. Keine hohe Brandung, gerade genug, um vom Schiff aus als lange weiße Linie erkennbar zu sein. »Wie sicher sind Sie, dass wir an der richtigen Stelle sind?«

»Ziemlich.« Jörg blickte auf die Ortschaften, deren Lichter sie sehen konnten. »Die Position stimmt, so gut es möglich ist.«

»Ich glaube nicht, dass wir von Land aus entdeckt werden können.«

Jörg schüttelte den Kopf. »Nur wenn jemand sehr genau hinsieht. Ich hoffe, Ihre Leute tun das.«

»Das sicher. Immer vorausgesetzt, dass wir an der richtigen Stelle sind. Sonst können die sich die Augen aus dem Kopf starren.«

An diese Unwägbarkeiten hatte keiner gedacht. Navigation barg natürlich immer Ungenauigkeiten. Der Unterschied zwischen einem Punkt, den jemand in eine Seekarte zeichnete, und einer echten Position vor einem Strand, der sich einige Dutzend Seemeilen dahinzog und bei Nacht immer gleich aussah, mochte über Erfolg oder Misserfolg entscheiden – und damit auch über seine Abmachung mit Major Reinhard. Wie alle aus seiner Crew hatte er seine Gründe, das hier zu tun. Wirklich freiwillig war ja keiner hier.

»Auto auf der Straße!«

Alle Augen richteten sich auf die Küste. Ein winziger Lichtschein wurde sichtbar, wie ein Glühwürmchen, und verschwand wieder. Augenblicke später tauchten die Lichter wieder auf. Waren das vielleicht schon die erwarteten Agenten? Wieder verschwanden die Lichter, und als sie wieder auftauchten, erschienen sie bereits sehr viel näher. Die Küstenstraße verlief oben auf einem Kliff, nur an ein paar Stellen gab es Senken, tiefe Einschnitte, an denen das Kliff und damit die Straße nicht so hoch lagen. Theoretisch sollte gegenüber dem Treffpunkt eine solche Senke hinter dem Strand liegen.

Tatsächlich schien das unbekannte Fahrzeug seinen Weg über eine gewundene Straße nach unten zu suchen, denn die Scheinwerfer begannen, hin und her zu schwenken. Alle hielten den Atem an. Jörg richtete sein Glas auf die Straße. »Sieht aus wie ein Lieferwagen.« Sein Herz schlug bis zum Hals. Würde der Wagen halten?

Sekunden verstrichen, und die Schweinwerfer zogen ihre Bahn. Am anderen Ende der Senke stieg die Straße wieder an, und die Lichter kamen außer Sicht, um ein paar Herzschläge später wieder oben auf dem Kliff aufzutauchen. Ein paar Minuten danach war das Auto verschwunden. Christian Bergmann atmete stoßartig aus. »Der war es nicht!«

»Ist der Motor startklar?«

»Ich brauche nur den Knopf zu drücken.« Der Maschinist rieb sich die öligen Hände. »Feine Maschine übrigens. War ja das erste Mal, dass ich sie ausprobieren konnte.«

Jörg sah Christian verdutzt an, dann grinste er. »Nett, dass wenigstens du zufrieden bist. Wie sieht es übrigens mit dem Sprit aus?«

»Theoretisch reicht unser Vorrat für acht Fahrtstunden, von denen wir vier hinter uns haben.« Bergmann zog einen schmierigen Zettel aus der Tasche. »Sieht aber so aus, als hätten wir mehr. Langsame Fahrt, dazu ist die *Achat* leichter als ein MFP. Sagen wir, alles zusammen zehn, vielleicht zwölf Fahrtstunden. Feine Maschine, wie ich schon sagte.«

Rath, der dieser Unterhaltung gelauscht hatte, gluckste verräterisch. »Ich werde nie begreifen, wie so ein Vollblutmechaniker wie du zum Segeln gekommen ist.«

Christian seufzte. »Ich auch nicht. Wie die Jungfrau zum Kinde. Ein Freund hat mich mitgenommen auf eine Segeltour.« Der Mechaniker kicherte bei der Erinnerung. »Ich habe ihm den Motor von seinem alten Auto in das Boot eingebaut. Er dachte wohl, er schuldet mir etwas. Ich bin natürlich fürchterlich seekrank geworden, aber wenn das Boot dann unter Segeln lief, wenn es so dahinglitt ...« Er sah in die nachdenklichen Gesichter. »Ihr wisst, was ich meine.«

Das taten sie wirklich. Jörg lehnte sich gegen die Reling. »Jedenfalls nett, dich hier zu haben.«

Otto, der hagere Agent, blickte etwas verwirrt von einem zum anderen. »Segeln? Das ist der Grund, warum Sie das hier tun?«

Alle Augen wandten sich Otto zu, und für einen kurzen Augenblick hatte der Agent das unbehagliche Gefühl, als hätte er so etwas wie den heiligen Gral mit schmutzigen Fingern angefasst. Abwehrend hob er die Hände. »Schon gut, schon gut, ich frage ja nicht mehr.« Demonstrativ sah er auf die Uhr. Etwas weniger als eine halbe Stunde noch bis Mitternacht.

Es dauerte eine Viertelstunde, dann stieß Georg seinen Skipper an. »Auf der Straße, wieder ein Auto.«

Gläser hoben sich und studierten die fernen Lichter, die immer wieder kurz verschwanden, wenn die gewundene Straße von der See wegführte. Jörg räusperte sich. »Wieder ein Lieferwagen?«

»Sieht so aus.« Auch in Georgs Stimme klang Misstrauen mit. »Die Agenten?«

»Bisher haben sie noch kein Zeichen gegeben.« Jörg senkte das Glas. »Abwarten. Ist die Lampe griffbereit?«

Die Schweinwerfer verschwanden erneut für einen kurzen Augenblick, dann folgten sie der Straße in die Senke. Aber der

Wagen tauchte nicht wieder auf der anderen Seite auf. Er musste angehalten haben.

Otto sah sich um. Ein Kontrollblick. Seine beiden Kameraden warteten bereits an Deck, zusammen mit dem Koffer, der Anton so viele Sorgen bereitet hatte, und dem Schlauchboot. Alles war bereit.

Vom Land blinkten Lichtzeichen auf. Langsame Morsezeichen.

»T ... G« Jörg griff nach der abgeblendeten Morselampe und erwiderte das Signal. »R ... T« Keine langen Wiederholungen, kein langer Austausch von Sprüchen. Die Signale mochten ungewollte Aufmerksamkeit anziehen. Jörg fuhr herum. »Das Signal stimmt. Setzt das Boot aus.«

Anton, der zusammen mit Wolters das Boot hin und zurück paddeln würde, setzte sich in Bewegung. Otto wandte sich ab, aber dann wandte er noch einmal den Kopf. »Danke für die Überfahrt, Skipper.« Er lächelte. »Und viel Glück auf der Heimfahrt.«

Erst sehr viel später würde Jörg begreifen, dass er den Agenten niemals zuvor hatte lächeln sehen. In diesem Augenblick nickte er nur. »Ihnen auch viel Glück.«

Sie brauchten zwei Touren, um die Agenten und ihre Ausrüstung an Land zu bringen. Ein weiteres Detail, das man nicht genügend bedacht hatte. Kurze Zeit später erschienen die Lichter des Lieferwagens wieder auf der Küstenstraße. Richtung Podstrana, vielleicht auch weiter ins sechzig Kilometer entfernte Split. Die Männer der *Achat* wussten es nicht, keiner hatte es ihnen gesagt, und sie hatten auch nicht gefragt. Ihr Teil war getan, sie mussten nur noch zusehen, dass sie ungesehen hier wegkamen.

»Es gibt Ärger.« Anton blickte den entschwindenden Lichtern nach.

»Wo? Hier?« Alarmiert wandte Jörg den Kopf. Bär und Wolters schwangen gerade das Schlauchboot ein. In ein paar Minuten würde es in seiner Last verschwunden sein, sauber zusammengelegt bis zum nächsten Mal.

»Nicht hier, an Land. Sieht so aus, als ob Serben und Kroaten aneinandergeraten sind.« Berwitz schüttelte den Kopf. »Einer der Agenten meinte, du solltest Bescheid wissen. Nur für den Fall …«

Nur für den Fall, dass wir die Achat *aufgeben und uns über Land durchschlagen müssen.* Er lächelte nachdenklich. So weit waren sie noch nicht. Noch lange nicht. Immer noch lächelnd schlug der Skipper Anton auf die Schulter. »Das ist an Land, damit haben wir nichts zu tun.« Er hob etwas die Stimme. »Klar zum Anker lichten. Christian, wir laufen unter Maschine aus.«

»Aye, Skipper.«

10. Kapitel

Nach Süden

Jörg Wilhelm saß in der winzigen Kapitänskajüte und brütete einmal mehr über den Befehlen. Der zweite Teil ihres Auftrages lag an, und der führte sie nach Kreta. Abholung von zwei Agenten, und der Teufel wusste, wie die auf die Insel gekommen waren. Aber das war nicht Jörgs Problem, er sollte sie nur abholen.

Das Wetter war für einen Vormittag Anfang November schön. Gutes Segelwetter, ein stetiger Wind aus Süd, und wenn es auch nicht richtig warm war, so war es doch wenigstens wieder sonnig geworden. Mit dem Wetter im Mittelmeer sollte sich einer auskennen.

Der Skipper lehnte sich zurück und blickte aus dem Bullauge an der Backbordseite. Die *Achat* lag am Wind und machte gute Fahrt. Ein Pluspunkt, denn der Zeitrahmen war eng bemessen, und sie würden den einen Tag dringend brauchen, den sie vor Split gespart hatten, als das erste Rendezvous bereits klappte.

Jörg machte sich keine falschen Vorstellungen. Kreta, das war ein anderes Pflaster als Split. Jugoslawien war nicht im Krieg und hatte keine echte Erfahrung. Es war einfach gewesen, das Wachboot zu übertölpeln. Kreta hingegen? Die Griechen waren erst kurz im Krieg, und dieser Krieg spielte sich auf dem Festland ab. Die Inseln hingegen konnten die Griechen getrost ihrem neuen Verbündeten England überlassen. Die Royal Navy betrachtete die Gewässer um Kreta herum als eine Art Heimatgewässer, und es gab zweifellos auch Flugplätze auf der Insel, von denen aus wachsame Aufklärer starten würden. Kreta, das war wirklich ein anderes Pflaster.

An Deck ertönte Gelächter, und für einen Augenblick fühlte er die Versuchung, sich den Männern anzuschließen, die im Augenblick die üblichen Routinearbeiten erledigten. Reinschiff, ein Klatsch Farbe hier und dort, das eine oder andere Tau austauschen oder das stehende Gut etwas nachspannen, sollte es sich während des letzten Sturmes gelockert haben. Christian Bergmann würde wahrscheinlich mal wieder irgendwelche Filter an seiner kostbaren Maschine reinigen, und Dieter Wolters saß am Funkgerät und missbrauchte es als Radio, wie Jörg an der Musik aus dem Kartenraum unschwer erkennen konnte. Die tausend Kleinigkeiten, die auf einem Schiff eben so anfielen, wenn gerade keine Segelmanöver anlagen.

Aber dann wandte er sich wieder den Karten und Seehandbüchern zu. Ihr Kurs führte sie beinahe Südsüdost immer weiter Richtung Afrika. Natürlich nicht bis Afrika. Im Augenblick umgingen sie nur in einem weiten Bogen die Griechischen Inseln im Westen des Landes. Kerkala, Levkos, Kefalonia, Zakynthos, eine weitere Route, die sich las wie eine Kreuzfahrt bis hinunter zur Peleponnesischen Halbinsel, die eigentlich keine mehr war, seit es den Kanal von Korinth gab. Aber sie würden keine dieser Inseln in Sicht bekommen, nicht, wenn der Wind sich hielt. Hundert bis zweihundert Meilen See würden sie von den großen Inseln trennen, denn niemand wusste, ob es dort nicht auch Flugplätze gab. Natürlich, im Augenblick segelte die *Achat* unter griechischer Flagge, aber es war immer besser, gar nicht wahrgenommen zu werden, als sich erfolgreich durch Kontrollen zu mogeln. Also ein weiter Bogen und dann geradewegs nach Osten auf Kreta zu. Sie würden ohnehin etwa fünfunddreißig Stunden brauchen, um die letzten zweihundertfünfzig Meilen, den Bereich, in dem die Navy sich wie daheim fühlte, zu durchqueren, und dann noch einmal dieselbe Zeit, um wieder rauszukommen. Im Grunde drei kritische Tage, aber es gab keine andere Möglichkeit. Sie würden es ausschwitzen müssen.

Waffen! Jörg spürte, wie sich seine Lippen zu einem spöttischen Lächeln kräuselten. Major Reinhard hatte ihnen im letzten Moment noch ein paar Kisten an Bord geschickt. Allerdings hatte bis auf Georg Rath und Anton Berwitz keiner der Männer jemals eine irgendwie geartete militärische Ausbildung erhalten. Ihre Waffe war die Heimlichkeit, und so standen die Kisten immer noch ungeöffnet in der Last. Nicht, dass er plante, einen eigenen Krieg anzufangen, aber sie sollten sich vielleicht wenigstens ansehen, was sie da hatten. Eine letzte Option, denn sollten sie erwischt werden, würden die Griechen oder die Engländer sie ohnehin als Spione an die Wand stellen. Also nicht gefangen werden, und falls es so weit kommen würde, mochte es eine Option sein, sich den Weg freizukämpfen. Eine einfache Entscheidung, wenn man nichts zu verlieren hatte. Nur eine weitere Unwägbarkeit. Vielleicht sollten sie also doch mal einen Blick auf Reinhards Liebesgaben werfen.

Dieter Wolters hob den Kopf. In seinem Kopfhörer piepsten Morsezeichen. Sehr schwach, der Sender konnte nicht in der Nähe sein, aber es war wieder der harte, präzise Rhythmus einer militärischen Funkstelle. Wenn man sich erst einmal daran gewöhnt hatte, war dies nicht schwer zu erkennen. Schade, dass er die Richtung nicht peilen konnte, aber er hatte immer noch keine Möglichkeit gefunden, eine neue Peilantenne zu tarnen.

Der harte Rhythmus verstummte so schnell, wie er begonnen hatte. Dafür hörte er einen weiteren Ruf. Noch schwächer, er musste sich ziemlich konzentrieren. Langsamer als das Kriegsschiff. Wolters war kein ausgebildeter Funker, alles, was er tun konnte, war, die Zeichen mitzuschreiben und dann langsam zu übersetzen. »S … S … S … S …« Er blickte verdutzt auf sein Blatt. Viermal S? Dann kam die Erleuchtung. S wie Submarine. Das musste ein torpediertes Schiff sein, das nun um Hilfe rief.

Wieder ertönte der Militärsender. Zu schnell, um es mitzunotieren. Wütend warf er den Stift auf den Tisch und griff dann wieder hastig danach, als der wegrollte. Die *Achat* lag am Wind, die Krängung war also beachtlich. Da blieb nichts Rundes an Ort und Stelle liegen. Nachdenklich musterte er seine Skalen. Neunhundert-Meter-Welle, die internationale Notrufwelle. Langsam drehte er an der Handkurbel, bis die Anzeige ihm verriet, dass er auf sechshundert Meter war. Aus seinem Kopfhörer kam wieder ein Piepsen. Die gleichen beiden Sender und auch nicht stärker. Mit einem Seufzen erhob er sich. Jörg würde Bescheid wissen wollen, auch wenn keiner der beiden in der Nähe sein konnte. Dafür waren sie zu schwach.

Anton Berwitz räumte gemütlich Farbe und Pinsel weg. Der letzte Sturm hatte an Teilen der Reling die Farbe wie mit Messern abgekratzt. Nicht, dass Holz rosten konnte und der Anstrich deshalb lebenswichtig gewesen wäre. Aber es war trocken, und daher konnte er streichen. Anton grinste amüsiert über sich selber. Eigentlich brauchte er keine Begründung, die schäbige Reling widersprach einfach seinen seemännischen Instinkten, wie es ein schamfiles Tau oder ein ausgefranstes Segel getan hätten.

Der Vorschoter blickte kurz zum blauen Himmel, und das Grinsen wandelte sich in ein zufriedenes Lächeln. Mochte der

Skipper auch etwas unglücklich darüber sein, dass sie solche Unternehmungen durchführten und noch etwas besorgter darüber, dass er seine Segelkameraden aus Vorkriegszeiten hatte mit in dieses Spiel hineinziehen müssen, Berwitz war es keineswegs. Wenn der Skipper nicht gekommen wäre, dann hätten die Kommissköppe ihn wohlmöglich vor ein Kriegsgericht gestellt, und selbst wenn nicht ... seinen Hintern als Bordschütze in einem Bomber über England in die Luft zu halten war auch nicht spaßig. Schon allein das war ein ausreichender Grund, Jörg Wilhelm dankbar dafür zu sein, dass er ihn zu diesem Unternehmen geholt hatte. Vielleicht würden die Engländer sie als Spione erschießen, falls sie die *Achat* stellten, andererseits, dazu mussten sie sie erst mal kriegen. Für den Augenblick hatte Anton ein gutes Schiff unter den Füßen, einen blauen Himmel über sich und einen sanften Wind in den Segeln. Mehr brauchte er nicht.

Georgs Handbewegungen zeugten von langer Routine. Spaghetti von gestern, etwas kleiner geschnitten, Speck, Eier, die letzten Zwiebeln. Nichts Großes, aber Georg hatte schon etliche Jahre vor dem Krieg beschlossen, keinem seiner Segelfreunde das Kochen zu überlassen. Außer vielleicht Dieter, der war auch gut. Aber der Rest? Bei Christian würde die Suppe nach Öl schmecken, Anton konnte selbst Kaffeewasser anbrennen lassen, und der Skipper würde nichts Essbares auf den Tisch bringen, selbst wenn es sein Leben galt. Nein, Georg und Dieter hatten ihre Gründe, die kleine Kombüse mit Klauen und Zähnen zu verteidigen. Es war gewissermaßen Notwehr.

»Riecht gut!« Christian steckte den Kopf in die Kombüse und schnüffelte vernehmlich.

»Nichts Besonderes.« Aber man hörte Georgs Stimme trotzdem an, dass er sich über die Anerkennung freute. »Der einzige Weg, Anton mit Pasta zu ernähren, ist, das Zeug zu braten. Frei von lästigen Vitaminen und genügend Cholesterin, um einen Ochsen umzubringen.« Er grinste.

Christian legte die Stirn in nachdenkliche Falten. »Den Bauch gut vollgehauen und dazu ein Bier, und der Tag ist gelaufen.«

»Der Wind steht durch. Also keine Sorge.«

Der Maschinist stutzte. »Was macht dich so sicher?«

»Der Skipper. Jörg sitzt schon seit Stunden in seiner Kajüte, ohne ein einziges Mal an Deck zu kommen. Du kennst ihn, wenn er einen Wetterwechsel befürchten würde, wäre er ab und zu mal oben gewesen. Und wenn er sich drauf verlässt, kann ich es auch.«

Bergmann verzog keine Miene. Wenn jemand wusste, was der Wind brachte, dann der Skipper. Es war logisch. »Anton scheint auch mit sich und der Welt im Reinen zu sein. Also ein guter Tag.«

»Wenn du es so sehen willst?« Rath lächelte, während er ein weiteres Mal die Bratnudeln umrührte. »Aber du hast Recht, die Hälfte haben wir bereits geschafft. Jetzt noch der Kurzbesuch in Kreta, dann zurück nach Tarent. Und dort etwas Landgang, wie es sich gehört. Ab zu den Mädels.«

Christian blinzelte. Nicht, dass er viel Erfahrung mit »den Mädels« gehabt hätte. Aber es gehörte dazu, genauso wie der gelegentliche dreckige Witz.

Oberleutnant Degen stand in der Funkstelle der Abwehr in Tarent und blätterte durch die bereits entschlüsselten Sprüche. Natürlich gab es offiziell keine Abwehr in Italien, jedenfalls keine deutsche Abwehr, aber es war Krieg, und Italien und Deutschland waren verbündet. Deswegen saß hier ein halbes Dutzend Funker in Wehrmachtsuniformen und hörte hauptsächlich den britischen Funkverkehr ab. Die meisten der aufgefangenen Funksprüche waren natürlich kodiert und wurden an den B-Dienst der Marine weitergeleitet, aber das Mittelmeer war Ende 1940 für die Kriegsmarine noch kein interessanter Kriegsschauplatz.

Es war eine andere Art von Funksprüchen, an denen Degen interessiert war. Denn auch die gelegentlichen Meldungen der Agenten erfolgten hin und wieder per Funk. Es gab natürlich noch andere Kommunikationswege, aber oftmals hatten sich Kurzfunksprüche als die praktikabelste Möglichkeit erwiesen, wie zum Beispiel umgekehrt ja auch die Briten in ihrer Zusammenarbeit mit der französischen Resistance schon festgestellt hatten.

Er hielt kurz inne und überflog einen Spruch von vergangener Nacht. Die drei Agenten, die sich an Bord der *Achat* nur Otto, Karl und Fritz nannten, hatten also ihren Bestimmungsort erreicht. Der Oberleutnant rechnete kurz. Zwei Tage vom Treffpunkt bis zu ihrem Ziel. Das bedeutete, die *Achat* war bereits auf dem Weg zum zweiten Teil ihres Einsatzes, vielleicht schon recht nahe, aber es fiel ihm schwer, die Geschwindigkeit des Seglers abzuschätzen. Aber wenn alles glattging, würde der Schoner morgen in den Bereich der Luftaufklärung um Kreta eindringen. Spätestens übermorgen.

Mit einer entschlossenen Bewegung klappte er den Ordner zu und reichte ihn einem bereitstehenden Unteroffizier zurück. Mit einem kurzen Gruß verschwand er aus der Funkstelle.

Vor der Tür blieb er kurz stehen. Blauer Himmel, auch wenn der Wind etwas frisch war. Oberleutnant Degen atmete tief durch. Er hatte nie richtig an den Erfolg des Unternehmens geglaubt. Ein Segelboot, dann ein ganzes Segelschiff! Major Reinhard, dessen Idee alles gewesen war, hatte darauf hingewiesen, dass Segelschiffe unabhängig vom Brennstoff operieren können. Es war nicht nur darum gegangen, dass U-Boote für derartige Operationen zu wertvoll waren. Das natürlich auch, aber es gab eben auch Orte, die U-Boote nicht erreichen konnten. Sogar eine Menge, wenn man es recht bedachte. Hier im Mittelmeer, zwischen den Inseln, gab es viel flaches Wasser. Die Landungszonen lagen so dicht an der Küste, dass auch ein U-Boot hätte auftauchen müssen. Oder im Südatlantik, wo sich für die Agentennetze in Südamerika andere Probleme stellten, denn diese Länder lagen außerhalb der Reichweite der deutschen U-Boote. Es sei denn, man könnte sie in See mit Öl versorgen, und das wiederum bedeutete, dass man Versorgungsschiffe draußen haben musste. Trotzdem ... Segelschiffe? Für Oberleutnant Degen waren die Zeiten eines Felix Graf Luckner lange vorbei. Ein anderer Krieg, ein Krieg, der mit viel weniger Technik geführt werden musste. Ein Krieg, den Deutschland verloren hatte. Er hatte nicht daran geglaubt ... aber wenn es klappte, würde Reinhard seine Beförderung, auf die er bereits so lange scharf war, bekommen. Und das bedeutete, dass auch er, Dieter Degen, die Treppe hinauffallen würde.

Hoch am Wind, alles Tuch gesetzt, das die *Achat* tragen konnte, pflügte der Schoner durch das Mittelmeer. Die grünrote Bemalung und die hohen Segel erweckten einen irgendwie fröhlichen Eindruck. Ein Schiff aus einer anderen Zeit, nicht gebaut, um einen Krieg zu führen.

Der klare Himmel und die grünlich blaue See erstreckten sich nach allen Seiten, und so weit das Auge reichte, waren sie alleine. Die *Achat* zog ihren Kurs, unbeeindruckt vom Geschehen in der Welt. Denn sie trug die Hoffnungen ihrer Männer genauso wie die derer, die gar nicht an Bord waren, wie Degen, Reinhard oder auch die zweier unbekannter Agenten auf Kreta, für die der Boden zu heiß wurde. Der kleine Schoner trug sie alle, denn das war seine wahre Fracht.

11. Kapitel

Sternenklare Nacht

Sie sichteten den ersten Aufklärungsflieger am späten Nachmittag des ersten Tages. Ein großes Flugboot, das behäbig eine Runde um den Schoner zog, kurz mit den Tragflächen wackelte und wieder über den Horizont verschwand.

»Und was war das jetzt?« Georg Rath sah verwundert der Maschine hinterher.

»Das bleibt abzuwarten«, erklärte sein Skipper. »Entweder der Pilot ruft ein Kriegsschiff, um uns zu kontrollieren, oder er war einfach nur gelangweilt.«

»Gelangweilt!«, meinte Anton. »Wenn er misstrauisch geworden wäre, würde er jetzt kreisen.«

»Es muss hier einiges an Verkehr geben, und die können nicht jeden kontrollieren«, setzte Rath hinzu.

»Wir kommen von Westen. Nordafrika, Freies Frankreich, wer will das schon beurteilen?« Jörg warf einen kurzen Blick auf die Segel. »Genügend unverdächtige Häfen im Westen.«

»Also bleiben wir auf diesem Kurs?«

Der Skipper sah Georg ruhig an. »Frechheit siegt. Für den Augenblick sind wir ein alter Grieche auf dem Weg von Marokko nach Kreta. Heraklion liegt an der Nordseite, das passt also.«

»Dein Wort in Gottes Ohr.«

Eine Stunde später sichteten sie Segel. Anton ließ das Glas sinken. »Ein Schoner.« Es klang etwas ungläubig. »Beinahe auf gleichem Kurs, aber etwas achteraus.«

Jörg blickte hoch zum Verklicker. »Sag ich doch, der Kurs ist unverdächtig. Und Schoner gibt es wie Sand am Meer. In der Ägäis sogar noch mehr.«

Bär, der am Ruder stand, wirkte zufrieden. »Perfekte Tarnung also?«

Christian schwang sich aus dem Motorraumluk und griff nach einem Glas. Minutenlang betrachtete er den anderen Schoner. Im Augenblick konnten sie nur die Segel erkennen, während der Rumpf noch hinter dem Horizont verborgen lag. Ohne Glas erschien das andere Schiff wie eine winzige Feder, die auf der scharf gezogenen Linie balancierte. Christian wandte sich um. »Er muss allem Anschein nach etwas schneller sein als wir. Selbst wenn er auf konvergierendem Kurs liegt.«

Der Skipper nickte nachdenklich. »Stimmt, sonst wäre er nie in unserer Sicht aufgetaucht.« Sein Gesicht verriet eine Spur von Besorgnis. »Hoffen wir mal, dass er nicht viel schneller ist.«

Bär sah ihn verständnislos an. »Angst um deine Reputation als Segler?«

»Nicht gerade.« Jörg blickte zu dem anderen Schiff. »Aber auf diesem Kurs ist er wahrscheinlich ein Grieche. Das Letzte, was ich brauchen kann, ist ein echter Grieche, der gerne ein Schwätzchen mit seinem Landsmann halten will.« Er sah sich in der Runde um. »Es sei denn, einer von euch hat über Nacht akzentfrei Griechisch gelernt.«

Die Blicke der Männer richteten sich nach oben zu den Segeln. »Er segelt höher am Wind, das kann ihm einen Knoten extra bringen.« Anton brachte auf den Punkt, was jeder dachte.

»Ein Knoten nur?« Jörg wirkte erleichtert. »In drei Stunden ist es dunkel, und der Bursche ist mindestens zehn bis zwölf Meilen weit weg.«

Der zweite Aufklärer des Tages kam kurz vor der Dämmerung. Ein Flugboot wie der erste und offensichtlich auf dem Heimweg, denn er nahm sich kaum die Zeit, eine Winzigkeit aus dem Kurs zu schwenken, um einen Blick auf die beiden Schoner zu werfen, die so friedfertig der fernen Insel zustrebten.

Der andere Schoner hatte sich inzwischen auf etwa acht Meilen herangearbeitet, dabei aber etwas Luvweg gemacht, so dass er jetzt backbord achteraus stand. Acht Meilen, das war zu viel, um von Bord zu Bord ein Schwätzchen zu halten. Und als die Nacht hereinbrach, kehrte Erleichterung auf der *Achat* ein.

Jörg ließ den Segler ein bisschen vom Wind abfallen. Der neue Kurs würde sie näher an die Ostspitze Kretas heranführen. Nicht gerade sein Wunschkurs, aber anzuluven hätte ihn nur näher an den anderen Schoner herangebracht. So bestand immerhin die Chance, dass der andere mit dem besseren Wind um Meilen an ihnen vorbeisegelte.

Sie hatten den ersten Tag innerhalb der Luftaufklärung Kretas hinter sich, und die beiden Aufklärer hatten offensichtlich keinen Verdacht geschöpft. Ihre Tarnung hielt also, und mit dieser Erkenntnis kehrte eine trügerische Sicherheit in die Messe der *Achat* ein. Der Mond, nur eine schmale Sichel in einem klaren Sternenzelt, blickte auf den Schoner herab und fand die Männer mit den letzten der kostbaren Bierflaschen rund um das Ruder versammelt. Eine winzige Spur lange vergangener Seefahrtsromantik umwehte den alten Schoner. Wer wusste, was am nächsten Tag sein würde? Wer wollte es schon wissen? Aber die Tarnung hatte gehalten, und so glaubte ein jeder, dass sie auch am nächsten Tag wieder halten würde.

Trotzdem erinnerten die bereitliegenden Waffen in der Messe daran, dass sie nicht im tiefsten Frieden segelten, nur um des Sports willen. Zwei Maschinengewehre, ein paar Karabiner und zwei Pistolen, dazu ein paar Handgranaten, das war ihr ganzes Arsenal. Aber sie würden sich nicht kampflos ergeben, sollten die Dinge schiefgehen.

Schritte polterten den Niedergang hinunter, und Jörg hob verschlafen den Kopf. Undeutliche Stimmen erklangen an Deck, aber er verspürte die Aufregung sofort. Etwas ging vor.

Anton steckte den Kopf zur Tür herein. »Patrouillenboote. Irgendwas Schnelles.«

»Ich komme!« Jörg griff nach seiner Hose.

»Britische MGBs.« Georg wandte sich um, als Jörg den Niedergang heraufkam. »Vierpfünder, diverse Maschinenkanonen, Wasserbomben und etliche MGs.« Ein Seufzen entrang sich seiner Kehle.

Jörg griff nach einem Glas und balancierte es aus. Ein salziger Wind zerrte an seinen Haaren. *Etwas aufgefrischt!* Aber die Erkenntnis war beiläufig. Im Glas erschien weißes Kielwasser und an der Spitze eine undeutliche dreieckige Form. »Die haben es ziemlich eilig, was läuft der wohl?«

»Um die zwanzig. Das ist die normale Fahrt, wenn sie es *nicht* eilig haben.«

Jemand, vermutlich Anton, pfiff durch die Zähne. Aber Jörg ignorierte es. Hinter der ersten Silhouette erkannte er zwei weitere. »Drei von den Burschen, in Dwarslinie.« Er zögerte. »Sie kommen näher.«

»Wir können die Segel einholen, dann …«

»Zu spät.« Der Skipper winkte ab. »Die haben sie schon längst gesichtet.«

»Also?«

Jörg sah Rath an. »Also liegt jetzt alles bei denen.«

»Wir kämpfen?« Georg Raths Stimme klang überraschend ruhig.

»Nur wenn's sein muss«, sagte Jörg. »Haltet die Waffen versteckt. Wir versuchen, uns durchzubluffen.« Wieder zögerte er einen Augenblick. Es war so einfach, zu resignieren. »Feuer erst auf mein Kommando.«

Rath trat einen Schritt zurück und legte die Hand an die nicht vorhandene Mütze. »Verstanden!« Abrupt wandte er sich um. »Anton, Jakob, mit mir.«

Jörg wunderte sich, wie einfach die Dinge doch manchmal sein konnten.

Die britischen Schnellboote kamen mit hoher Fahrt näher, und die scharf geschnittenen Rümpfe warfen breite weiße Schnurrbärte auf. Selbst bei zwanzig Knoten ragte der Bug des führenden Bootes bereits hoch aus dem Wasser, während das Heck sich tief in die See gegraben hatte. Ein Bild von Kraft und tödlicher Anmut.

Wilhelm blickte über das Deck des Schoners. Vor dem Aufbau lungerte Anton herum. Verborgen unter etwas Persenning lag eines ihrer Maschinengewehre bereit. Das zweite lauerte verborgen hinter einer dicken Taurolle ganz achtern. Jakob hockte auf der Taurolle und sah den näherkommenden MGBs scheinbar desinteressiert entgegen.

Der Skipper stand neben Georg am Ruder. Bei jeder Bewegung erinnerte ihn das ungewohnte Gewicht der Pistole in seiner Jackentasche daran, dass sich jetzt alles entschied. Im Geiste ging er die Möglichkeiten noch einmal durch. Die Tommys konnten sie mit einem Scheinwerfer beleuchten, um zu sehen, was sie da vor sich hatten. Dann wäre der Ofen sofort aus, denn dass die Männer an Bord keine Griechen waren, konnte ein Blinder mit einem Krückstock sehen.

Die Frage war, würden die Briten so einen Lichtzauber veranstalten? Kreta lag in der Reichweite der italienischen Bomber, obwohl hier noch nicht viel passiert war. Aber die Briten hatten ihre Lektionen bereits im Kanal gelernt. Dort konnte es einen schnellen Tod bedeuten, Licht zu zeigen, jedenfalls wenn auch nur die Hälfte von dem stimmte, was Georg erzählt hatte. Würde der britische Kommandant davon ausgehen, dass es hier anders war? Unwahrscheinlich.

Zweites Szenario: Die Tommys konnten sich den alten Schoner ansehen und mit den Schultern zucken, bevor sie wieder in der Dunkelheit verschwanden. Nicht so unwahrscheinlich, wie es klang. Die *Achat* sah ja nicht gerade bedrohlich aus, und vielleicht hatten die Schnellboote andere, wichtigere Dinge zu tun.

Und Möglichkeit Nummer drei? Sie konnten ein Kommando an Bord schicken, um den Schoner zu untersuchen. Die wahrscheinlichste Möglichkeit, soweit es Jörg betraf. Und wenn es ihnen gelang, das Kommando festzusetzen, dann würden sie sich alle in einer Pattsituation befinden. Die MGBs konnten nicht feuern, wenn sich die eigenen Leute an Bord befanden. Hoffte er jedenfalls.

Die drei Boote zogen mühelos einen Kreis um die *Achat*. In Formation, es wirkte wie ein gut einstudiertes Ballet. Jörg konnte ein paar Köpfe auf der Brücke erkennen, die zu seinem Schiff herüberstarrten, aber die Dunkelheit machte es unmöglich, viele Details zu erkennen.

Eine Signallampe blitzte auf, blau abgeblendet. »What Ship – Welches Schiff?«

Die *Achat* hatte eine Signallampe. Ein altes Ding, das noch aus der ursprünglichen Ausstattung stammte. Nicht mehr als eine große Taschenlampe. Jörg zog das Ding aus dem Schapp und richtete es auf das führende Schnellboot. Er morste sehr langsam und sorgfältig. »Sconer *Achat* bound for Heraklion with wine – Schoner *Achat,* bestimmt für Heraklion mit Wein.« Es schien eine Ewigkeit zu dauern, bis er seine Antwort durchgemorst hatte, und er musste sich immer mitdrehen, weil die Schnellboote in dieser Zeit bereits einen weiteren Halbkreis um den Segler gezogen hatten.

Für lange Augenblicke passierte gar nichts. Ungerührt zogen die MGBs ihre Kreisbahn um den Schoner, der weiter stur auf Kurs blieb. Jörgs Herz schlug bis zum Hals. Kontrollierten die das über Funk? Aber wie? Niemand wusste, wo sich all die kleinen Küstensegler herumtrieben, die es in Griechenland gab. Es gab kein Frachtregister oder dergleichen für diese kleinen Schiffe. Wenn überhaupt, konnten die Briten höchstens herausfinden, dass es wirklich eine *Achat* gab.

Auf dem führenden Boot blinkte die Lampe wieder auf. Ein schneller, harter Rhythmus. Zu schnell für Jörg. Er hob die Lampe. »Not understand.« Beinahe hätte er »Not understood« gemorst, aber er zweifelte, dass einem griechischen Skipper solche Feinheiten der englischen Sprache geläufig waren.

Die Schnellboote wurden langsamer, ein Zeichen, dass sie sich irgendwie anders als mit Lichtzeichen verständigten, Kurzwellensprechfunk vermutlich. Aber sie gingen nicht davon aus, dass der alte Schoner irgendetwas zum Funken an Bord hatte. Interessant.

Auf dem führenden MGB blinkten wieder die Lichtzeichen auf. Deutlich langsamer dieses Mal. Georg las laut mit. »Steuern Sie Nordost – wiederhole Nordost –«

»Was zur Hölle ...?«

Aber der Morsespruch ging noch weiter. »... Minengefahr – wiederhole Minengefahr – entlang der Nordküste.«

Die beiden Männer am Ruder sahen einander verblüfft an. Dann hob Jörg die Lampe. »Danke für die Warnung!«

»Gute Fahrt!« Die Schnellboote nahmen alle gemeinsam

Fahrt auf, und an den Hecks wirbelten große schaumige Wellen in die Luft, als Tausende von PS in Aktion traten. Verblüffend schnell rasten die drei Boote davon.

Für einen Augenblick herrschte an Bord der *Achat* Stille. Dann begann Anton, leise zu lachen. Und während das Gelächter immer lauter wurde, stimmten die anderen ein. Ihre Tarnung hatte gehalten – wieder – und nicht nur das, die ahnungslosen Briten hatten sie auch noch vor den drohenden Minen gewarnt.

Der Rest der Nacht verging ruhig, auch wenn an Bord der *Achat* keine Seele schlief. Zu angespannt waren die Nerven. Als die Sonne aufging, fand sie eine Bande müder, unrasierter Männer auf dem alten Schoner vor.

Im Laufe des Tages überflogen mehrfach Aufklärer den Schoner, einer zog seinen Kurs direkt über sie. Aber keiner zeigte Interesse, genauso wenig wie ein kleiner Frachter, der sie überholte. Aber wie sie lag der Frachter auf Nordostkurs. Also rasten die drei Tommys immer noch irgendwo herum und warnten Schiffe vor der Minengefahr. Vielleicht gab es Minen, abgeworfen von den Flugzeugen der italienischen Luftwaffe, die gelegentlich Kreta angegriffen hatte, vielleicht war alles blinder Alarm. Aber wie sollte man das wissen, bevor man auf eine draufgelaufen war, und dann war es zu spät, sich zu beschweren.

Um kurz nach neun, es war bereits dunkel, wechselte die *Achat* den Kurs. Der Wind hatte gedreht und war wieder etwas abgeflaut. Mit mäßiger Fahrt hielt der Schoner raumschots auf die unsichtbare Küste Kretas zu. Vierundzwanzig Meilen noch bis zum Treffpunkt, das machte ungefähr vier Stunden Fahrt. Sie würden genau pünktlich dort sein und von ein Uhr bis drei Uhr bleiben.

12. Kapitel

An Kretas Küsten

»Wie spät?«

Anton blickte auf die Uhr. »Viertel nach eins.« Ein unsicherer Ton schwang in seiner Stimme mit. »Sie sind zu spät dran.«

Jörg rekapitulierte im Geist noch einmal die Befehle. Zwei Agenten abholen. Er hatte keine Personenbeschreibung, nur eine Position. Eine einsame kleine Bucht an der Nordküste der Insel, knappe fünfzehn Seemeilen westlich von Heraklion. Die Agenten sollten sich mit einem Kennsatz ausweisen, der für Jörg etwa genauso dämlich klang wie dieses ganze Unternehmen. Und das war sehr dämlich. Es machte ja einen Sinn, dass sie nicht viel über die Agenten wussten, nur für den Fall, dass ... Aber andererseits konnte jeder kommen und ihm den Kennsatz präsentieren, nachdem die echten Agenten geschnappt worden waren. Das Spiel funktionierte immer nach beiden Seiten.

Aber bisher war die Bucht einfach nur menschenleer. Anton und Jörg standen allein auf dem weiten Sandstrand, die *Achat* lag zwei Kabel vom Ufer entfernt vor Anker, und das Schlauchboot lag hinter einem Felsen. Das einzige andere Zeichen von Leben war das empörte Kreischen einiger Seevögel, die sie möglicherweise aus dem Schlaf gerissen hatten, als sie sich unter Motor in die Bucht geschlängelt hatten. Die Einfahrt war eng gewesen, und Jörg hatte sich nicht durch die hellen Segel vor der Zeit verraten wollen.

Ein metallisches Geräusch verriet ihm, dass Anton seine Pistole durchlud. Für einen Augenblick trafen sich die Blicke der beiden Männer, aber keiner sagte ein Wort. Die Situation war klar.

Wieder verstrichen Minuten. Jörg spürte die Unsicherheit. Irgendetwas war verkehrt, völlig verkehrt. Als habe eine Stimme ihm diese Erkenntnis zugeschrien. Es konnte tausend Gründe geben, warum die Agenten nicht erschienen. Eine Autopanne, ein verspäteter Bus. Wer wusste schon, welche Transportmittel die Agenten auf Kreta benutzt hatten. Ein platter Fahrradreifen, vielleicht. Aber in den tausend Gründen mochten auch andere Möglichkeiten enthalten sein. Beim Spionieren gefangen? Von der griechischen Abwehr erwischt?

Steine kollerten. Anton und Jörg erstarrten. Dann, wie auf Kommando, verschwanden sie hinter dem Felsen, hinter dem das Schlauchboot lag. Atemlos warteten sie auf die Dinge, die da kamen. Eine Männerstimme fluchte unterdrückt in einer fremden Sprache. Anton und Jörg hinter dem Felsen wechselten einen Blick. Abwarten.

Eine Gestalt kam aus dem Schatten der Felsen und starrte zu der undeutlichen Silhouette des Schoners hinüber. Kein Licht zeigte sich an Deck, keine Bewegung verriet, dass dort Männer warteten. Wie ein Geisterschiff lag die *Achat* in der Bucht, ein Eindruck, der durch die ersten dünnen Nebelschwaden noch verstärkt wurde.

Der großgewachsene Mann in einer Art Bomberjacke ging ein paar Schritte unruhig am Strand auf und ab. Dann sah er wieder zu dem Schoner hinüber. Als ob er nachdenke. Endlich legte er die Hände an den Mund und rief den Schoner an. »Im Winter regnet es in Paris!«

Jörgs Hand, die sich schweißnass um den Griff der Pistole

verkrampft hatte, lockerte sich. Trotz der Situation musste er grinsen, als er sich hinter dem Felsen erhob. »Wenn es nicht schneit.« Diese Erkennungssätze waren wirklich zu dämlich!

Der Mann wandte sich überrascht um. In seiner Stimme schwang Erleichterung mit. »Sie haben hier gewartet?«

»Ja!« Jörg nickte langsam und ließ den Blick zu den Felsen um die Bucht gleiten. »Sollten Sie nicht zu zweit sein?«

»Es gab Probleme.« Der Mann zögerte. »Wir wurden getrennt.«

Jörg trat näher und streckte die Hand aus. »Ich bin Jörg. Ihr Abholer, wenn Sie so wollen.« Seine Stimme verriet nichts von seiner Nervosität. »Was für Probleme?«

»Die Engländer haben überall Streifen.« Der Mann sah den Skipper unruhig an. Ein dunkles Gesicht mit dunklen Augen, vielleicht ein Grieche, aber der Akzent ließ Jörg mehr an Kroatien denken. Es gab viele Verbindungen in diesem Teil der Welt. »Ich bin Ante. Das reicht. Sollen wir nicht an Bord gehen und hier verschwinden?«

»Und Ihr Kamerad?«

»Sie ist erwischt worden.« Ante zuckte mit den Schultern. »Sonst wäre sie schon hier.«

»Sie?« Anton blickte unwillkürlich die Steilküste empor.

»Pech, Berufsrisiko. Nennen Sie es, wie Sie wollen. Wir sind in eine Streife gelaufen. Die Informationen, die ich habe, sind zu wichtig, ich konnte es nicht verantworten, lange nach ihr zu suchen.«

»Genauso wenig wie sie, umgekehrt, meine ich?«

»Hören Sie, wir sollten machen, dass wir hier wegkommen. Wenn die Brits wirklich Maja geschnappt haben, dann kann es nicht lange dauern, bis ...«

Er hielt inne, als Jörg abwinkte. »Ich würde nichts lieber tun als das.« Er lächelte gezwungen. »Aber verstehen Sie, meine Befehle besagen, ich soll bis drei Uhr hier warten. Und sollten wir beim ersten Mal kein Glück haben, gibt es einen zweiten Treffpunkt.«

»Ich sagte Ihnen doch ...«

Wieder unterbrach ihn Jörg. »Sie sagten, dass Sie nicht wissen, ob Ihre Kollegin erwischt wurde oder nicht.« Die Stimme des Skippers klang plötzlich hart. »Also warten wir. Beten Sie, dass sie schnell hier auftaucht, denn dann können wir wirklich verschwinden.« Er wandte sich zu Anton um. »Kannst du das Boot alleine zurückrudern? Dann bring diesen Herren an Bord, und komm zurück.«

»Aye, Skipper!« Antons Gesicht verriet nichts von seinen Gefühlen. Aber der stämmige Vorschoter trug noch immer die Pistole locker in der Hand. Offenkundig traute er diesem Ante genauso wenig, wie Jörg es tat. »Er kann mir ja helfen ... falls er nicht gleich nach Tarent zurückrudern will.«

Ante sah die beiden Seeleute an, als habe er einen Schlag erhalten. »Hören Sie, Sie verstehen nicht. Die Tommys ...«

Jörg unterbrach ihn zum dritten Mal. »Ich glaube, ich verstehe es. Sie haben Ihre Kollegin im Stich gelassen. Vielleicht braucht sie länger, vielleicht haben die Engländer sie erwischt. Aber das interessiert nicht, solange wir Sie nur schnell in Sicherheit bringen.«

»Sie glauben, ich bin ein Feigling?«

Jörg musterte den Agenten, unfähig, seine Abneigung zu verbergen. »Macht es einen Unterschied, was ich glaube?« Er nickte Anton zu. »Bring ihn zurück. Ich sehe mich oben mal um. Sollte ich nicht zurückkommen, dann segelt ihr um drei! Keine Spielereien, klar?«

»Alles klar, Skipper!« Aber trotz der Zustimmung wussten sie beide, dass die Entscheidung nicht so einfach sein würde. Besser, Jörg kam rechtzeitig zurück.

Während das Boot zurück zur *Achat* fuhr, machte sich Jörg an den Aufstieg. Nicht ganz einfach, weil auf dem Abhang viel loses Geröll lag, aber endlich fand er einen Weg. Schwer atmend hielt er oben an der scharfen Kante inne. Bei Tag hätte sein Schiff in der kleinen Bucht einen malerischen Anblick geboten. Aber bei Nacht war es von hier oben beinahe unsichtbar. Er konnte sich vorstellen, was Rath denken würde, wenn Anton mit den Neuigkeiten kam. Doch er würde ihn verstehen. Es ging nicht um die Befehle, die waren nur ein Vorwand. Aber sie waren weit über tausend Meilen gesegelt, um zwei Agenten abzuholen, und sie würden nicht einen zurücklassen, weil der andere die Hosen voll hatte. Oder was seine Gründe auch immer sein mochten.

Die Straße führte nur etwa hundert Meter weiter an der Küste entlang, aber Wilhelm konnte sie kaum erkennen. Einzig eine schnurgerade Linie von Bäumen verriet, wo sie entlangführen musste. Und jenseits der Straße? Überall Felsen und Geröll, dazwischen dürres Gestrüpp. Olivenbäume und Ackerland, all das, was man sich unter einer griechischen Insel vorstellte, kam wahrscheinlich erst später, weiter im Landesinneren.

Jörg dachte einen Augenblick nach. Das Rätsel war nicht allzu schwierig zu lösen. Die Agenten mussten von Heraklion gekommen sein, weil es die einzige größere Stadt war. Wenn es irgendwo Informationen zu sammeln gab oder wenn sie sich irgendwo versteckt hatten, dann dort. Die Stadt lag linker Hand die Straße entlang, vierzig Seemeilen entfernt, aber der Teufel mochte wissen, wie viele Kilometer das auf dieser gewundenen Straße waren. Und das brachte ihn zum zweiten Teil des Rätsels: eine britische Streife. Die Briten waren auf der Insel, nicht nur in den Gewässern rundherum! Er hatte damit gerechnet, dass die Griechen ihren neuen Verbündeten Flugplätze überlassen würden, aber das hier sah eher nach Armee aus, nach Bodentruppen. Und die waren hier zu weit weg von der Stadt, um von dort gekommen zu sein. Es musste also irgendwo eine Garnison oder ein Feldlager geben. Und dann der dritte Teil des Rätsels. Hatte eine Streife die Frau erwischt? Ante hatte nichts davon gesagt, und wenn er es gewusst hätte, wäre das seine Fahrkarte Express raus hier gewesen. Also hatte Ante nichts gewusst. Mit gespitzten Ohren begann Jörg, der Straße zu folgen, aber nicht auf dem Asphaltband, sondern etwas weiter daneben, immer bereit, im Schatten der Bäume oder hinter einem Felsen zu verschwinden.

Georg hörte sich Antons Bericht mit ausdruckslosem Gesicht an, bevor er sich Ante zuwandte. »Willkommen an Bord.« Es klang wie »Leck mich!«.

»Ich bin froh, dass ich es geschafft habe.« Ante schien die Abneigung nicht zu spüren, oder er war einfach immun dagegen.

»Wir auch.« Georg zuckte mit keiner Wimper. »Wenn Ihre Kollegin es geschafft hätte und Sie nicht, dann würde der Skipper sich jetzt dort oben nach Ihnen umsehen.«

Ante zuckte mit den Schultern. »Sie würde Sie drängen, sofort auszulaufen.« Der Agent blickte den Segler ruhig an. »Andernfalls müsste ich ihr den Hals umdrehen, wenn Ihr Skipper mich an Bord brächte.«

Dieses Mal war die Überraschung auf ihrer Seite. Die Männer starrten Ante verdutzt an. Und sollte der Abneigung vielleicht auch nicht spüren, Verblüffung erkannte er. »Keiner von uns ist wichtig. Wichtig sind die Informationen.«

»Welche Informationen?«

Der Agent seufzte und griff in die Tasche seiner Bomberjacke, holte ein halb zerfleddertes Notizbuch hervor und hielt es Rath hin. »Sollte das hier schiefgehen, dann sorgen Sie dafür, dass dies hier zu Major Reinhard kommt.« Er sah Rath ernst an. »Die Briten sind dabei, sich auf der Insel einzunisten.

Die Griechen sind größtenteils abgezogen, und der Rest geht auch noch aufs Festland.«

»Und was bedeutet das?«

»Dass es bald gewaltig dort brennen wird. Die Italiener werden eins aufs Maul kriegen. Und Kreta wird in britischen Händen ein verdammter steinerner Flugzeugträger, von dem aus die Tommys bis nach Rumänien fliegen können.« Er zögerte kurz. »Deutschland wird eingreifen müssen, oder Mussolini wird sich verschlucken. Ist das wichtig genug, um etwas Eile zu zeigen?«

»Der Skipper ist noch an Land.« Georg nahm das Notizbuch, das ihm Ante immer noch auffordernd hinhielt.

Stiefelschritte und leise Stimmen! Jörg verschwand hinter einem Felsen. Er musste auch nicht lange warten. Eine Gruppe Soldaten marschierte die Straße entlang. Die Männer unterhielten sich leise auf Englisch, als wären die flachen Tellerhelme nicht bereits ausreichend Zeugnis ihrer Nationalität. Aber dann hörte er genauer hin. Australier möglicherweise? Der Akzent klang vertraut, aber doch nicht völlig. Er war einige Male gegen australische Crews gesegelt. Vor dem Krieg. Das waren keine Australier, möglicherweise Kiwis. Aber er schob die Frage als nebensächlich beiseite. Ihn festnehmen oder auf ihn schießen würden sie so oder so, egal, wo sie herstammten.

Die Soldaten entdeckten keine Spur von der Gestalt hinter dem Felsen. Gemütlich schwatzend marschierten sie die Straße entlang und machten überhaupt keinen besonders aufmerksamen oder gar alarmierten Eindruck. Unerfahrene Truppenangehörige oder erfahrene, die sich hier auf der Insel nur sehr sicher fühlten, es war gleichgültig. Auf jeden Fall war ihnen die Agentin nicht in die Hände gefallen, weder ihnen noch einer anderen Streife. Nachdenklich sah Jörg den Männern hinterher. Besonders der Soldat mit dem Feldfunkgerät hatte seine Aufmerksamkeit erweckt.

Die Stimmen der Männer verklangen. Langsam richtete sich Jörg auf. Ein Blick auf die Uhr zeigte ihm, dass die Zeit gnadenlos verstrich. Vierzig Minuten bis drei Uhr. Er würde allein fünfzehn zurück zur Bucht brauchen.

Trotzdem, ein paar Minuten Karenz hatte er. Wenn sie auf freiem Fuß war, würde sie die Straße suchen. Einfach weil Straße und Küste die einzigen Orientierungsmöglichkeiten waren. Sie konnte natürlich in einem Anfall von Panik die falsche Richtung genommen haben, aber irgendwie passte das für Jörg nicht zur Tätigkeit einer Agentin. Möglicherweise stellte er sich die Arbeit von Spionen aber auch nur völlig falsch vor.

Wieder rollten ein paar Steine, und wieder verschwand er im Schatten. Da kam jemand, der der Straße folgte. So wie er es tat. Jemand, der genau wie er in Deckung gegangen war. Es folgte ein metallisches Schnappen – unheimlich laut in der Nacht. Es wurde Zeit, dass er etwas unternahm. »Im Winter regnet es in Paris!«

Für einen Augenblick herrschte überraschte Stille. Jörg versuchte, mit den Augen die Dunkelheit zu durchdringen. Aber die Schatten zwischen den Felsen waren zu tief.

Ihre Antwort war nicht mehr als ein Wispern. »Wenn es nicht schneit.«

Jörg sprang auf und lief in die Richtung, aus der das Raunen gekommen war. Nicht weit, vielleicht ein paar Meter. Dann stoppte er abrupt. Weit aufgerissene Augen sahen ihn an, aber die Mündung der Pistole, die sie auf ihn gerichtet hielt, war unzweifelhaft noch größer. »Ich kenne Sie nicht, wer sind Sie … und wer hat Ihnen diesen Satz beigebracht?«

13. Kapitel

Loyalitäten

»Du blutest!« Anton starrte verdutzt auf seine Hand. Er hatte es in der Dunkelheit nicht sehen können, erst als er nach dem Arm seines Skippers gegriffen hatte. »Also habe ich doch einen Schuss gehört?«

»Du warst nicht sicher?« Jörg grinste etwas verzerrt. »Egal, ist nicht schlimm, nicht mal ein richtiger Streifschuss. Das Hemd hat mehr gelitten.« Er sah sich unruhig um. »Ist vorne alles bereit?«

Antons Augen glitzerten in der Nacht. »Schon auf dem Weg.«

»Sehr gut, ich möchte so schnell wie möglich weg hier.« Er hob etwas die Stimme. »Klar zum Segelsetzen. Das Groß zuerst, wenn ich bitten darf!«

Die Männer stürzten sich an die Taue, und Zug um Zug kam das Großsegel auf. Zögernd knatternd fasste das Tuch Wind, während Anton die Ankertrosse einholte. Auf und nieder. Jörg ließ das Rad herumwirbeln, und die große Gaffel schwenkte etwas weiter aus. Ablandiger Wind. Für eine Weile würden sie mit dem Wind im Rücken segeln müssen, ein Kurs, den die *Achat* gar nicht mochte. Da konnte sie sich anstellen wie eine zickige alte Dame, die sie ja im Grunde auch war.

Dunkle Schatten glitten vorbei, und die niedrige Bugwelle

des Schoners klatschte gegen die Felsen an der Ausfahrt. Eine einzelne Felsnadel schien sich zögernd aus ihrem Kurs zu bewegen, aber das war eine optische Täuschung, denn in Wirklichkeit war es die *Achat,* die etwas nach Luv zog. Weg von der Gefahr oder einfach nur luvgierig?

»Hoch mit dem Klüver!« Jörg klang laut, vielleicht zu laut in der stillen Nacht, aber es brach die Spannung. Wie Anton hatten auch die anderen eher nach achtern denn nach voraus geschaut. Ein Schuss war gefallen, nur ein einzelner Schuss, und der Skipper blutete leicht. Aber keiner wusste, was geschehen war, und Wilhelm hatte auch nichts gesagt. Anton und Ante, die an Land gegangen waren, um ihn zu suchen, trafen auf Jörg und die Agentin, als die bereits den schmalen Einschnitt hinunterkletterten, der zur Bucht führte.

Auf dem Vorschiff hob sich das Segel, und beinahe sofort spürte Jörg, wie der Schoner ruhiger im Ruder lief. Balance in allen Dingen. Eine Weisheit seines Vaters, der ihm das Segeln beigebracht hatte. Vor einer Ewigkeit und in einer anderen Welt.

Unter Deck lauschte Maja den regelmäßigen Atemzügen von Ante. Der Agent war eingeschlafen, kaum, dass er das Kopfkissen berührt hatte. Aber Maja konnte nicht schlafen, trotz ihrer Erschöpfung. Die fremden Geräusche, das Fließen von Wasser jenseits der Bordwand, das Zirpen von Morsecodes aus dem nahen Kartenraum und das Knarren von Holz. Wenn sie sich überhaupt jemals Schiffe vorgestellt hatte, dann als tote Metallmassen, die aus ihr unbekannten Gründen schwammen. Aber die *Achat* war lebendig, auf eine seltsame, unbestimmte Weise lebendig, als erzählten die einzelnen Teile des Schiffes einander mit leisen, knarrenden Stimmen Geschichten. Lebendig, ein unheimliches Gefühl und trotzdem … nicht ganz unangenehm.

Ihre Gedanken glitten ab zu dem Mann oben am Ruder. Er hatte sie gerettet, denn allein hätte sie die Bucht nie gefunden. Das hatte sie bereits begriffen gehabt, als der Mann aus dem Dunkel auftauchte. Nicht sehr professionell, nicht von ihr, sich zu verlaufen, und nicht von ihm, eine Suche zu riskieren. Ante hatte es auf den Punkt gebracht. Aber der Skipper, wie die Männer ihn nur nannten, hatte sie gerettet, und diese Tatsache blieb vor allen bestehen. Der Skipper. Sie lächelte unsicher. Sie kannte nicht einmal seinen Namen, genauso wenig wie er ihren. Ihren richtigen. Ob er geahnt hatte, wie rechtzeitig er gekommen war? Noch immer zitterte sie an allen Gliedern.

Wieder entkam die *Achat*. Während der Wind einmal mehr drehte, unbeständig wie die Verhältnisse im Mittelmeer nun einmal waren, ging der Schoner auf Westkurs, mit halbem Wind und die Schoten gefiert. Als die Sonne über den Horizont stieg und der neue Tag begann, stand das Schiff bereits mehr als vierzig Meilen entfernt. Ein weiterer Tag, noch einmal ungefähr zehn Stunden Tageslicht, dann wären sie auch aus der Reichweite der britischen Luftaufklärung auf Kreta entkommen. Ein paar Tage mehr bis Tarent.

»Guten Morgen … Skipper?«

Jörg wandte den Kopf, als sie den Niedergang hinaufstieg. Ihr Deutsch hatte einen fremden Akzent. Er hatte während der Nacht keine Gelegenheit gehabt, sie zu betrachten. Sie waren nur so schnell wie möglich an Bord geklettert, und sie war unter Deck gegangen, während er sein Schiff aus der Bucht geführt hatte. Nun fühlte er sich etwas überfahren. »Guten Morgen.« Er lächelte etwas unsicher. »Jörg Wilhelm ist mein Name.«

Sie überlegte einen Augenblick. Der Wind ließ ihr rotes

Haar wehen wie eine Fahne, und sie schüttelte den Kopf, als genieße sie die ungewohnte Freiheit. »Skipper klingt irgendwie romantischer.«

»Wie Sie wollen.« Aus den Augenwinkeln sah Jörg Anton vom Vorschiff kommen und abrupt in Richtung Niedergang abdrehen. »Ich hoffe, Sie haben es nicht zu unbequem unter Deck?«

In ihre Augen trat ein Funkeln. »Ich habe geschlafen wie ein Baby, falls Sie das meinen.« Sie sah auf seinen Arm. »Wie schlimm ist es?«

Jörg grinste wieder, dieses Mal spitzbübischer. »Ich habe mir schon Schlimmeres beim Segeln angetan. Nur eine Schramme. Anton hat es eigentlich nur verbunden, damit ich nicht unser frisch geputztes Deck vollsaue.«

Sie schien nach Worten zu suchen. Vielleicht war sie es nicht gewohnt, Deutsch zu sprechen, obwohl sie es irgendwann einmal gelernt hatte. »Ich wollte mich entschuldigen. Sagt man so?«

»Entschuldigung akzeptiert.« Der Skipper hatte das deutliche Gefühl, dass er hier grinsend wie ein Idiot auf seinem eigenen Deck stand und sich zum Affen machte. Sie war beinahe einen Kopf kleiner als er, schlank, mit langen roten Haaren und einem gebräunten Teint, der nicht zur Jahreszeit passen wollte und deswegen nur umso attraktiver wirkte. Verstohlen studierte er ihr Gesicht. Das, was er letzte Nacht hinter einem Felsen gefunden hatte, war verschwunden. Was über Nacht erschienen war, war eine junge Frau, die sich den Seewind um die Nase wehen ließ. Ein Bild, das aus Friedenszeiten hätte stammen können. Aber es hatte die letzte Nacht gegeben, und sie beide würden das nie vergessen.

Ein Geräusch aus dem Niedergang ließ ihn herumfahren. Ante tauchte auf und gähnte herzhaft. »Schläft man auf diesem Schiff niemals?«

Maja und Jörg wechselten einen Blick, aber der kurze Moment der Vertraulichkeit war vorbei.

Den ganzen Tag über zog das Schiff friedlich seine Bahn. Gegen Mittag kam ein Aufklärer in Sicht, aber das Flugzeug machte keine Anstalten näher zu kommen und verschwand kurze Zeit später wieder über den Horizont. Sogar die allmächtige Royal Navy ließ sich blicken, in Form eines Kreuzers, der mit hoher Geschwindigkeit ihr Sichtfeld passierte, ohne sich um den kleinen alten Segler zu kümmern. Am späten Nachmittag zog der Himmel zu, und Regen prasselte auf das Deck und die Segel. Die Sicht nahm schnell ab, und auch wenn sie selber nicht mehr besonders weit sahen, so konnten sie auch nicht mehr aus größerer Entfernung entdeckt werden. Das Wetter war zwar lausig, aber ein willkommener Tarnmantel. Bis die Nacht hereinbrach, sahen sie nichts mehr vom Feind, und am nächsten Morgen war die *Achat* bereits aus der Reichweite der Luftüberwachung heraus.

Die nächsten Tage an Bord des Schoners vergingen in einer seltsamen Stimmung. Der Wind wechselte ab und zu die Richtung und machte Segelmanöver mitten in der Nacht notwendig, aber andererseits blieb das Wetter selbst einigermaßen beständig, abgesehen von ein paar Regenschauern, die aber nicht lange anhielten.

Auch die Nerven der Männer begannen, sich langsam wieder zu beruhigen. Natürlich, man musste immer mit der Royal Navy rechnen, denn trotz zahlenmäßiger Überlegenheit und der unzweifelhaften Tatsache, dass die Aeronautica Nazionale Repubblicana den Luftraum über dem größten Teil des Mittelmeeres allein schon durch ihre zahlenmäßige Stärke hätte beherrschen sollen, war es doch die Navy, die im Mittelmeer selbst die Oberhoheit innehatte. Es konnte also jede Stunde geschehen, dass ein Rudel Schnellboote oder ein kampfstarker Zerstörer über den Horizont wuchs und sich für den einsamen Segler interessierte. Zumal jetzt, da der Kurs der *Achat* unzweifelhaft gen Italien gerichtet war. Aber schließlich war die Gefahr durch die Navy die ganze Zeit allgegenwärtig gewesen – jeden Tag und jede Stunde ihrer Fahrt. Das war alles nicht neu für die Männer, und noch viel weniger störte es die einsetzende Entspannung.

Natürlich waren alle neugierig. Der Skipper war während der Nacht auf Kreta angeschossen worden, und keiner wusste, wie es passiert war. Jörg Wilhelm hielt genauso dicht wie die Agentin, die sie nur unter dem Namen Maja kannten. Und als die Männer der Besatzung erst einmal begriffen, dass selbst Ante brennend gern gewusst hätte, was in dieser kurzen Zeit vorgefallen war, heizte das das allgemeine Spekulationenschmieden nur noch weiter an. Theorien gab es viele. War der Skipper etwa einem britischen Soldaten über den Weg gelaufen? Oder die Agentin? Anton hatte mitbekommen, dass aus Jörgs Waffe keine Kugel fehlte, aber die Waffe der Agentin hatte er natürlich nicht in die Hände bekommen. Also, so seine Schlussfolgerung: Es konnte nur sie gewesen sein, die geschossen hatte.

Die andere Möglichkeit, die von Rath ausgeheckt wurde, war, dass Maja den Skipper im Dunkeln für einen Tommy gehalten und ihm eins aufs Fell gebrannt oder es zumindest versucht hatte.

Vielleicht hatten sie ja auf Kreta einen Toten zurückgelassen. Ein ungutes Gefühl, aber irgendwie akzeptabel. Es war Krieg, und genau wie Millionen und Abermillionen anderer Menschen akzeptierten sie, dass getötet wurde.

Andere Dinge waren jetzt vorrangig. Das Schiff beanspruchte ihre Aufmerksamkeit, und mehr als die Vorfälle, die sich an der Küste abgespielt hatten, fesselten die Beobachter die Entwicklungen, die sich direkt vor ihrer Nase abspielten. Es war wie eine Art Pantomime oder Scharadespiel: Wenn Jörg an Deck erschien, dauerte es selten lange, bis Maja ebenfalls den Niedergang hochkam. Oder umgekehrt. Aber so sicher wie das Amen in der Kirche erschien alsbald auch Ante, noch bevor die beiden allzu viele Worte miteinander wechseln konnten. Es war ein deutlicher Anspruch, den der Agent stellte, wenn auch einer, der offensichtlich von Maja in keiner Weise bestätigt wurde.

Außerhalb ihres Seglers ging draußen in der Welt das Leben weiter. Funksprüche wurden gesendet und empfangen, Offensiven durchgeführt, einige abgewehrt, andere nicht. Die Crew der *Achat* wusste es zwar noch nicht, aber schon waren die Würfel für den nächsten Akt des weltweiten Dramas gefallen. Der italienische Blitzkrieg war in der Nähe eines kleinen Ortes namens Krifovo für Mussolinis Truppen brutal und unter gewaltigen Verlusten gestoppt worden. Der Ort, den keiner vor dem Krieg gekannt hatte, wurde plötzlich zu einer festen Größe für Kriegsberichterstatter, Wochenschaureporter und für die Soldaten, die als Verstärkung dorthin geschickt wurden. Krifovo in der Provinz Epirus – eintausendfünfhundert Jahre geschichtlicher Bedeutungslosigkeit hatten das Dorf nicht darauf vorbereitet, plötzlich zum Dreh- und Angelpunkt der Weltgeschichte zu werden, und sei es auch nur für ein paar Wochen. Immer mehr Truppen sammelten sich dort, immer stärker geriet die italienische Front unter Druck, und es war abzusehen, dass sie zurückweichen würde, zurück ins besetzte Albanien, aus dem die Truppen gekommen waren. Aber das wusste man an Bord der *Achat* alles noch nicht, und die Bedeutung wäre der Besatzung auch nicht klar gewesen.

Eine ganze Reihe Sender verriet ihre Natur durch ihren schnellen, präzisen Morserhythmus, der viel zu schnell war, als dass Wolters hätte mitlesen können, selbst wenn die Nachrichten nicht verschlüsselt gewesen wären. Kriegsschiffe in See. Irgendwo musste eine größere Operation ablaufen, aber die Morsezeichen konnten Hunderte von Meilen entfernt abgesendet worden sein. Natürlich lief immer irgendwo eine größere Operation ab, und wenn es nur der nächste Geleitzug von Gibraltar nach Alexandria oder umgekehrt war. Da die Briten nicht wussten, ob und welches Geleit die Italiener angreifen würden, waren bei ihren Geleitzügen immer auch ihre schwere Einheiten in See. Schiffe, die genauso bekannt oder noch bekannter waren als ihre italienischen Gegner und die darauf warteten, dass die überlegenen Italiener endlich herauskamen. *Warspite*, *Malaya*, *Barham*, *Ark Royal*, *Hermes*, die Liste ließ sich weiter fortsetzen: eine halbe Million Tonnen geballter Kampfkraft, bereit, sich bei der ersten Gelegenheit mit den modernsten Schlachtschiffen im Mittelmeer zu messen. Vielleicht waren diese Monstren Tage bei voller Fahrt entfernt, vielleicht nur ein paar Stunden. Aber so weit das Auge vom Mast der *Achat* aus auch reichte – die See blieb leer. Verdächtig leer. Beinahe schien es, als würde die Welt den Atem anhalten. Ein Zustand, der nicht lange so bleiben konnte.

14. Kapitel

Heimkehr in der Nacht

Georg Rath sah kurz auf die Uhr. Halb elf und finster wie im Kuhstall. »Kann jemand was sehen?«

»Nicht die Bohne, Georg!« Antons Stimme kam irgendwo vom Bug. »Aber die Bewölkung reißt langsam auf.«

Georg warf einen Blick zum Himmel. Vier Achtel, aber noch war der Mond hinter den Wolken verborgen. Trotzdem, Anton hatte recht, schon zeigte sich hier und da ein silberner Schimmer auf dem Meer. Rath wandte den Kopf, als er Schritte auf dem Holzdeck hörte. »Alles ruhig hier, aber nichts zu sehen.«

Jörg Wilhelm nickte knapp. »Dachte ich mir. Dieter hat eine Peilung von Radio Neapel bekommen. Es handelt sich zwar nur um eine Standlinie, aber die stimmt wenigstens so in etwa.«

Georg runzelte die Stirn und sah zu den Segeln empor. Die großen Gaffeln standen beinahe mittschiffs, und die See wusch bereits fast bis zur Steuerbordreling empor, so weit lag der Schoner auf der Seite. »Du willst den Kurs durchhalten?«

»Noch eine Weile dürfte das gehen. Wir sind so hoch am Wind, wie wir es uns leisten können, um noch die Kurve zu kratzen. Es besteht keine Not, vor der Zeit Luv aufzugeben.«

»Wenn der Wind nur nicht dreht.« Georg blickte erneut zu den jagenden Wolken. »Es wird kein Spaß, in die Bucht aufzukreuzen.«

Eine Klappe schlug auf, und Christian Bergmann, der Maschinist, erschien. Ein Mann mit viel freier Zeit, denn bisher hatten sie die Maschine außer bei den Einlaufmanövern zu den Treffpunkten überhaupt noch nicht verwendet. Andererseits war Christian aber auch Segler genug, um bei allen Manövern dabei zu sein.

Jörg sah, wie der junge Mann einen Augenblick an die Reling gelehnt stand und durchatmete. Den Öldunst wieder aus den Lungen kriegen, denn im Gegensatz zu vielen Maschinisten hatte Bergmann bisher keine Allergie gegen Seeluft gezeigt. Jörg spürte, wie sich ein Grinsen auf seinem Gesicht breitmachen wollte.

Der Maschinist richtete sich plötzlich auf. Auch Jörg hörte mit einem Mal das Geräusch. Nur ein leises Brummen, mehr eine Ahnung, die in den allgegenwärtigen Geräuschen von Wind, Meer und knarrendem Holz untergehen wollte. Aber das Geräusch wurde lauter.

»Flugzeug!« Christian deutete nach achteraus.

Schritte polterten, als die anderen Männer an Deck kamen, doch Jörg ignorierte sie. Er konnte das Flugzeug nicht erkennen, nur hören. Irgendwo zwischen den Wolken. Eine dünne Deckung, die nicht mehr lange halten würde. Schon wurden die silbrigen Flecken auf der See größer, und erste Sterne zeigten sich. »Ich sehe den Flieger nicht.«

Auch der Maschinist lauschte mit schiefgelegtem Kopf. »Ich glaube, das sind mehrere!«

Bär stand mittschiffs und starrte zum Himmel, Jörg war neben dem Ruder und lauschte, und sicher spitzte auch Anton auf dem Vorschiff die Ohren. Sie alle hörten das ferne Brummen. Es wurde lauter. Immer lauter.

»Da!« Christian streckte den Arm aus.

Jörgs Kopf fuhr herum. Beinahe hätte er den winzigen Punkt verpasst, es war nur ein kurzes Aufleuchten. Vielleicht Mondlicht auf einer Glaskanzel. Der Skipper reagierte sofort und griff zum Glas, das neben dem Kompass lag. Es war nicht ganz einfach, den dunkleren Punkt einzufangen, aber dann hielt er dem Atem an. Eine altmodische Form, ein Doppeldecker, wenn er sich nicht täuschte.

»Da ist noch einer!« Die Stimme des Maschinisten überschlug sich fast vor Aufregung.

Jakob Bärs Arm schoss ebenfalls in die Höhe. »Und noch einer.«

»Doppeldecker!« Jörgs Stimme klang ungläubig. »Wenn ich nur …«

»Doppeldecker, sagst du?« Georg hörte sich plötzlich unheimlich ruhig an. »Die Tommys haben auf ihren Trägern Doppeldecker. Fairey Swordfish.«

Der Skipper wandte den Kopf und sah seinen Freund unsicher an. »Was glaubst du, wo die hinwollen?«

»Wir haben nicht einmal eine Viertelstunde, bis wir Richtung Tarent abfallen müssen.« Raths Stimme war tonlos.

»Doppeldecker!« Jörg hätte genauso gut »Sahnekuchen« sagen können. »Was bedeutet das? Flugzeuge sind nicht meine starke Seite.«

»Torpedobomber!«

Jörg wandte sich um. »Die wollen nach Tarent?«

Der Agent namens Ante blickte unter zusammengezogenen Brauen zum Himmel. Der Wind vertrieb die Wolken immer weiter, und der Vollmond verwandelte die See in eine Landschaft aus Tausenden von winzigen silbernen Spiegeln. Sterne erschienen, und wer lange genug emporsah, konnte das breite Band der Milchstraße erahnen. Ein atemberaubender Anblick, wie man ihn so an Land niemals sah. Nur hatte keiner der

Männer im Augenblick einen Sinn für die Schönheit der Natur. Denn drei kleine Punkte störten den Frieden erheblich.

Nein, vier!, korrigierte sich Jörg. Mindestens vier, und der Teufel mochte wissen, wie viele sie gar nicht sahen.

»Wir dürfen die Funkstille nicht brechen.« Ante sprach gepresst, und sein Akzent war zum Schneiden dick. Ein besseres Zeichen seiner Nervosität hätte er nicht offenbaren können.

Im Kopf des Skippers drehten sich die Gedanken. Sie waren nicht mehr als vierzig Meilen von Tarent entfernt, eher dreißig. Und die Engländer planten einen Luftangriff. Vielleicht war alles schon zu spät, vielleicht auch nicht. Sie durften die Funkstille nicht brechen, nicht in See, wo sie sich verraten konnten. Aber sie waren doch beinahe schon in Tarent. Tarent, der größte Flottenstützpunkt im Mittelmeer. Ein Gedanke ergab den nächsten. »Wir werden trotzdem funken. Dieter soll sich hinter die Zauberkiste klemmen und versuchen, jemanden im Stützpunkt zu erreichen. Bomber aus Südost.« Er stutzte. »Mach da Torpedobomber draus!«

Bär verschwand im Niedergang, und erst jetzt begriff Jörg, dass Wolters überhaupt nicht an Deck gekommen war.

Ante wandte sich zu Jörg. »Die Engländer können den Funkspruch mitkriegen und uns angreifen.«

»Gehen Sie nach unten. Schnappen Sie sich Maja, und verstecken Sie sich im Segelschapp.« Jörg sah den aufkommenden Widerspruch. »Das ist ein Befehl.«

Ante ließ die Arme wieder sinken. »Soll ich ihr etwas sagen?«

Es gab vieles, was Jörg ihr gerne hätte sagen wollen. Aber alles musste warten. Er zwang sich zu einem Lächeln. »Sie soll den Kopf unten halten. Das Segelschapp liegt zwischen den vorderen Trinkwassertanks. Die Planken bieten nicht viel Schutz, sollte es zum Schlimmsten kommen. Aber die Metalltanks …« Er zuckte mit den Schultern. »Nicht viel, aber wenigstens etwas.«

Metallisches Klappern drang vom Bug, und Jörg wedelte mit der Hand. »Ab mit Ihnen nach unten. Wahrscheinlich greifen uns die Tommys sowieso nicht an. Die sind auf größere Beute aus.« Aber es klang wie eine Beschwörung.

Unter Deck versuchte Dieter Wolters Tarent zu erreichen. Irgendjemanden in Tarent. Immer wütender sandte er seine Meldung in einem langsamen, sorgfältigen Morserhythmus hinaus in den Äther. Aber keine Bestätigung belohnte seine Mühe.

An Deck warteten die Männer. Jörg hatte wieder das Ruder übernommen, Anton, Georg und Jakob hatten die Waffen, die Reinhard ihnen mitgegeben hatte, an Deck geschafft. Zwei MG 34, mit Trommeln, natürlich nicht mit Gurten, und zwei Karabiner. Nicht gerade ausreichend, um einen Krieg zu gewinnen. Eher geeignet, den nervösen Händen etwas zu tun zu geben.

Die Flugzeuge zogen ruhig ihre Bahn. Jörg spürte die Erleichterung. Das sah nicht so aus, als wollten die Tommys ausschwenken und die *Achat* angreifen. Also doch größere Beute. Tarent war voll davon. Sechs Schlachtschiffe, etliche Kreuzer und ganze Rudel von Zerstörern hatten dort ihre Heimatbasis, eine ständige Bedrohung der britischen Nachschublinien durch das Mittelmeer. Das war größere Beute, in der Tat.

»Georg!« Jörgs Stimme klang entschieden. »Wir fallen ab und steuern sofort auf Tarent zu.«

»Der Wind könnte …«

»Ich weiß, was der Wind könnte.« Jörg winkte ab. »Die Tommys werden die Italiener in Tarent angreifen. Das Letzte, was ich will, ist, von einem Flieger erwischt zu werden, der über der Bucht nicht zum Schuss kam und sein Mütchen an uns kühlen möchte.«

»Du kannst uns da in Teufels Küche segeln, Jörg.«

»Kann sein, aber wenn es schiefgeht, möchte ich nicht zwanzig Meilen vom nächsten Land entfernt baden gehen. Also, alle Mann!«

Jörg ließ den Schoner etwas abfallen, und die Segel begannen zu schlagen, als der Zug nachließ. »Hieven, Männer!«

Die beiden Bäume schwangen weiter aus, als die Schoten gelöst wurden. Es war kein schweres Manöver, das meiste tat der Wind mit seiner Kraft. Für ein paar Augenblicke wirkte das Deck chaotisch, aber das Durcheinander hatte Methode. Übung und Teamwork, das war es, was eine gute Crew ausmachte, und sie waren eine gute Crew. Die beste. Trotz der unbehaglichen Situation fühlte Jörg so etwas wie Stolz, als er seine Männer betrachtete. Sie hatten ihren Auftrag ausgeführt, den Rest würden sie jetzt auch noch schaffen, irgendwie.

Der Wind von Land trieb die *Achat* direkt nach Tarent, aber das Segelschiff brauchte für den Weg dahin noch mindestens sieben, vielleicht acht Stunden. Wenn sie den äußeren, den großen Hafen Tarents erreichten, würde bereits die Sonne aufgehen.

Die Flugzeuge waren natürlich schneller, viel schneller. Ein Lichtschein weit hinter dem Horizont zeigte an, dass der Angriff begonnen hatte. Und Dieter Wolters gab frustriert auf, irgendjemanden bei den Italienern erreichen zu wollen. Vielleicht hatten sie es ja selber schon mitgekriegt.

Noch mehrfach leuchtete der unheimliche Schein auf, untermalt von grellen Blitzen hoch am Himmel. Fernes Grollen verriet, dass es schwere Geschütze waren, die hier auf die winzigen Flugzeuge schossen. Zu schwer, zu langsam. Das Herz schlug den Männern bis zum Hals. Sie waren zu weit weg und nicht richtig betroffen von dem Hass, dem Kampf, dem tödlichen Wahnsinn. Aber irgendwie wünschten sie alle, sie könnten etwas tun. Aber die *Achat* glitt ruhig durch die See, so gelassen wie immer. Der Wind würde sie nicht schneller vorantreiben, nur weil sie es sich wünschten.

Christian Bergmann hatte sich halb aus der Luke seines winzigen Maschinenraums geschoben und sah dem Feuerwerk zu, die Hände zu Fäusten geballt. Georg Rath beobachtete und erinnerte sich. In den wenigen Monaten, in denen er den Krieg der Schnellboote im Kanal mitgemacht hatte, war er genügend Luftangriffen ausgesetzt gewesen. Deutsche Flieger gegen englische Boote, englische Flieger gegen deutsche Boote. Die rauchenden Einschläge, das Blut, die zerfetzten Leiber und bisweilen einfach nur ein sich ausbreitender Strudel aus Wrackteilen – es sah auf beiden Seiten immer irgendwie so ähnlich aus, dass man manchmal erst dann erfuhr, wen es erwischt hatte, wenn man einen Überlebenden aus dem Wasser zog und die blutüberströmte Gestalt ihren Rettern auf Deutsch dankte … oder aber auf Englisch, je nachdem.

Für andere war es die erste Begegnung mit dieser Art von Krieg. Jakob Bär zum Beispiel hatte auf einer Werft gearbeitet. Luftalarm bedeutete, im Bunker zu verschwinden und abzuwarten, egal, was kam, und dann wieder rauszukommen, um zu sehen, was es an Schäden gegeben hatte. Aber Luftangriffe waren in diesem zweiten Kriegsjahr noch selten gewesen, auch wenn nur ein Narr ignorieren konnte, dass sie häufiger wurden.

Ante, der kroatische Agent, und seine Partnerin Maja saßen unten in der Segellast, einem rechteckigen Raum, den Adolf Wilhelm irgendwie noch zwischen Bilge und das erhöhte Deck der Messe gequetscht hatte. Eine kahle Glühbirne verbreitete ein unstetes Licht, und die dicken Rollen der Segel nahmen jede Bewegungsfreiheit. Aber es war eben der Raum zwischen den Wassertanks, der sicherste Platz auf der ganzen *Achat*. Die junge Frau starrte abwesend ins Leere. In Gedanken war sie oben an Deck bei ihrem Skipper.

Die *Achat* brauchte etwas länger, als Jörg geplant hatte, weil der Wind gegen Morgen schwächer wurde. Als der Schoner sich seinen Weg in den äußeren Hafen ertastete, lag ein trübes Licht über der weiten Bucht. Noch immer stiegen Rauchwolken von den getroffenen Schiffsleibern auf und verdeckten die schwache Wintersonne. In der Luft hing ein fettiger, öliger Geruch, irgendwo musste also auch Öl gebrannt haben. Aber die Blicke der Männer konnten keine verräterischen Rauchsäulen über den Öllagern ausmachen, die sich wie eine große Reihe dicker Zylinder entlang des Ufers erstreckten.

»Mein Gott!« Berwitz starrte mit halbgeöffnetem Mund über das schmutzige Wasser der Bucht. »Das ist die *Conte*.«

»Mensch, du hast recht.« Bär blickte erschrocken zu dem alten Schlachtschiff hinüber. Die *Conte di Cavour* hatte zwischen den Kriegen viele Auslandsreisen durchgeführt, sie war ein bekanntes Schiff. Über die Toppen geflaggt in Spithead, anlässlich der Regatte zur Inthronisierung des englischen Königs Georg IV., hatte sie zusammen mit den Kolossen der Royal Navy, der *Graf Spee* und der französischen *Strasbourg* trotz aller Festivitäten eine Vorahnung dessen gegeben, was vielleicht einmal kommen würde. Nur hatte das damals keiner gesehen.

Nun, am 12. November 1940, lag sie bis zu den Aufbauten versunken im schlammigen Wasser des Außenhafens. Boote umschwärmten den riesigen grauen Schiffskörper wie Ameisen, während die schweren Geschütze immer noch mit geschwärzten Mündungen nutzlos in den Himmel starrten. Die *Conte* war erledigt, auch wenn die Besatzung wohl noch versucht hatte, das Schiff in flachem Wasser aufzusetzen. Aber die

Zeit hatte nicht mehr gereicht. Das Wasser war schneller gewesen. Der obere Rand eines Torpedoeinschlages war noch immer zu sehen – beinahe halb so lang wie ihre ganze *Achat*. Ein Loch, groß genug, um mit einem V-Boot in das getroffene Schiff zu fahren.

Und hinter den Molen des Innenhafens ragten die hohen Aufbauten der *Littorio* in den grauen Himmel. Schlagseite oder auf Grund gesetzt, es war von der *Achat* aus schwer zu sagen. Noch immer stieg Rauch von dem Schiff auf und verriet, dass der Stolz der italienischen Regina Marina auf Monate hinaus außer Gefecht sein würde.

Noch ein drittes Schlachtschiff hatte es getroffen. Die *Caio Duilio* saß mit Schlagseite auf dem flachen Ufer auf, ebenfalls auf Grund gesetzt, um ein Sinken nach Torpedotreffern zu verhindern. Verbogener Stahl zeigte an, wo die Torpedos der Flieger eingeschlagen waren. Boote mit Reparaturmannschaften schwärmten um den Rumpf. Schadensbegrenzung, das war alles, was jetzt noch getan werden konnte und was jetzt zählte.

Jörg ließ das Glas sinken. »Das setzt drei von sechs außer Gefecht. Und die *Andrea Doria* ist auch noch nicht wieder klar.« Er schüttelte den Kopf, als könne er nicht glauben, was er dort sah. »Die Engländer werden in der nächsten Zeit alles an Geleitzügen durchdrücken, was sie können. Die haben jetzt freie Bahn.«

»Das wird den Italienern in Griechenland schwer zusetzen.«

»Und wie!« Jörg wandte sich um, als Maja an Deck kletterte. Die Frau sah sich erschrocken um. Er wollte schon auf sie zueilen, aber dann tauchte Ante hinter ihr im Niedergang auf. Der Skipper wandte sich wieder um und sah Georg an. »Das wird es.«

15. Kapitel

Urlaub

Degen raste im Kübelwagen die Pier entlang. Die Meldung, dass die *Achat* einlief, hatte ihn erst mit Verspätung erreicht, aber in Tarent war eben an diesem Morgen die Hölle los. Als er mit quietschenden Reifen um die letzte Kurve an der Versorgungspier bog, flogen bereits die Leinen an Land, während das letzte der großen Segel in sich zusammenfiel.

Der Oberleutnant brachte den Wagen zum Stehen und wartete ungeduldig, dass die Männer eine Stelling ausbrachten. Selbst der Gruß zur Flagge fiel flüchtig aus. Heeresoffiziere, und das war er von Haus aus, teilten ohnehin nicht die Traditionen der Seeleute.

Jörg Wilhelm stand mit Georg Rath neben dem Steuer. »Also, Georg, alles seeklar zurück, und dann sehen wir weiter.« Er warf Degen einen kurzen Blick zu, wandte sich dann aber wieder Rath zu. »Kein Landurlaub, bis wir wissen, was los ist.«

»Aye, Skipper.«

Wilhelm wandte sich endgültig zu Degen um. »Willkommen an Bord, Oberleutnant.« Er lächelte flüchtig. »Ich nahm an, Major Reinhard sei auch irgendwo in der Nähe?«

»Der Herr Major musste zurück nach Berlin, schon vor ein paar Tagen.« Degen zuckte mit den Schultern. Dem gab es nichts hinzuzufügen. »So blieb es mir überlassen, Sie in Empfang zu nehmen.«

»Uns?« In Jörgs Gesicht zuckte kein Muskel. »Oder eher unsere Gäste?«

»Beides. Wo sind die eigentlich?«

»Unter Deck.« Wilhelm deutete auf den Niedergang. »Wir dachten uns, es sei besser, sie außer Sicht zu halten.«

»Sicher nicht verkehrt. Hier war die Hölle los.«

Jörg nickte langsam. »Ja, wir hatten auch schon das Gefühl, es sieht irgendwie anders aus.«

Der Oberleutnant stutzte und sah in die Augen des Skippers. »Ja, so kann man es auch nennen.« Er zögerte kurz. »Ich habe von Ihrem Funkspruch erfahren. Natürlich erst, als alles schon passiert war.«

»Und was ist passiert?«

»Die Tommys haben mit Torpedobombern angegriffen. Wahrscheinlich von einem Träger aus, irgendwo ein paar hundert Meilen entfernt.« Degen spähte an der Werfthalle vorbei in die Bucht. »Die Italiener wurden mit heruntergelassenen Hosen erwischt. Jeder hat geglaubt, die Bucht von Tarent sei zu flach für einen Angriff mit Torpedofliegern.«

Jörg hob abwehrend die Hand. »Warum das? Verzeihung, aber ich verstehe nicht viel von Torpedos.«

»Ich auch nicht.« Degen runzelte die Stirn und versuchte zu rekapitulieren, was man ihm erklärt hatte. »Die Aale gehen nach dem Abwurf erst einmal ziemlich tief, bevor sie sich auf ihre eingestellte Tiefe zurückarbeiten.«

»Logisch, zuerst fallen die ja mal aus großer Höhe ins Wasser.« Jörg blickte auf die fernen Aufbauten der *Littorio* an der anderen Seite der Bucht. »Aber irgendwie haben die Tommys es trotzdem hingekriegt.«

»Ja, drei Schlachtschiffe getroffen, eines wahrscheinlich irreparabel. Dazu die *Andrea Doria,* die nach dem Umbau noch nicht wieder einsatzfähig ist.« Der Geheimdienstler seufzte. »Dem Duce bleiben die nächsten Monate nur zwei Schlachtschiffe, um die Geleitzüge nach Alexandria und Malta zu bedrohen. Mal ganz abgesehen von der nordafrikanischen Küste. Und plötzlich sind ihm die Engländer überlegen.«

»Hört sich an, als sei der Duce schon im Ansatz gestoppt worden.«

Auf Degens Gesicht erschien ein säuerlicher Ausdruck. »Mehr, als Sie ahnen, aber das möchte ich nicht hier an Deck besprechen.«

»Wann und wo dann?«

Der Oberleutnant sah Wilhelm unsicher an. »Ich sollte mich erst um Ihre Badegäste kümmern.«

»Gehen wir runter.« Wieder glitt das flüchtige Lächeln über Wilhelms Gesicht. »Sie warten wahrscheinlich schon.«

Nur Minuten später war alles vorbei. Ein paar kurze Worte, ein verständnisvolles Nicken, und Oberleutnant Degen zog mit den beiden Agenten an Land ab. Jörg sah dem Kübel hinterher, der auf der Versorgungspier um die Ecke außer Sicht kam. Eine perfekt abgelaufene Operation, das war es doch gewesen? Drei Agenten abgeliefert, zwei wieder mitgebracht, kein Feind hatte Verdacht geschöpft. Nun war ihre Rolle ausgespielt. Aber immer noch spürte Jörg den Druck von Majas Hand zum Abschied.

Georg kam gemütlich vor sich hin summend das Deck entlang. »Wie sieht es aus mit Landgang?«

»Was?« Jörg sah den Freund verdutzt an. Dann fasste er sich wieder. »Landgang bis zum Wecken, so sagt man wohl beim Militär?«

»Aye!« Rath salutierte spöttisch. »Ich sage es den anderen. Kommst du mit?«

Jörg seufzte kurz. »Ich komme nach, sollte kein Problem sein, euch zu finden, aber ich habe noch ein paar Dinge zu erledigen.«

Jörg rollte sich schwerfällig aus der Koje. Eine Nacht im Hafen mit den Jungs. Zu viel Bier, zu viel Schnaps, zu viel Zigarrenqualm und zu viel Lärm. In seinem Hinterkopf hämmerte ein Specht, und auf seiner Zunge hatte irgendjemand eine alte Stiefelsohle vergessen. Vage erinnerte er sich daran, dass sich Anton mit einem italienischen Seemann geprügelt hatte, aber der Teufel mochte wissen, warum. Wahrscheinlich wegen eines Mädels, auch wenn er sich beim besten Willen nicht an ein Gesicht erinnern konnte.

Oben auf dem Deck hörte er Schritte, also musste schon jemand wach sein. Mit einem nur halb unterdrückten Stöhnen richtete er sich auf und fasste an seinen Kopf. Der Specht darin mochte keine hastigen Bewegungen. Vorsichtig tippelte Jörg mit winzigen Schritten los.

An Deck empfing ihn ein frischer Wind, und er hielt erst einmal inne, um tief durchzuatmen. Der Schwindel wurde besser, und es gelang ihm, seine Augen auf Scharf zu stellen. Des Seemanns Lohn. Seine Augen erspähten Anton. Der Vorschoter sah an diesem Morgen aus wie altes Leder. Irgendwie brüchig. Müde blickten die beiden Männer einander an. Dann grinste Anton. »Skipper, du siehst zum Kotzen aus.«

»Danke!« Unwillkürlich nickte Jörg und erkannte zu spät seinen Fehler. Schmerzhaft verzog er das Gesicht. »Ich fühle mich aber noch viel schlechter.« Mit beiläufigem Interesse studierte er eine blaugrüne Prellung an Antons Kinn. »Was abbekommen?«

»Nicht der Rede wert.« Berwitz winkte ab. »Noch alle Zähne drin.« Er bewegte probeweise den Kiefer. »Kein schlechter Schwinger für einen verdammten Italiener.«

Ein Geräusch brachte Jörg dazu, sich umzudrehen – vorsichtig umzudrehen. Christian Bergmann kletterte den Niedergang empor, und auf seinem Auge prangte ein prächtiges Veilchen. Der Skipper verzog das Gesicht. »Scheint ja hoch hergegangen zu sein.«

Anton zuckte mit den Schultern. »Die Müdigkeit, du weißt, wie das ist.« Er grinste plötzlich. »Also haben Jakob und Georg dich zurück an Bord gebracht, und wir sind noch etwas weitergezogen.«

»Moment, aber die Prügelei war doch früher …«

Anton sah ihn treuherzig an. »Die erste Prügelei, Skipper.«

»Die erste …« Jörg blinzelte, aber alles, was er in diesem Moment sagen wollte, musste warten, denn der Kübel von Oberleutnant Degen rauschte gerade erneut um die Ecke der Versorgungspier. »Wir reden später darüber.« Er schüttelte den Kopf. »Die erste Prügelei?«

Anton nickte. »Nichts passiert.« Er spähte zu dem Kübelwagen hinüber. »Ich halte ihn dir einen Augenblick vom Hals.«

»Heißen Dank, Anton!« Jörg war schon halb beim Niedergang. »Wenigstens noch etwas kaltes Wasser ins Gesicht werfen. Und sieh zu, ob jemand Kaffee machen kann.«

»Einen schönen Gruß von Major Reinhard.« Degen ließ sich auf einen der Stühle fallen und studierte Wilhelms Gesicht. »Scheint ja gestern eine ziemliche Party gewesen zu sein. Na ja, Sie hatten schließlich auch was zu feiern.«

Jörg winkte ab. »Was spricht der Major? Ich muss meinen Männern etwas sagen, wegen Urlaub.«

»Ich habe das Thema angeschnitten.« Degen griff nach seiner Aktentasche. »Ich habe Marschbefehle und Urlaubsscheine. Offiziell gehören Sie alle zur Marine, Küstenschutzkommando Tarent.«

»Ich wusste gar nicht, dass es so etwas gibt. Und was machen wir offiziell?«

»Aufpassen, dass der Strand nicht wegläuft. So drückte es jedenfalls der Major aus, und der hat es wiederum vom Admiral persönlich.« Degen zog einen Stapel Formulare und Soldbücher aus der bauchigen Tasche. »Hier haben Sie den ganzen Sermon. Und wundern Sie sich nicht, es gibt kein Küstenschutzkommando Tarent. Wir mussten uns sozusagen eine Legende zimmern.«

»Eine Legende?« Jörg wusste nicht, ob es am Restalkohol lag oder ob der Oberleutnant wirklich eine fremde Sprache sprach. »Was meinen Sie damit?«

»Ihre Leute können nicht hergehen und auf Urlaub jedem, der es hören will, erzählen, dass sie Agenten chauffieren. Also brauchen sie eine andere Geschichte – eine Legende, wie man das in unseren Kreisen nennt.«

»Eine Legende, warum auch nicht?« Jörg betete, dass bald ein Kaffee kam. »Aber die Männer können auf Urlaub gehen?«

»Sobald sie alle brav die Legende gelernt haben.« Der Oberleutnant klang, als könnte er nur mit Mühe ein Seufzen unterdrücken.

»Schön, ich lese mir das durch und erkläre es der Crew. Wie lange?«

»Vier Wochen.« Degen zögerte. »Allerdings nicht für Sie und Dieter Wolters.«

Jörg starrte ihn an. »Was ist mit uns?«

»Wolters geht auf einen Funkkurs. Er hat Talent bewiesen, aber es fehlt ihm an Fachkenntnis.«

»Das wird ihm stinken.«

Der Oberleutnant zuckte mit den Schultern. »Vermutlich. Aber ich kann es nicht ändern.«

»Und was ist mit mir?«

Degen sah Jörg nachdenklich an. »Sie sehen zu, dass Sie Ihren Rausch aus dem Gesicht bekommen. Die Dinge geschehen derzeit sehr schnell hier, und wir brauchen Ihre Meinung zu einigen Details.«

»Was für Details? Ich verstehe im Augenblick wirklich gar nichts.«

Der Offizier zögerte erneut und schien abzuwägen, wie viel er schon sagen durfte und wie viel nicht. »Es geht den Italienern in diesem Krieg nicht gut.«

»Das ist mir schon aufgefallen. Aber was hat das mit uns zu tun?« Jörgs Stimme klang plötzlich eisig.

Befriedigt reagierte der Oberleutnant den Umschwung. Wilhelm war also immer noch scharf bei Verstand, trotz Alkoholnebel. »Der italienische Angriff wurde bereits am 4. November bei Epirus gestoppt. Die Anzeichen verdichten sich, dass die Briten auch in der Cyrenaika in den nächsten Wochen zum Gegenangriff antreten werden. Sollte das passieren, dann wird die 10. Italienische Armee zusammenbrechen. Damit haben die Briten wieder ausreichend Sicherheit, um Nordafrika als Versorgungsbasis zu nutzen. Das bedeutet, sie können nun, nachdem Italien Griechenland angegriffen hat, Kreta als Basis nehmen und von dort wiederum die rumänischen Ölfelder von Ploesti erreichen. Was wiederum …«

Jörg hob die Hand. »Halt! Und jetzt das Ganze noch einmal langsamer. Also, die Italiener kommen in Griechenland nicht voran und werden demnächst in Nordafrika in den Hintern getreten?«

»So in etwa. Wenn es andererseits den Briten gelingt, bis Tripolis zu kommen, dann ist für den Duce der Ofen in Afrika aus.«

»Und die Tommys können die Inseln halten, vor allem Malta und Kreta.«

»Richtig!« Das Gesicht des Offiziers erhellte sich etwas.

»Und von Kreta aus können die dann sogar die rumänischen Ölfelder in Ploesti erreichen.«

Einen Augenblick lang sah Jörg den Oberleutnant schweigend an. Dann nickte er langsam. »Also wird die Wehrmacht den Italienern aushelfen? Ist es das, was Sie mir sagen wollen?«

»So ungefähr.« Der Geheimdienstmann bewegte sich unruhig hin und her. »Natürlich kann ich Ihnen keine Informationen geben, wer, wann und wo. Noch nicht. Aber wir müssen herausfinden, ob wir unsere Agenten in Positionen bringen können.« Er ließ die Worte wirken. »Mit Ihrer Hilfe.«

Jörg dachte nach, und in seinen Augen blitzte es kalt auf. »Januar?«

»Wie kommen Sie auf Januar?«

»Sie können nicht vor dem Frühjahr marschieren. Aber Sie müssen Ihren Agenten genügend Zeit geben, etwas herauszufinden und dann mit ihrem Wissen zurückzukehren. Also Januar.« Jörg nickte bekräftigend. »Und Sie planen mit etwas längeren Fahrten. Wir hatten bisher Glück mit dem Wetter, aber Januar und Februar sind auch hier nicht die freundlichsten Monate.«

»Gehen wir für einen Augenblick davon aus, dass Sie mit Ihrer Vermutung richtigliegen …« Degen sah ihn lauernd an. »Wäre es dann möglich?«

»Nordafrika? Ja. Kreta? Wahrscheinlich.« Jörg runzelte die Stirn. »Malta wahrscheinlich nicht. Es ist eine kleine Insel, und jedes Schiff, das sich nähert, wird erst mal als Freund betrachtet werden. Bis es nicht im Hafen anlegt.«

»Eine interessante Idee.« Degen erhob sich. »Also, Sie wissen Bescheid. Schicken Sie Ihre Männer auf Urlaub – aber dass keiner ein loses Mundwerk hat!« Der Oberleutnant sah ihn ernst an. »Wissen Sie, es gibt auch englische Agenten, und wenn die Tommys von unserem kleinen Unternehmen hier

Wind kriegen, weil jemand mit besoffenem Kopf herumquatscht ...« Er ließ den Rest offen. Es war unnötig, mehr zu sagen.

Am nächsten Tag verließen die beiden letzten einsatzbereiten Schlachtschiffe der Regina Marina Tarent und zogen sich mit den anderen schweren Schiffen in die nördlicher gelegenen Stützpunkte La Spezia Genua und Neapel zurück. Dort waren sie zwar sicherer vor überraschenden Luftangriffen, aber auch Hunderte von Meilen weiter von den Geleitzugrouten der Briten entfernt. England hatte für eine kurze Zeit die Initiative im Mittelmeer zurückgewonnen. Am 27. November endete ein Versuch der italienischen Flotte, ein weiteres Mal die Geleitzüge anzugreifen, mit einem ergebnislosen Gefecht vor Kap Teuleda. Obwohl die Italiener nach Zahl und Bewaffnung immer noch überlegen waren, waren sie nicht mehr so hoch im Vorteil, als dass sie diesen gegen die Royal Navy hätten nutzen können. Nervös geworden, beorderte die Admiralität die schweren Schiffe zurück, und da sollten sie auch für den Rest des Krieges bleiben.

Am 8. Dezember verließen die britischen Truppen ihre Stellungen und rückten gegen Nibeiwa vor. Es war der Beginn einer zehnwöchigen Offensive, die Mussolinis Truppen bis El Agheile und weiter zurückdrängen und die 10. Italienische Armee in kleine Stücke zerschlagen sollte. Es war das Ende der italienischen Großmachtträume – der Duce brauchte Hilfe.

16. Kapitel

Der Aufmarsch

Die Männer lernten ihre Legende, aber Jörg wagte nicht, abzuschätzen, wie weit sie sich daran halten würden. Rath, wahrscheinlich auch Bär und Wolters stellten keine Gefahr dar. Wolters eher, weil er ohnehin nicht auf Urlaub ging. Aber Anton Berwitz? Der Teufel mochte wissen, was dem an Land einfiel, wenn er zu viel getrunken hatte. Anton war ein guter Seemann, ohne Frage, und auf einem Deck im Sturm gab es kaum einen besseren Freund an der Seite. Aber an Land war das eine andere Sache. Und Bergmann? Christian war jung und trank auch gerne mal einen über den Durst. Doch er konnte die Männer kaum eingesperrt halten, also war das Grübeln zwecklos.

Jörg selbst verharrte in einem etwas ungewissen Zustand zwischen Warten und noch länger Warten. Es hatte eine kurze Besprechung gegeben, in der ihn Reinhard, der inzwischen aus Berlin zurückgekehrt war, zu verschiedenen Einsatzmöglichkeiten befragt hatte. Wie schon zuvor hatte er Malta abgelehnt, aber Reinhard hatte keine Anstalten gemacht, seine Ablehnung wirklich zu akzeptieren. Und seither war gar nichts passiert. Jörg hatte sich für die Zeit, in der die Werftarbeiter sich um die *Achat* kümmerten, in einem kleinen Hotel einquartiert, das die Abwehr requiriert hatte. Die anderen Bewohner waren größtenteils Funker und Abwehroffiziere, die an anderen Operationen arbeiteten. Die Einzigen, die Wilhelm kannte, waren Reinhard, Degen, Ante und Maja – ein weiteres Problem, auch wenn Jörg darüber keine Rechenschaft ablegen wollte.

Die Nachrichten aus der Welt draußen waren nicht gut. England hatte Hitlers durch die Blume gemachtes Angebot eines Separatfriedens abgelehnt und sich nun mit voller Kraft an der Seite Griechenlands in den Krieg gegen Italien gestürzt. Die griechischen Gewässer waren vermint, der Nachschub der Italiener nach Albanien und Griechenland, der über die Adria erfolgte, wurde von englischen U-Booten und von gelegentlichen Träger-Raids dezimiert, wenn auch nicht unterbunden. Die Italiener selbst standen inzwischen wieder in ihren alten Stellungen an der albanischen Grenze, genau dort, von wo aus sie losmarschiert waren. Der Teufel mochte wissen, ob sie die halten konnten. Zusammen mit dem verlorenen Feldzug in Nordafrika war es das vierte große militärische Desaster des Duce. Das vierte bei vier Versuchen: Sehr viel peinlicher oder gefährlicher konnte es für die Italiener nicht mehr werden, und es war nur noch eine Frage der Zeit, bis Wavell seinen italienischen Gegenspieler Graziani endgültig aus Libyen vertrieben hatte. Mit jeder neuen Hiobsbotschaft wurde die Stimmung nicht nur bei den Italienern, sondern auch bei der Abwehr nervöser.

Auch Jörgs Nerven waren angegriffen, aber weniger wegen des Feldzuges in Afrika oder der italienischen Probleme in Griechenland. Käme es zu einem neuen Einsatz der *Achat,* so würde man ihm ohnehin fein säuberlich in seine Befehle schreiben, was zu tun war, und er könnte nichts anderes unternehmen, als zu versuchen, sie nach bestem Wissen und Gewissen auszuführen. Jörgs Nervosität war nicht auf die Ereignisse an der Front zurückzuführen, seine Gründe lagen näher.

Er hatte Maja ein paarmal im ehemaligen Hotelrestaurant gesehen, das jetzt als Messe diente, aber kaum Gelegenheit gehabt, auch nur ein paar Worte mit ihr zu wechseln, ohne dass sofort Ante auftauchte. Alles, was Jörg wusste, hatte er sich aus den Anzeichen zusammengereimt. Ante und Maja saßen nicht ohne Grund in diesem Hotel genauso fest wie er selbst. Auch sie warteten auf einen neuen Einsatz, und allein schon bei dem Gedanken musste sich Jörg zusammenreißen, um nicht Degens Dienstzimmer zu stürmen und etwas Verrücktes anzustellen. Maja durfte nicht mehr in einen solchen Einsatz geschickt werden. Es ging einfach nicht mehr, der Letzte war schon zu eng gewesen. Ante hätte sie ohne zu zögern geopfert, und, und, und ... Jörg wusste, dass er für sich selbst immer wieder die gleichen Gründe wiederholte. Als Degen ihm endlich Bescheid geben ließ, sich am nächsten Tag bei ihm blicken zu lassen, empfand er den Befehl fast wie eine Erleichterung.

»Was glauben Sie, ist es möglich, Oberleutnant Wilhelm?«

Jörg spürte die Blicke der anderen anwesenden Offiziere auf sich ruhen. In der ungewohnten Uniform kam er sich sowieso schon wie ein Schauspieler vor, und diese starre Beobachtung machte ihn zusätzlich unsicher. »Sie haben mich mit der Sache etwas überfahren ... Das ist nichts, was ich einmal so nebenbei erledigen kann, Oberleutnant.«

»Sie sind der Experte.« Major Reinhard wandte den Blick nicht von dem Segler ab.

»Es gibt keine Experten, Sie haben mich schanghait, Major, und das wissen Sie ganz genau. Ich bin Segler und Bootsbauer. Sie sind der Geheimdienstexperte, also sagen Sie es mir.«

Reinhards Lippen verzogen sich zu einem spöttischen Lächeln. »Aber segeln könnten Sie?«

»Bitte, Herr Major, ich glaube, nach dem letzten Einsatz

hat Oberleutnant Wilhelm ...« Degen brach ab, als er Reinhards kalten Blick bemerkte.

»Ich bin mir der Tatsachen des letzten Einsatzes durchaus bewusst, Degen!«

Der vierte Mann im Raum, der die Auseinandersetzung bisher ignoriert hatte, hob einfach die Hand. Eine kurze Geste nur, aber sie brachte Reinhard zum Schweigen. Dann traf Jörg ein Blick aus harten Augen. »Sie waren dabei, etwas zu den Schwierigkeiten dieser Mission zu bemerken?«

»General ...« Jörg wusste nicht einmal, ob er den Mann so ansprechen sollte oder ob das Heer vielleicht ganz andere Etikettevorstellungen hatte. »Das ist ein Törn von beinahe dreitausend Meilen. Die Treffpunkte und -zeiten liegen sehr dicht beieinander. Mein Schiff müsste sich zum Teil tagelang in bestimmten Küstengewässern aufhalten, um Agenten aufzunehmen und wieder abzusetzen. Ich muss die Zeiten von Mondaufgang und Sonnenaufgang in den Zielgebieten nachschlagen, aber ich kann jetzt schon abschätzen, dass wir mit den Vorräten Probleme bekommen.«

Der schlanke Offizier sagte nichts; er wandte den Blick zur Karte und studierte die Küstenlinien. Aus seinem Gesicht ließ sich nichts von seinen Gedanken ablesen.

»Herr General, wir finden einen Weg.« Major Reinhard bedachte Jörg mit einem wütenden Blick.

»So?« Der Generalleutnant, denn das war er, wenn Jörg die Schulterklappen richtig deutete, zeigte mit dem Finger auf die Karte. »Die Seekarte zeigt nicht viele Details, meine Herren. Lassen Sie mich Ihnen also eine kurze Aufklärung geben.« Ein flüchtiges Lächeln glitt über das energische Gesicht des Mannes und ließ ihn für einen Augenblick menschlich erscheinen. »Was wir hier haben, ist ein schmaler Streifen Staub, Geröll und Felsen, durchzogen von ein paar Wadis, die selten bis nie Wasser führen. Tausend Kilometer lang und nicht einmal hundert breit. Im Süden liegt die Wüste, und es ist praktisch unmöglich, einen Gegner auszuflankieren, weil jede Truppe, die sich da zu tief reinwagt, jeden verdammten Tropfen Wasser über Hunderte von Kilometern hinweg herantransportieren muss.«

»Wir sind uns der Probleme bewusst, Herr General, aber …«

»Aber was hat das mit Ihnen zu tun?« Der Generalleutnant tippte mit dem Finger auf das Blau der Seekarte. »Im Norden dieses Streifens liegt das Mittelmeer. Unsere italienischen Verbündeten haben nicht die Möglichkeiten, den Nachschub der Briten seitens der Royal Navy zu verhindern. Umgekehrt bin ich auf die Versorgungsbasis in Tripolis angewiesen.« Die Stimme des Offiziers wurde schneidender. »Was ich wissen muss, bevor ich meine Panzer losschicke, ist, was gegen mich steht. Das herauszufinden ist Ihre Aufgabe. Wir kennen Wavells Truppen, aber wir wissen nicht, wie es um ihren Nachschub bestellt ist. Noch weniger wissen wir, was sich auf Kreta befindet. Das müssen Sie rauskriegen, meine Herren.« Dieses Mal war es der General, der Jörg Wilhelm einen Seitenblick zuwarf. »Es nützt mir nichts, wenn Sie bei einem schlecht geplanten Einsatz verlorengehen.«

»Der Zeitplan ist trotzdem kritisch, Herr General.« Reinhard zog ein betrübtes Gesicht. »Feldmarschall List hat Admiral Canaris ebenfalls um Mithilfe gebeten.«

Jörg hatte keine Ahnung, wer Feldmarschall List war. Aber anscheinend sagte der Name sowohl dem General als auch Degen etwas. Der Generalleutnant dachte kurz nach. »List ist ein guter Soldat, der weiß, was er tut. Aber er marschiert nicht vor April. Er muss seine Truppen erst versorgen und zum Teil neu organisieren.« Er lächelte entschuldigend. »Ich nehme an, alle hier sind auf dem Laufenden und entsprechend für geheime Informationen ermächtigt?«

»Oberleutnant Wilhelm …«

In die Augen des Generals trat ein amüsiertes Funkeln. »Dann sollten Sie ihm befehlen, alles, was er gehört hat, wieder zu vergessen.« Er griff nach seiner Mütze. »Sie wissen, wie wichtig die Angelegenheit ist. Aber Kreta hat Priorität.« Er stülpte sich die Mütze auf den Schädel und wandte sich um. »Ich spreche selber mit List. Und bemühen Sie sich nicht, ich finde hinaus.«

Nachdem der General gegangen war, herrschte einen Augenblick Schweigen. Dann räusperte sich Jörg. »Und wer zur Hölle war das?«

Reinhard glotzte ihn böse an. »Sein Name ist Rommel, Sie haben vielleicht schon von ihm gehört. Und was er hier macht, geht Sie nichts an. Sie haben eine Aufgabe zu erledigen, Wilhelm. Nicht mehr und nicht weniger.« Immer noch grollend, trat der Major näher an den Kartentisch heran. »Also, was müssen wir ändern, damit es hinhaut?«

Oberleutnant Degen räusperte sich. »Ich denke, ich habe eine Idee.«

Jörg und Reinhard wandten sich gleichermaßen erstaunt um. »Dann raus damit.«

»Ihr Hauptproblem ist Wasser, nicht wahr?«

»Wenn ich den Plan richtig verstehe, dann ist die *Achat* zeitweilig voll belegt. So viele Menschen verbrauchen eine Menge Wasser pro Tag.«

Der Oberleutnant studierte kurz die Karte. »Wir haben die Treffpunkte und die Zeiten so geplant, dass Sie niemals lange voll belegt sind. Es ist eng, aber nach unseren Berechnungen reicht das Wasser. Der Nachteil ist, dass Sie eben manchmal tagelang im gleichen Gebiet bleiben müssen.«

»Das bedeutet ein ungeheures Risiko. Da braucht nur derselbe Flieger zweimal des Weges zu kommen und der Pilot kann sich die Frage stellen, was zum Teufel dieser alte Schoner da unten treibt.«

Degen sah Reinhard fragend an. »Wenn Sie erlauben, Major?«

»Bitte, Degen!«

»Sehen Sie, wir müssen entweder die Reihenfolge ändern, was wegen Wasser und Zeitplan nicht geht, oder wir müssen die *Achat* zwischendurch versorgen, was auch eng wird, denn die meiste Zeit sind Sie ja vor feindlichen Küsten unterwegs.« Er legte besondere Betonung in seine Stimme. »Oder wir geben Ihnen einen Grund, vor der Küste herumzuhängen, und versorgen Sie dabei auch gleich noch mit Wasser.«

Major Reinhard gab ein Schnauben von sich. »Sie sind verrückt, Degen, wie soll das klappen?«

»Na ja, was würde ein braver griechischer Schonerkapitän tun, wenn sein Schiff von den bösen Deutschen angegriffen würde? Vielleicht von einem Flieger?«

Jörg sah Degen mit neu erwachter Hochachtung an. »Er würde sich irgendwo in einer Bucht verstecken, um die notwendigsten Reparaturen auszuführen.«

»Sie wollen sagen, die Idee hat Hand und Fuß?« Der Major sah die beiden an, als zweifle er an deren Verstand.

Degen ließ die Cognacflasche wieder im Schreibtisch verschwinden und schob Jörg ein Glas zu. »Es war nicht so fürchterlich, wie ich befürchtet hatte.«

»Na dann?« Jörg konnte nicht verhindern, dass sich auf seinem Gesicht komisches Entsetzen abzeichnete. »Es hätte also noch schlimmer sein können?«

»Prost!« Der andere Oberleutnant hob das Glas.

Der Cognac war etwas zu warm, aber er schmeckte nicht schlecht. Degen bemerkte Jörgs Verblüffung. »Aus Frankreich.« Er zwinkerte ihm verschwörerisch zu. »Kriegsbeute.«

»Wenn das so ist.« Jörg schob das geleerte Glas wieder über den Schreibtisch. »Was ist los mit Major Reinhard?«

»Er macht sich Sorgen um seine Beförderung.« Degen dachte kurz darüber nach. »Oder er hat die Halskrankheit bekommen.«

»Halskrankheit?«

»Ritterkreuzgelüste. Sie haben schon davon gehört, dass es beim Militär so etwas wie Orden gibt?«

Jörg winkte unwillig ab. »Ich habe davon gehört, dass es Militär gibt.« Er lehnte sich zurück. »Also will er einen Orden und ist deswegen im Augenblick besonders ungenießbar.«

»Die Situation wird ihm genügend Möglichkeiten bieten. Immerhin kann man das Ritterkreuz auf zwei Wegen bekommen. Als tapferer Frontsoldat oder in einer Schreibstube, in der man wichtige Dinge ausheckt.«

»Sie scheinen nicht sehr beeindruckt zu sein?«

Degen entschied sich, die Cognacflasche doch wieder hervorzuholen. »Ich wäre ein schlechter Berufssoldat, wenn ich die Möglichkeiten eines solchen Ordens für die Karriere nicht erkennen würde.«

»Also haben auch Sie diese ... Halskrankheit?«

Degen lächelte zufrieden. Wilhelm mochte nicht viel vom Militär verstehen, aber er begriff Zusammenhänge. Vielleicht nicht ganz, aber das lag auch nicht in Degens Absicht, im Augenblick jedenfalls noch nicht. »Vielleicht etwas, und eher indirekt. Wenn der Herr Major sein Ritterkreuz bekommt und gar noch befördert wird, dann qualifiziert ihn das für wichtigere Operationen.«

»Und Sie könnten nachrücken.«

Der Oberleutnant blickte in Jörgs Augen. Graublau und im Moment kalt wie Eis. Der Segler war offensichtlich nicht über die Karrierespiele der Abwehr amüsiert. Ruhig schenkte Degen zwei weitere Cognacs ein. »Es wäre auch für Sie eine Erleichterung, nicht wahr?«

Jörg griff nach dem frisch gefüllten Glas, aber seine Gedanken schweiften bereits ab in die Weite des Mittelmeeres. Die Cyrenaika und Kreta. Dreitausend Meilen, und auf jeder die Gefahr, erwischt zu werden. Karrierespiele in sicheren Dienstzimmern erschienen im Vergleich dazu nur banal. »Vielleicht, vielleicht auch nicht.« Er wich dem Blick des Oberleutnants nicht aus. »Aber wenn Sie versuchen, meine Männer und mich in die Pfanne zu hauen, um Ihre Spielchen zu spielen, dann komme ich persönlich vorbei und stopfe Ihnen die Zähne in den Hals.«

17. KAPITEL

Enthüllungen

»Sie haben mich lediglich für einen Einsatz angeworben, Major. Nun fordern Sie einen zweiten.«

Major Reinhard musterte Jörg gespannt. »Sie wollen sich weigern?«

Jörg schwieg, den Blick fest auf das Gesicht des Majors gerichtet. Der Abwehrmann sollte Farbe bekennen.

Es dauerte etwas, bis der sich zu einer Antwort bequemte. »Der Schwiegervater Ihres Bruders ist immer noch in Deutschland, und er ist immer noch Vierteljude. In der Zwischenzeit haben wir einen Ihrer Freunde auch noch vor einem Kriegsgerichtsverfahren retten müssen.« Der Offizier seufzte gewollt melodramatisch. »Ich glaube, Sie schulden uns noch ein bisschen etwas.«

»Und sollte ich mich weigern?«

Dieses Mal war es der Major, der schwieg. Ein beredtes Schweigen. Endlich senkte Jörg den Blick. »Ich verstehe.«

»Sie verstehen nicht.« Reinhards Augen blitzten auf. »Aber Sie werden tun, was ich sage. Solange ich es sage.« Es war eine Feststellung. »Andererseits …« Ein Lächeln erschien überraschend auf dem Gesicht des Abwehrmannes. Wie angeknipst. »Die Dinge treiben einem Höhepunkt zu, und Sie wissen es genauso gut wie ich. Wenn die Wehrmacht marschiert, bis nach Griechenland hinunter, dann haben wir unsere Rolle hier erfolgreich zu einem Ende gebracht.«

»Was wollen Sie damit sagen?« Jörgs Stimme klang belegt.

»Die Geschichte ist ganz simpel.« Reinhard zuckte mit den Schultern, als habe das alles keine Bedeutung. »Wenn wir Griechenland haben, brauchen wir Sie nicht mehr. Dann können Sie nach Hause gehen.«

»Einfach so?«

»Genau! Versehen mit dem Dank des Vaterlandes und einer unangefochtenen UK-Stellung in der Werft Ihres Vaters. Wie klingt das?«

»Zu schön, um wahr zu sein, Major.«

Reinhard lächelte nachdenklich. »Sie haben genügend Zeit, um sich an den Gedanken zu gewöhnen.« Aber dann wurde sein Gesicht wieder ernst. »Aber ich wäre Ihnen verbunden, wenn Sie die Kreise von Hauptmann Krasic nicht vorsätzlich stören würden. Er ist ein gefährlicher Mann, wenn Sie verstehen, was ich meine.«

»Hauptmann Krasic?«

»Sie kennen ihn als Ante. Er scheint Ihren Annäherungsversuchen an seine Frau nicht sehr ... äh ... aufgeschlossen gegenüberzustehen.«

»Seiner Frau ...?« Jörg sah den Major verblüfft an. »Sie ist seine Frau?«

»Wussten Sie das nicht?«

»Nein, ich ...« Jörg schluckte. »Eigentlich weiß ich gar nicht, was ich gedacht habe.«

»Dann beginnen Sie mal mit Nachdenken. Denn Sie werden die beiden auf der nächsten Fahrt wieder an Bord haben.« Major Reinhard lächelte verbindlich. »So sagt man doch in der Seefahrt?«

»Das hat er gesagt?« Anton verzog das Gesicht zu einer Grimasse.

»Genau das. Er hat mir geholfen, er hat dich vor dem Kriegsgericht gerettet, und so weiter, und so fort.«

Georg Rath drehte eine Bierflasche in den Händen. »Abgesehen davon, ich kann mich nicht beklagen. Das hier ist besser, als sich Nacht für Nacht mit den britischen Schnellbooten im Kanal herumzuschlagen.« Ein trauriger Ausdruck glitt über sein Gesicht. »Da wird wirklich gekämpft, versteht ihr? Da sterben Leute.«

Die anderen Männer murmelten ein paar zustimmende Worte.

Jörg atmete tief durch. »Ihr scheint euch alle gar keine Sorgen über das zu machen, was wir hier tun?«

Bär brummte etwas Unverständliches. Jörg sah ihn fragend an. »Jakob?«

»Ich hatte neben dir wahrscheinlich den kuscheligsten Job. Ihr wisst ja, ich habe auf einer Werft gearbeitet. Einmal in der Woche Bombenangriff. Meistens ein Kurzangriff. Ging aber immer mal was zu Bruch, und hin und wieder haben die Tommys auch mal Leute getroffen.« Der große Rostocker streckte sich etwas. »Seit du mich da weggeholt hast, erfolgte der einzige Bombenangriff, den ich erlebt habe, im Urlaub. So schlecht ist es uns also bisher gar nicht ergangen.«

»Alles schön und gut. Aber wenn die Tommys uns kriegen, dann stellen sie uns als Spione an die Wand. Habt ihr Torfköppe das eigentlich schon geschnallt?«

»Dazu müssen die uns erst mal kriegen, Skipper.« Anton leerte die Flasche in einem Zug. »Auf unser Glück.«

Jörg schüttelte den Kopf. »Ihr seid alle verrückt. Kann sein, dass wir hier nicht täglich kämpfen müssen, aber die Gefahr, erwischt zu werden, besteht jeden Tag. Und ich glaube, die

Verhältnisse werden sich hier im Mittelmeer auch bald gewaltig ändern.«

»Da brauchst du nicht um den heißen Brei herumzureden, das pfeifen die Spatzen von den Dächern.« Anton lachte trocken auf. »Steht ja sogar schon in den italienischen Zeitungen, dass die Italiener Deutschland um Hilfe gebeten haben. Der Führer kann seinen faschistischen Glaubensgenossen schlecht fallenlassen, abgesehen davon, dass wir ja sowieso Krieg mit England haben und die Tommys hier gewaltig mitmischen.«

»Was also tun wir?« Jörg sah sich im Kreis seiner Männer um.

»Ich sage, wir segeln.« Rath setzte die Bierflasche mit einem harten Knall auf die Back. »Scheiß drauf, was Reinhard will oder nicht, aber zumindest tun wir, was wir verstehen, und müssen nicht unseren Kopf bei irgendwelchen regulären Kampfeinsätzen hinhalten.« Er zögerte. »Und wenn uns das Glück einmal verlassen sollte, das hier kann uns keiner mehr nehmen.«

Der Skipper lehnte sich zurück und studierte die Gesichter. Sie waren Freunde, seit Jahren, und irgendwie hatte er immer angenommen, sie seien ihm auf die *Achat* gefolgt, weil Reinhard auch Druck auf sie ausgeübt hatte, weil sie keine andere Wahl gehabt hatten. Es war der Moment, in dem Jörg Wilhelm zum ersten Mal mit völliger Klarheit begriff, dass seine Männer hier waren, weil sie das so *wollten*. Nicht wegen der Abwehr, nicht wegen des Krieges, nicht, weil sie erpresst worden waren. Einfach nur, weil sie das tun konnten, was sie verstanden, was sie liebten. Segeln, das Meer befahren. An Land waren sie allem hilflos ausgesetzt. Aber hier, auf der *Achat,* waren sie ihre eigenen Herren, und das in einer Zeit, in der alle ihre Freiheit verloren hatten. Als er die entscheidende Frage stellte, kannte er ihre Antwort bereits.

»Also sollen wir weitermachen, und zum Teufel mit all dem Rest?«

Christian Bergmann hob seine Flasche. »Auf die *Achat*!«

Auch dieses Mal schlichen sie bei Nacht aus dem Hafen, um neugierigen Augen zu entgehen. Der alte Schoner war bis zur Grenze seiner Kapazitäten mit Proviant und Wasser aufgefüllt. Verschiedene Kleinigkeiten waren von der Werft repariert und geändert worden, und in der Segellast lagerte nun auch ein Satz dunkler Segel, mit denen sie bei Nacht nahezu unsichtbar sein würden. Auch wenn es eine ziemliche Arbeit bedeuten würde, die Segel in See zu wechseln – es war eine Option.

Die Agenten waren erst in der letzten Stunde vor dem geplanten Auslaufen an Bord gekommen. Maja und Ante bewohnten eine gemeinsame Kammer, die anderen teilten sich die restlichen Kabinen, wie es gerade kam. Insgesamt waren sieben Agenten für die erste Phase eingeschifft, und Platz an Bord des Schoners wurde so wertvoll wie Gold.

Als die Sonne aufging, war es eine bleiche Februarsonne, die auf ein graugrünes Mittelmeer schien. Die *Achat* stand schon knapp fünfzig Seemeilen von Tarent entfernt südlich der Stiefelsohle hoch am Wind. Eine etwas ungewöhnliche Wetterlage, aber sie kam vor. Noch bestand kein Grund zur Besorgnis; sie hatten genügend Zeit, und der Wind würde nicht tagelang aus Westen kommen.

Jörg stand am Ruder und ließ sich die Brise um die Nase wehen. Sie waren wieder draußen! Es fühlte sich gut an, trotz aller Wenns und Abers, trotz aller drohenden Gefahren. Vielleicht hatten die anderen doch recht. Vielleicht war das hier das Einzige, was wirklich zählte.

Aber als Majas rotes Haar im Niedergang sichtbar wurde, gefolgt von Antes schwarzem Schopf, da wusste er, dass die Dinge nicht so einfach waren, wie sie scheinen mochten.

Das erste Rendezvous war eine einfache Angelegenheit, in jeder Hinsicht. Eine abgelegene Bucht, relativ flaches Wasser, das alle größeren Kriegsschiffe, die entlang der Küste patrouillieren mochten, fernhielt, sternenklare Nacht und einfache Navigation. Die *Achat* konnte einfach bis etwa zwei Kabellängen vor den Strand segeln und Anker werfen. Sogar der Ankergrund war perfekt.

Anton brachte die beiden Agenten, die hier abgesetzt werden sollten, und Ante, der mit einem lokalen Agentenführer sprechen wollte, an Land und kehrte zum Schoner zurück. Dann begann das Warten, wie üblich. Zwei Stunden waren festgesetzt, aber die Umstände würden Reserve lassen. Falls nicht irgendjemand plötzlich aufkreuzte und den Frieden störte.

Über der *Achat* wölbte sich ein völlig klarer Nachthimmel. Tausende und Abertausende von Sternen blickten auf die Bucht und auf das Schiff hinunter, dessen Segel im Augenblick sauber an den Bäumen verlascht waren. Das Wasser der Bucht erschien schwarz, aber dort, wo die Brandung auf den Strand traf, sah man immer wieder weiße Wellenkämme, die in der Dunkelheit beinahe zu leuchten schienen. Jörg atmete tief durch. Die Luft schmeckte sandig. Das Meer spielte schon keine Rolle mehr, es war die Wüste, die hier schon ihre langen Schatten warf. Nicht einmal hundert Kilometer trennten sie von der Sahara – einem Meer aus Sand. Er wandte sich um. »Du hast mir nicht gesagt, dass ihr verheiratet seid.«

Die dunkle Gestalt neben ihm machte eine Bewegung, die er nicht genau erkennen konnte. Aber sie war nahe. Er konnte sie riechen, ihr Parfum. Seltsam, dass sie hier an Bord Parfum trug. Ihre Stimme klang resigniert. »Hätte es einen Unterschied gemacht?«

Jörg dachte über die Frage nach. »Vielleicht nicht. Er bewacht dich sowieso ständig.« Eine kurze Pause. »Nicht, dass ich glaube, er will dich beschützen.«

»Er will beschützen, was rechtmäßig sein ist.« Maja seufzte. »Jedenfalls sieht er es so.«

»Und wie siehst du es?«

Für einen Augenblick herrschte Schweigen, dann räusperte sie sich. »Es war nicht immer so. Er war nicht immer so. Als wir uns kennenlernten, war er Fischer. Ein einfacher Mann, mit einfachen Bedürfnissen und einfachen Träumen.« Sie schien nach Worten zu suchen, und Jörg gab ihr Zeit. »Nun ist er Hauptmann Krasic. Hauptmann der Abwehr. Wusstest du, dass ein Hauptmann bei der Abwehr ein Vielfaches von dem verdient, was ein Fischer erarbeiten kann? Und nicht nur das, er ist jemand. Männer hören auf ihn.«

»Und du? Wo sind deine Träume geblieben?«

Sie sah ihn an, auch wenn sie in der Dunkelheit nur seine Augen erkennen konnte. »Du willst meine Träume wissen? Warum?«

Auf dem Deck erklangen Schritte. Weiter vorne. Einer der anderen. Jörg entspannte sich etwas. Noch war nicht die Zeit gekommen, sie hier achtern zu stören. »Du weißt es, Maja.« Er senkte seine Stimme. »Du weißt es, und du weißt, dass du bei ihm nicht sicher bist.«

»In diesem Geschäft gibt es keine Sicherheit.«

Jörg seufzte. »Das verstehe ich. Steige aus. Solange es noch geht.«

»Du verstehst gar nichts.« Sie klang plötzlich wütend. »Ich kann nicht einfach aussteigen. Niemand kann das.« Es kostete sie beinahe physische Anstrengung, sich wieder zu beruhigen. »Sie sagen uns immer wieder, wir können es. Aber das stimmt nicht. Wir wissen zu viel. Jeder von uns. Schau dich doch nur selber an.«

»Was ist mit mir?«

»Ich weiß nicht, was sie dir versprochen haben. Aber in der Zwischenzeit hast du die Hälfte aller Abwehragenten im Mittelmeerraum getroffen, kennst ihre Gesichter, kennst die Treffpunkte, an denen sie abgesetzt wurden.« Sie deutete nach vorne. »Genauso wie deine Männer. Glaubst du, Major Reinhard oder sein Schießhund Degen können einen von euch jemals wieder laufenlassen?«

»Er hat mir sein Wort gegeben.«

Ihre Augen glitzerten in der Dunkelheit. »Er wird es brechen, Jörg.« An Land blitzte kurz ein Signal auf. »Er ist zurück. Ich muss wieder nach unten.«

Von vorne hörte er bereits das Platschen der Ruder, als Anton mit dem Schlauchboot ablegte. Er sah ihr kurz nach, wollte noch etwas sagen, aber er wusste nicht, was.

Als Ante alias Hauptmann Krasic ein paar Minuten später auf das Deck des Schoners kletterte, schien er mit dem, was er an Land erfahren hatte, sehr zufrieden zu sein. Er klang sogar weniger mürrisch als sonst. »Oberleutnant? Rommel ist gelandet. Deutsche Truppen stehen in Tripolis. Die Nomaden wissen nicht, welche genau, aber sie sprachen von Panzern. Das wird die Tommys springen lassen.« Es schien ihn sehr zu amüsieren.

»Ich verstehe nicht?« Jörg sah ihn unsicher an. »Der nächste Treffpunkt liegt weiter im Westen, näher bei Tripolis.«

»Marsa el Brega.« Ante lächelte spöttisch. »Das ist noch ein ganzes Stück weg von Tripolis. Aber hier draußen gehen die Dinge schneller. Die Berber sind unruhig. Und wenn die Berber unruhig sind, dann werden es auch die Ägypter sein. Ich möchte jetzt nicht in General Wavells Schuhen stecken. Er muss Truppen nach Griechenland abgeben, und nun steht Rommel an seiner Hintertür.« Leise lachend wandte er sich um und verschwand unter Deck.

Für ein paar Augenblicke standen die dunklen Gestalten unsicher an Deck des Schoners. Dann räusperte sich Anton. »Hat er gerade gesagt, wir führen jetzt auch Krieg in der Wüste?«

Jörg blickte hinaus zu den dunklen Felsen an der Küste. Es war schwer vorstellbar, dass hier deutsche Panzer rollen sollten. Sie gehörten nicht hierher. Eigentlich wusste er nicht einmal, was die Italiener oder die Tommys in der Wüste wollten. Das hier war ein Streifen Dreck und Geröll. Öl wie im Arabischen Golf gab es nicht. Andere Reichtümer? Nicht, dass er davon etwas gehört hätte. Weshalb sollten Männer für einen Haufen Staub und Geröll sterben? Nur warum machte das jemanden wie Ante regelrecht euphorisch?

18. Kapitel

Der Sturm bricht los

Die *Achat* lief Treffpunkte an, setzte Agenten ab, nahm andere Agenten auf und schlich sich gelegentlich durch die Gebiete der britischen Luftüberwachung. Manchmal begegnete sie einzeln fahrenden Handelsschiffen, zweimal anderen Schonern, und ein gutes Dutzend Mal Flugzeugen. Aber niemand zeigte Interesse an dem alten Segler. Sie war eben nur einer von vielen, kein Grund zur Aufregung.

Zwei weitere Treffpunkte an der afrikanischen Küste, ein Sprung von fünf Tagen hinüber nach Kreta, zur Auffrischung der Vorräte kurz rein nach Tarent, dann wieder die Adria hoch. Beinahe schien es, als seien sie unsichtbar.

Ante und Maja wurden auf Kreta abgesetzt. Zur Abwechslung ganz im Osten der Insel. Und in dem Moment, als Maja den Schoner verließ, wurde Jörg nervös und gereizt. Es war vielleicht ein Glück, dass auch der Wind immer wieder umsprang und sie beinahe zwei Drittel des Weges nach Tarent kreuzen mussten. Alle paar Stunden auf den anderen Bug gehen, das war nicht nur schwere Arbeit, es führte auch dazu, dass die Männer nur wenig Schlaf bekamen, bevor das nächste Alle-Mann-Manöver sie wieder an Deck rief.

Sogar das Wetter zeigte sich von seiner unangenehmen Seite. Kein richtiger Sturm, aber starker Wind, der zwar zum

Segeln geeignet war, aber die See in eine kabbelige, kochende Wüstenei verwandelte. Auch wenn nicht gerade die Gefahr bestand, von Deck gewaschen zu werden, war die *Achat* chronisch nass. Und das Wasser fand immer wieder seinen Weg ins Innere des Schiffes. Nicht in schweren Güssen, sondern langsam, hier etwas, da etwas. Wenn jemand an Deck kam und der Deckel über dem Niedergang für einen Augenblick offenstand, wenn etwas nach oben gebracht wurde oder gelüftet werden musste, weil die Gerüche, die ein paar seekranke Agenten unter Deck hinterließen, zu massiv wurden – das Wasser fand seinen Weg. Kein Problem, die Bilgenpumpe schaffte das wieder aus dem Schiff, wenn das Wasser sich erst einmal unten in der Bilge gesammelt hatte. Aber bis dahin verwandelte es die gemütliche Messe der *Achat* in eine klamme Höhle, die nach ein paar Tagen auch noch begann, modrig zu riechen. Was wiederum nicht zur Besserung der Seekrankheit der Agenten beitrug, und als die Männer in Tarent von Bord gingen, war es schwer zu beurteilen, ob die Agenten oder die Crew darüber glücklicher waren.

Aber nicht einmal ein ganzer Tag war ihnen in Tarent vergönnt. Gerade genug Zeit zum Auffüllen der Vorräte und um ein paar andere Agenten an Bord zu nehmen, und schon ging es wieder hinaus. Jörg hatte Oberleutnant Degen nur kurz gesprochen, Reinhard hatte sich erst gar nicht blicken lassen, und während sie wieder hinaus in die Bucht von Tarent steuerten, hatte Jörgs Stimmung einen neuen Tiefpunkt erreicht.

»Was glaubst du?« Rath blickte hinüber zur dunklen Küste. »Überraschend ruhig.«

Jörg setzte bereits zu einer scharfen Erwiderung an, atmete dann aber tief durch. »Die sind zu sehr mit sich selbst beschäftigt. Nicht einmal ein Wachboot war unterwegs. Das spricht Bände.«

»Kaum zu glauben, wenn man sieht, wie ruhig die Küste ist. In Split oder Belgrad muss es jetzt ganz schön rundgehen.«

»Wenn es stimmt, was Degen mir erzählt hat, sind die Jugos am Rande eines Bürgerkrieges. Die Regierung ist deutschlandfreundlich. Wenn es zu einem Krieg kommt, dann will Prinz Paul auf Seiten der Wehrmacht stehen, statt von ihr überrollt zu werden.«

»Eine nette Art, ›freundlich‹ zu definieren.« Georg schüttelte den Kopf. »Da fällt mir eher der Ausdruck ›erpresst‹ ein.«

»Das sehen viele Jugoslawen wohl auch so. Die Regierung steht unter Druck. Wenn die wirklich einen Beistandspakt mit Deutschland unterzeichnen, dann wird Paul nicht einmal lange genug auf dem Thron bleiben, um das Eintreffen der neuen Verbündeten zu erleben. Eigentlich hat es bereits begonnen. Dieser Staat zerbricht. Die Kroaten möchten mit uns zusammengehen, die Serben wollen genau das verhindern. Es hat schon blutige Zusammenstöße gegeben, Degen hat mich gewarnt.«

»Hat er?« Rath lächelte geringschätzig. »Aber er hat uns trotzdem hierhergeschickt.«

»Hierher, woandershin, was macht das für einen Unterschied?«

»Keinen! Vor allem, wenn du eigentlich nur nach Kreta willst, diese Agentin abholen und dann möglichst weit weg von all dem hier.«

»Sieht man mir das so deutlich an?«

Rath blickte sich kurz um. Aber Wolters saß unten am Funkgerät, und Anton und Jakob waren an den Strand gerudert, um die Agenten abzusetzen und auf diejenigen zu warten, die sie aufnehmen sollten. Sie waren allein an Deck. »Seit sie von Bord ist, fauchst du jeden an, der dir zu nahekommt. Glaubst du, es ist uns nicht aufgefallen?«

»Ich … sie bedeutet mir sehr viel, Georg.«

»Hätten wir alle nicht vermutet.«

»Aber es gibt da leider ein paar Probleme«, bekannte Jörg spürbar unglücklich.

»Abgesehen davon, dass sie mit einem Mistkerl verheiratet ist, der dich ohne mit der Wimper zu zucken über den Haufen knallen würde? Oder meinst du, weil sie Agentin der Abwehr ist und Reinhard einen Anfall kriegen würde, wenn du sie heiraten wolltest, um mit ihr fleißig Kinder in die Welt zu setzen?« Georg erahnte Jörgs überraschtes Gesicht mehr, als dass er es wirklich in der Dunkelheit sah. »Wir sind nicht blind, und denken können wir auch.«

»Und was habt ihr euch gedacht?«

»Ach, eigentlich alles Mögliche. Die Vorschläge reichten von Ante über Bord werfen bis hin, dich an Land so gründlich abzufüllen, dass du drei Tage nicht mehr aus dem Koma kommst.« Er zögerte. »Natürlich wissen wir nicht, was an Land vorgefallen ist. Sie hat auf dich geschossen, jedenfalls denken wir uns das. Die meisten von uns glauben nicht, dass das eine Basis für eine glückliche Beziehung zu einer verheirateten Frau ist.« Er seufzte. »Wenn man es so ausspricht, klingt es noch bescheuerter.«

Für einen Augenblick schwieg Jörg, und als er anfing zu sprechen, klang seine Stimme verändert. »Sie war allein, hatte sich verlaufen. Verstehst du, sie wusste, ihr Mann würde nicht zurückkommen, um sie zu holen. Und überall waren englische Streifen unterwegs. Sie hatten gar nicht gewusst, dass sich die Tommys bereits so häuslich eingerichtet haben.«

»Und die Tommys hätten sie als Spionin erschossen.« Rath wusste nicht, was er weiter dazu sagen sollte.

»Das auch … aber zuerst hätten sie Maja verhört. Angeblich gibt es ein Camp irgendwo in England, wo die Engländer solche Dinge erledigen. Drogen, vorgetäuschte Hinrichtungen, Schlafentzug. Eine Tortur, die dazu dient, den Geist gefangener Spione zu brechen*. Natürlich foltern die Briten nicht, natürlich nicht.« Jörg schüttelte den Kopf. »Die Gestapo foltert, die Briten verhören nur, ein Unterschied, der nicht wirklich einer ist. Sie hatte schreckliche Angst, in diese Mühle zu kommen. Viel mehr als davor, erschossen zu werden. Da saß sie nun, alleine in der Nacht, die Tommys auf den Fersen, und sie wusste, niemand würde kommen und nach ihr suchen. Was hättest du an ihrer Stelle getan?«

»Du meinst ...« Georg sah Jörg erschrocken an.

Jörg nickte grimmig. »Sie wollte sich eine Kugel durch den Kopf jagen, als ich kam.«

»Und dann hat sie ...«

»Nein ...« Jörg klang plötzlich peinlich berührt. »Sie wäre wahrscheinlich jedem um den Hals gefallen, der gekommen wäre, sie da rauszuholen – und hätte bei jedem vergessen, die Waffe zu sichern, bevor sie sie fallen ließ.«

Rath sah ihn wortlos an. Dann begann er, leise zu lachen, und das Gelächter wurde immer lauter. »Es war ein Unfall?«

Drei Treffpunkte in abgelegenen Buchten später hatte die *Achat* alle Aufträge ihrer Reise erfüllt. Es war nicht so aufregend wie beim ersten Mal gewesen. Vielleicht, weil sie Routine bekamen, vielleicht, weil die Navy anderweitig beschäftigt war und die einstmals so wachsamen jugoslawischen Wachboote nun mehr in ihren Häfen darauf warteten, was im

---

* Camp 020, wie die offizielle Bezeichnung lautete, war die zentrale Verhörstelle. Natürlich reklamierten die Briten, dass sie nicht folterten, und die offiziellen Verlautbarungen des ehemaligen Kommandeurs von Camp 020 wurden ja gerade in den letzten Jahren als gegen Folter gerichtet interpretiert. Aber Camp 020 basierte auf Drogeneinsatz und allen Methoden des Psychoterrors. Das war allen Abwehragenten Anfang 1941 bereits bekannt, und das Camp war dementsprechend gefürchtet.

Land geschehen würde. Vielleicht auch nur, weil sie Glück gehabt hatten. Aber es änderte nichts am Ergebnis. Und in gleichem Maße, wie die Aufregung nachließ, so war nun auch das Hochgefühl nicht mehr ganz so ausgeprägt. Während die *Achat* raumschots unter besten Bedingungen die Adria nach Süden durchpflügte, bewegten einen jeden der Männer andere Gedanken. Jörg war immer noch angespannt und nervös, und er wusste, das würde so bleiben, bis Maja zurückkehrte, gleichgültig, ob sie die Frau eines anderen war. Anton hingegen fürchtete das Ende der Reise beinahe. Für ihn bedeutete Segeln alles. Wenn diese Einsätze irgendwann zu Ende gingen, würde er sich vielleicht irgendwo als Bordschütze eines Bombers wiederfinden, und das war so ziemlich das Letzte, was er sich wünschte. Nicht, dass er überhaupt eine Rolle in diesem Krieg spielen wollte.

Ähnlich erging es Georg Rath. Auf der *Achat* waren sie ihre eigenen Herren. Viele Dinge hingen weniger vom Glück als vom Können ab. Wenn er jemals zur Kriegsmarine zurückkehrte, würde er vielleicht auf Schnellbooten dienen, vielleicht auf U-Booten und, wenn das Schicksal ganz gegen ihn entschied, auf einem Dickschiff. Schwimmende Kasernen mit Besatzungen von bis zu zweitausend Mann und mehr. Er würde nicht das Risiko vermissen. Für Nervenkitzel hatte er wenig übrig. Aber er würde die Freiheit vermissen.

Christian Bergmann war wahrscheinlich der Einzige, der einem Ende ihrer Zeit auf der *Achat* mit gemischten Gefühlen entgegensah. Die Aufgaben eines Maschinisten auf der *Achat* waren nicht sehr umfangreich. Bei jedem Segelmanöver stand er seinen Mann, sicherlich, und er liebte das Segeln. Aber auf eine unbestimmte Weise fühlte er sich trotzdem immer als fünftes Rad am Wagen. Zurück zu seinen Maschinen, zu den Hochleistungsdieseln der U-Boote oder gar den Turbinen der großen Schiffe, aber dafür nicht mehr segeln? Es war eine schwere Entscheidung, aber eine, die nicht er treffen würde. Hatte Major Reinhard dem Skipper nicht gesagt, alles hier werde zu Ende gehen, wenn der Knoten erst einmal platzte? Nun schrieben sie bereits Ende März 1941 – es konnte also nicht mehr lange dauern.

»Drei Tage bis Tarent, wenn der Wind sich hält.« Georg Rath studierte den Himmel.

Jörg lächelte. »Tut er nie in dieser Ecke der Welt.«

»Na ja, so eilig haben wir es ja nicht, Skipper.« Anton zauberte eine neue Bierflasche aus den Tiefen seiner Taschen hervor und schlug den Kronkorken an der Reling auf, was ihm ein Stirnrunzeln von Georg einbrachte.

Jörg nahm die Flasche, die der Vorschoter ihm reichte. »Drei Tage, der Wind wird etwas ausschießen, aber kein Problem.« Er musterte Anton. »Wartet jemand auf dich in Tarent?«

Der stämmige Seemann winkte ab. »Niemand Bestimmtes, aber es findet sich ja immer was.«

»Dann sei mal nur vorsichtig, dass du dir nichts einfängst.«

»Wie du sagst, es findet sich immer was.« Georg wandte sich um, als Schritte den Niedergang hochpolterten. »Dieter, was gibt es?«

Wolters, Funker und Seemann, was eben so anlag, blinzelte. In seinem Gesicht zeigte sich leichte Verwirrung, als er sich an Jörg wandte. »Funkspruch.«

»Hier wird dauernd gefunkt. Was ist es?«

Wolters wedelte mit einem Zettel. »Keiner der üblichen Funksprüche, die wir einfach so mithören. Der hier ist an uns gerichtet, genauer an dich.«

Der Skipper überflog die kurze Nachricht. »Jörg Wilhelm, Mittelmeer – Herzlichen Glückwunsch zum Geburtstag, Jörg. Feier mit ein paar Freunden am Strand organisiert, da, wo du

Maja und Ante kennengelernt hast – bring dein Fahrzeug mit, es gibt ein paar Geschenke einzusammeln – 29. um zehn Uhr – Gruß, Onkel Reinhard.«

Jörg zog ein nicht besonders geistreiches Gesicht. »Mein Geburtstag ist doch erst im September.«

»Dein lieber Onkel will, dass wir jemanden zusätzlich abholen.« Wolters deutete auf die Notiz. »Am 29. um zehn Uhr abends. Kreta, da, wo wir Ante und Maja an Bord genommen haben.«

»Ja, ja!« Jörg winkte ab. »So weit habe ich das ja alles verstanden. Wie sicher bist du, dass der Spruch wirklich von Reinhard abgesetzt wurde?«

»Ich habe eine Peilung genommen, der Richtung nach kommt er von Tarent.«

»Also stimmt wenigstens das.« Nachdenklich blickte Jörg über die See. »Es könnte eine Falle sein. Aber wer das auch immer gesendet hat, er kannte Namen und einen der alten Treffpunkte.« Er wandte sich abrupt um und sah die anderen an. »Und er hat gewusst, dass wir keine Schlüsselmaschine an Bord haben.«

Wolters entließ stoßartig die Luft aus seinen Lungen. »Ich wollte eine, aber Major Reinhard hat das abgelehnt, für den Fall, dass die *Achat* den Engländern ...« Er unterbrach sich. »Reinhard weiß es, und Degen. Vielleicht noch ein paar von der Werft, aber niemand sonst.«

»Also ist die Nachricht wahrscheinlich echt.« Georg maß Jörg mit Blicken. »Aber die Entscheidung liegt trotzdem bei dir, Skipper. Zehn Uhr, Kreta? Allein das klingt bereits etwas hirnverbrannt. Andererseits ...«

»Andererseits ist Maja auf Kreta, willst du sagen?«

»Es wäre ein Grund.« Georg zögerte. »Fragt sich, ob der Grund gut genug ist, Schiff und Besatzung zu riskieren.«

Jörg blickte kurz zu den Segeln empor. Der 29. April, das

war knapp, sehr knapp. Es ließ nicht viel Raum für Täuschkurse und ähnliche Spielchen. »Reinhard will uns nach Kreta schicken, um jemanden abzuholen.« Er spürte den säuerlichen Geschmack auf der Zunge. »Wenn es wirklich Maja und Ante sind, dann muss etwas ziemlich schiefgelaufen sein, aber im Funkspruch steht nichts davon. Nur der Ort bezieht sich auf die beiden.«

»Was meinst du damit?«

Jörg sah Rath sinnend an. »Es müssen andere Agenten sein. Nicht einmal das gleiche Netz.« Aber er konnte die Enttäuschung in seiner Stimme nicht ganz verbergen. »Wie auch immer, setze einen Kurs ab. Zuerst Ost, dann tun wir so, als kommen wir aus griechischen Gewässern.«

»Die Tommys wissen, dass dort Minen liegen.«

Jörg lächelte kühl. »Sollten sie, sie haben die Minen selber gelegt, nicht wahr?«

19. Kapitel

Ein seltsamer Agent

Jörg Wilhelm legte das Glas zurück in das kleine Fach neben dem Ruder. »Aufklärer, wahrscheinlich von Kreta.« Kritisch studierte er die Segelstellung. Die *Achat* stand nicht ganz so weit östlich, wie er es sich gewünscht hätte, aber der Wind war mal wieder umgesprungen und blies nun beinahe schon unangenehm warm von Afrika herüber.

»Schon der Dritte heute morgen.« Rath musterte das ferne Flugzeug mit einem abfälligen Blick. »Mir soll es recht sein, solange sie sich nicht um uns kümmern.«

»Die Engländer sind nervös.« Jörg runzelte die Stirn. »Wir stehen noch ungefähr fünfzig Meilen von der Insel entfernt. Auf diesem Kurs könnten wir genauso gut Heraklion wie auch den Treffpunkt erreichen. Es besteht kein Grund, unseretwegen misstrauisch zu werden.«

»Also wegen etwas anderem?«

»Muss wohl so sein. Vielleicht schleicht ja irgendwo mal wieder ein U-Boot herum.«

Georg verzog das Gesicht. »Die italienischen U-Boote haben den Engländern bisher wenig Grund gegeben, nervös zu werden.«

Jörg nickte. Bisher hatten sich die italienischen U-Boote etwa genauso blamiert wie der Rest der italienischen Streitkräfte. Trotzdem ... »Die Engländer sind erfolgreich, weil sie wissen, was sie tun. Meistens jedenfalls. Es muss etwas vor sich gehen, von dem wir nichts wissen.«

»Willst du den Kurs wechseln?«

Der Skipper schüttelte den Kopf. »Zu spät. Wir wurden von drei Aufklärern mit Kurs ungefähr auf Heraklion gesehen. Das müssen wir jetzt ausschwitzen, denn wenn der Nächste uns mit anderem Ziel erwischt, dann ist hier die Hölle los.«

»Also schön, dann ein Mann in den Mast?«

»Er soll sehen, dass er wie der geölte Blitz wieder runterkommt, wenn ein Flugzeug auftaucht.« Jörg musterte die ferne Maschine. »Nicht, dass ausgerechnet der dann auf die Idee kommt, einen genaueren Blick auf uns zu werfen, und sich fragt, warum wir Ausguckwache gehen.«

Bis gegen Mittag hatten sie den vierten Aufklärer gesichtet, aber keines der Flugzeuge hatte den Kurs geändert oder war gar um den Schoner gekreist. Ganz offensichtlich war die britische Luftaufklärung aktiver als bei ihrem letzten Besuch, aber genauso offensichtlich hatte das nichts mit ihnen zu tun. Drei Strich am Wind lief die *Achat* auf Backbordbug unbehelligt auf die Küste Kretas zu.

Das Geheimnis der britischen Nervosität begann sich kurz nach dem Mittagessen zu lösen, als eine erste Rauchfahne langsam über den Horizont kroch. Im Laufe einer Stunde erschien etwa ein Dutzend Dampferfahnen im Osten, und es dauerte nicht lange, bis die Silhouette eines Zerstörers sichtbar wurde, der hin- und herzackte, stärker daran interessiert, eventuell hier lauernde Gefahren zu finden, als dem alten Schoner mehr als nur einen kurzen Blick zu gönnen. Es bestand ja auch kaum die Gefahr, dass die *Achat* dem westlaufenden Geleitzug ins Gehege kommen würde. Wenn niemand den Kurs änderte, würden die Frachter ein paar Meilen hinter dem Heck des Schoners ihren Kurs ziehen.

»Also deshalb.«

Jörg studierte den Zerstörer, der schon wieder zwei bis drei Meilen entfernt war und zum nächsten Ausschlag seines Zickzackkurses ansetzte. »Deshalb. Die bringen einen Geleitzug durch.« Er rief sich die Karte ins Gedächtnis. »Um die Insel herum, entlang der afrikanischen Küste und dann nach Gibraltar?«

»Sieht so aus.«

»Mir soll es recht sein.« Jörg sah Georg kurz an. »Das hält sie beschäftigt, und keiner kümmert sich um uns.«

Nur unter Groß und Klüver schlich sich die *Achat* näher an die Küste. Schon begann die Sonne, im Meer zu versinken. Eigentlich war es zu früh, es gab genügend Licht, und sie hatten auch noch nicht den Flieger der Abendpatrouille heimkehren sehen. Jörg hatte keine andere Wahl. Der Zeitpunkt des Treffens war im Funkspruch mit zehn Uhr angegeben. *Danke auch, Onkel Reinhard!* Zehn Uhr bedeutete, dass die *Achat,* die für die letzten zwanzig Meilen etwa vier Stunden brauchen würde, bereits um sechs anfangen musste, auf die Küste zuzulaufen. Und zwar auf den Treffpunkt selbst zu, nicht mehr mit einem Täuschkurs, den ein neugieriger Engländer vielleicht mit irgendeinem der kleineren Häfen oder gar mit Heraklion selbst in Verbindung bringen konnte. Erst als es zwei Stunden später langsam dunkel wurde, entspannten sich die Männer.

Schritte polterten den Niedergang hoch, und Jörg wandte sich um. »Dieter?«

»Ich habe Funksprüche aufgefangen.«

»Für uns?«

Der Funker schüttelte den Kopf. »Die Briten funken jetzt offen.« Er reichte Jörg einen Zettel.

»SSSS Carnavon Castle … torpedoed at …« Jörg blickte auf. »Hast du in der Karte nachgesehen? Kann nicht so weit weg sein.«

»Könnte der Geleitzug sein. Ungefähr fünfzig Meilen westlich von hier.«

»Sieht aus, als hätten die Tommys mit ihrer U-Boot-Panik richtiggelegen.« Er gab Wolters den Zettel zurück. »Gut für uns, noch eine Ablenkung mehr.«

Die *Achat* erreichte den Treffpunkt, die einsame Bucht, an der sie vor Monaten Maja und Ante aufgenommen hatten, ein paar Minuten nach der vereinbarten Zeit. Ein scheinbar friedlicher Flecken, weit ab vom Schuss. Als der Anker ins dunkle Wasser sank und die Segel in sich zusammenfielen, trat am Strand bereits eine einzelne Gestalt aus dem Schatten. Ein Mann in Zivil: Hut, Regenmantel und … Regenschirm.

»Was zur Hölle soll das werden?« Jörg blickte über den schmalen Wasserstreifen. »Der Kerl sieht aus wie ein Engländer.«

»Aber er wartet offensichtlich auf uns«, sagte Anton. »Ich rudere rüber und hole ihn.«

»Ich komme mit.« Jörg warf einen kurzen Blick zu Georg hinüber. »Du hältst alles bereit, auszulaufen. Wenn es eine Falle ist, slip den Anker, und mach, dass du wegkommst.«

»Aye, Skipper!«

»Nicht ›Aye‹, Georg. Du tust das wirklich!«

Rath erwiderte Jörgs Blick gelassen. »Verstanden.«

»Na schön!« Jörg schlug Anton auf die Schulter. »Setzt das Boot aus. Und nimm eine Pistole mit, nur für alle Fälle.«

»Mach ich.« Anton setzte sich in Bewegung, blieb dann aber wieder stehen. »Du holst deine auch?«

»Schon unterwegs.« Der Skipper warf noch einmal einen Blick zu der Gestalt, die bewegungslos am Strand wartete, nur ein paar Schritte jenseits der Brandungslinie. »Ich traue dem komischen Vogel nicht.«

Jeder Zweifel über die Nationalität des Mannes, wenn es denn überhaupt einen gegeben hatte, endete mit seinen ersten Worten. Er lächelte verbindlich und streckte die Hand aus. »Einen schönen guten Abend, Gentlemen!« Der britische Upperclass-Akzent war unverkennbar.

Anton zuckte unwillkürlich zurück, und seine Hand griff nach der Pistole.

»Entspannen Sie sich, Gentlemen.« Der Engländer hielt die Hände zum Zeichen seiner Harmlosigkeit von sich gestreckt.

Jörg musterte ihn misstrauisch. »Wer sind Sie?«

»Nennen Sie mich Anthony. Grüße von Uncle Reinhard.« Anthony schien ihre Verwirrung beinahe zu genießen. »Wir sollten vielleicht an Bord Ihres Schiffes gehen, Sir.«

»Für wen arbeiten Sie?«

»Für Uncle Reinhard, für den Admiral ...« Der Agent zuckte mit den Schultern, als sei die Antwort belanglos. »Wer weiß das schon in diesen Tagen?« Er lachte leise, als er Wilhelms unschlüssiges Gesicht sah. »Ich bin derjenige, den Sie abholen sollen. Und ich bin verteufelt froh, dass Sie es geschafft haben.«

»Ich bin mir über Sie nicht ganz sicher, Anthony.«

»Das kann ich durchaus nachvollziehen. Misstrauen erhält uns alle am Leben in diesem Business.« Er sah Jörg in die Augen. »Aber was kann ein einzelner Mann an Bord Ihres Schiffes schon tun?«

Tatsächlich fielen Jörg eine Menge Möglichkeiten ein. Die Frage war eher, ob sie auch Anthony schon eingefallen waren. Aber der Engländer wusste von der *Achat* und deren Aufträgen, so viel war klar. Wenn das hier wirklich eine Falle war, dann fehlten die Schlagbügel. Die Bucht war nicht umzingelt, kein Schnellboot lauerte draußen auf See, es ergab keinen Sinn. Wenn der Engländer andererseits wirklich ein Abwehragent war, passte tatsächlich alles zusammen. »Anton, durchsuch ihn nach Waffen.«

»Na endlich!« Anthony seufzte. »Ich habe darauf gewartet, dass Sie endlich darauf kommen.« Er hob die Arme etwas höher und sah Anton ausdruckslos an. »Linke Manteltasche, eine Pistole.«

Anton fischte die Waffe aus der Manteltasche und steckte sie achtlos in seine Hosentasche, was Anthony ein Augenrollen entlockte. »Seien Sie vorsichtig, wenn Sie sich irgendwo hinsetzen.«

»Wie das?«

»Sie haben gerade eine durchgeladene und entsicherte Waffe in Ihre Hosentasche gesteckt, und ich möchte Ihrer Frau nicht den Verlust Ihrer Familienjuwelen erklären.«

Anton erstarrte und griff sehr vorsichtig in die Hosentasche. Dann betrachtete er die Waffe im Mondlicht. »Sie ist doch gesichert.« Seine Stimme klang rau.

»Well, dann wissen Sie das jetzt wenigstens genau.« Anthony sah Jörg an. »Wollen wir an Bord gehen?«

»Ja, und dann weg von hier, so schnell wie möglich.« Jörg blickte unwillkürlich zum Kliff empor. Nicht weit von hier hatte Maja sich umbringen wollen, als sie keine Chance mehr sah. Weil sie gewusst hatte, dass ihr Mann nicht zurückkehren würde, um sie zu suchen. *Weil die Information zu wichtig war.* Einmal mehr fragte er sich, mit welcher Art von Menschen er es hier zu tun hatte. Aber auf diese Frage würde ihm Anthony keine Antwort geben.

»Nordnordwest zu West liegt an.« Georg raunte Jörg die Meldung zu.

Ein prüfender Blick nach oben, aber die Segel zogen gut.

Raus aus der Bucht und dann weg. Anthony war unter Deck gegangen, als ginge ihn das alles nichts an. Vielleicht tat es das auch nicht, aber wahrscheinlich wollte er nur keine Unsicherheit zeigen. Eine winzige Facette mehr.

Die Minuten zogen sich dahin, und außer dem gelegentlichen Knarren eines Blockes und den Geräuschen der See unterbrach nichts die Stille. Gespannt warteten die Männer. Es sah nicht so aus, als wäre der Engländer der Köder einer Falle, und bei näherem Nachdenken, warum sollte die Abwehr keine englischen Agenten haben? Aber das war keine Gewissheit!

Als sie das Geräusch hörten, erschien es ihnen beinahe wie eine Erleichterung nach dem bangen Abwarten. Schnell laufende Motoren – Benzinmotoren, wie sie die britischen MGBs verwendeten.

»Wo sind sie?« Jörg spähte in die Nacht, konnte aber nichts erkennen.

»Hört sich an wie Steuerbord querab.« Rath hatte die Augen halb geschlossen. »Vielleicht laufen sie vorbei?«

»Die müssen uns mit all den Segeln sehen.« Der Skipper warf einen erbosten Blick zum Himmel, aber der Mond schien sich nicht daran zu stören. Bleich und ungerührt tauchte er die See in einen silbrigen Schimmer.

»Da!« Anton streckte den Arm aus. »Ich sehe einen von denen!«

Tatsächlich unterbrach ein dunkler Schatten das helle Gekräusel der See. Abstand? Zwei Meilen? Drei? Sicher nicht mehr. Eine flache Form, mehr eine Ahnung, zu weit entfernt, um Details zu erkennen. »Scheiße!« *Der muss uns doch sehen!* Der Gedanke hämmerte in Jörgs Kopf.

Aber das Schnellboot zog ruhig weiter seinen Kurs. Nicht wesentlich schneller als die *Achat*. MGBs waren für Geschwindigkeit gebaut, und bei dieser kleinen Fahrt musste das Boot zum Gotterbarmen schaukeln, aber auch das schien keinen Eindruck auf den englischen Skipper zu machen. Stur hielt er beinahe einen Parallelkurs zum Schoner. Beinahe, aber es war unübersehbar, dass er langsam näher kam. Als ob der Schoner gar nicht da wäre.

»Da sind noch mehr!« Jakob Bär rutschte vom Mast. »Zwei weitere folgen dicht hinter ihm.«

»Dass die Falle nur genug Zähne hat.« Jörg schüttelte wütend den Kopf. »Wir sollten diesen Anthony über Bord werfen.«

»Kann alles noch Zufall sein.« Georg versuchte, mit einem Fernglas Einzelheiten zu erkennen. »Ich kann keine Bewegung an Bord ausmachen. Vielleicht ist der größte Teil der Besatzung unter Deck?«

»Ein Schnellboot, und die Tommys sind nicht auf Gefechtsstationen?« Wilhelm griff nach seinem Glas. »Ich verstehe es nicht.« Er dachte darüber nach, höher an den Wind zu gehen, aber noch immer lag an Backbord Kreta. Nicht sehr viel Seeraum, um davonzuschleichen.

»Keiner versteht das, die Tommys benehmen sich wie blutige Anfänger. Oder sie sind gar nicht hinter uns her.«

»Auf diesem Kurs müssen sie wissen, dass wir nicht aus einem ihrer Häfen auf Kreta kommen. Anton, schaff mir diesen englischen Vogel herbei.«

»Sie haben mich rufen lassen, Sir?« sagte Anthony, als er kurz darauf an Deck erschien.

»Ja.« Jörg deutete nach Steuerbord. »Wir haben Besuch.«

»Oh!« Anthony blickte mit leichter Verwunderung auf die Schnellboote. »Muss sich um eine Patrouille handeln.«

»Was denn sonst?«, fauchte Jörg ihn wütend an.

Der Engländer lächelte schmal. »Meine Landsleute sind wegen U-Booten vor der Küste sehr besorgt. Nicht, dass die Italiener ihnen Grund dazu gegeben hätten.«

»Und was bedeutet das?«

»Wenn die Gentlemen dort drüben mit ihrem Tee fertig sind und Ihr Schiff entdecken, werden sie von alleine verschwinden. Ihr Kahn hat ja wohl nicht viel Ähnlichkeit mit einem U-Boot, oder?«

Tatsächlich kamen die Schnellboote etwas näher als zwei Meilen heran. Dann, ganz plötzlich, nahmen sie Fahrt auf und änderten ihren Kurs. Hinaus auf See.

Die Männer des Schoners sahen den Engländern verblüfft hinterher. Das alles ergab keinen Sinn. Nicht für sie, aber vielleicht hatte es für die Briten eine Bedeutung. Oder die hatten wirklich nur eine Teepause eingelegt.

Anthony wandte sich wortlos um und ging zurück zum Niedergang. Sein sandfarbener Regenmantel wehte hinter ihm her wie eine Fahne. »Am besten, Sie wecken mich nicht vor Tarent. Die letzten Wochen waren etwas hart für mich.«

20. Kapitel

Blitzkrieg und Abwarten

Sie erreichten Tarent in der Nacht vom fünften auf den sechsten April. Als der Schoner sich der Pier näherte, wartete einzig und allein Major Reinhard. Keine Spur von Oberleutnant Degen, und auch keine Spur von Seeleuten, die die Leinen hätten wahrnehmen können. Aber Reinhard, trotz seiner makellosen Uniform, zögerte keinen Augenblick, diese Aufgabe zu übernehmen und die Augen über die Poller zu legen. Mit einem leisen Knirschen schmiegte sich der Rumpf an die Fender. Anton und Jakob sprangen auf die Pier und legten die Stelling selbst aus.

An Bord wurde der Major von Jörg empfangen. »Jetzt sollte ich die *Achat* von Feindfahrt zurückmelden, oder so etwas?«

Reinhard sah ihn ausdruckslos an. »Wilhelm, Sie lernen es nie.« Aber dann grinste er doch. »Seien Sie also froh, dass Sie nicht beim richtigen Militär sind. Wie ist es gelaufen?«

»Alle abgeliefert. Der Engländer ist unten und packt seine paar Sachen zusammen. Es gab zwar ein paar etwas aufregende Momente, aber im Grunde hat sich niemand wirklich für uns interessiert.«

»So soll es auch sein.« Der Major sah sich kurz um und senkte die Stimme. »Morgen früh melden Sie sich bei Oberleutnant Degen zurück. Es gab ein paar Schwierigkeiten mit dem Wind. Denken Sie sich etwas aus.«

»Ich verstehe nicht?«

Major Reinhard lächelte knapp. »Der Herr Oberleutnant kann alles essen, aber er braucht nicht alles zu wissen. Ihr letzter Abstecher nach Kreta geht ihn nichts an. Vergattern Sie Ihre Männer entsprechend, ich kümmere mich um Anthony.«

»Wie Sie wünschen, Herr Major.« In Jörgs Gesicht zuckte keine Miene, aber in seinem Kopf rasten die Gedanken. *Wer zieht hier wen über den Tisch?* Aber die Frage war für ihn im Grunde gegenstandslos. Es war Reinhard, der diese Erpressung beenden konnte, niemand sonst. Also würde er tun, was Reinhard sagte. Wenigstens vorerst.

Als sich Jörg Wilhelm am nächsten Morgen bei Oberleutnant Degen in der Dienststelle der Abwehr meldete, herrschte große Aufregung. Eine Aufregung, die auch nicht vor Degen haltgemacht hatte. Freudestrahlend erhob er sich hinter seinem Schreibtisch und ging auf Jörg zu. »Herr Wilhelm, schön, Sie gesund und munter wiederzusehen.« Er vollführte eine allumfassende Geste. »Major Reinhard musste leider während der Nacht noch dringend nach Deutschland abreisen, sonst hätte er Sie selber in Empfang genommen.«

»Da bin ich ganz sicher.« Jörg zwang sich zu einem höflichen Nicken. »Aber wie auch immer, wir sind zurück. Alle abgeliefert, alles erledigt.«

»Schön, sehr schön!« Degen ließ sich hinter dem Schreibtisch auf einen Stuhl fallen. »Setzen Sie sich.« Er angelte eine Flasche und Gläser aus den Tiefen des Möbelstücks und schenkte großzügig ein. »Hier gibt es auch einige Neuigkeiten.«

»Gute?«

»Sie waren in See und haben nicht alles mitgekriegt.« Degen schob ihm ein Glas zu. »Rommel marschiert. Er sollte ja eigentlich nur verhindern, dass die Tommys die Italiener aus Afrika vertreiben, aber er hat jeden vor den Kopf gestoßen und ist eigenmächtig losmarschiert.«

»Und was bedeutet das?«

»Nach den letzten Meldungen ist er auf halbem Weg nach Tobruk. Er hat Wavell mit heruntergelassenen Hosen erwischt.« Degen lachte höhnisch. »Inzwischen scheinen sogar unsere italienischen Verbündeten bereit zu sein, vorsichtig hinter seinen Panzern her vorzurücken. In den ersten Tagen waren sie stinksauer, weil ihr General eine defensive Strategie verlangt hatte. Pah, Rommel war immer schon ein Angreifer.«

»Tobruk bedeutet über achthundert Kilometer durch die Cyrenaika. Wenn er das schafft, dann hat er nur noch einen Katzensprung bis Ägypten.«

»Ich sehe, Sie erkennen die Möglichkeiten.«

Jörg lehnte sich zurück. Es war unglaublich. Die kleinen Buchten an der afrikanischen Küste, in denen er Agenten abgesetzt hatte. Der stille Ankerplatz, an dem Ante von Bord gegangen war, um mit einem Nomadenführer zu sprechen. Alle diese Orte waren plötzlich in deutscher Hand. Es war kaum vorstellbar, dass gleich hinter dem Kliff deutsche Panzer rollen sollten. Die Möglichkeiten? Wilhelm dachte über das Wort nach. Afrika schien entschieden zu sein. Entschieden durch einen einzigen brutalen Vorstoß zu einem überraschenden Zeitpunkt. Die Engländer würden irgendwann zurückschlagen müssen, aber das würde schwer werden, denn die meisten ihrer Kräfte standen in Griechenland. Der Zeitpunkt, von dem Major Reinhard gesprochen hatte, an dem er sie alle aus seinen Klauen lassen würde, mochte eine Spur näher gerückt sein. Das waren die Möglichkeiten, die Jörg sah, aber er war sicher, es waren nicht die, von denen Oberleutnant Degen sprach.

»Und um Sie vollständig ins Bild zu setzen, es hat Unruhen in Jugoslawien gegeben. Jugoslawien ist der Achse beigetreten, aber die eigene Bevölkerung hat Prinz Paul aus dem Land vertrieben. Deutschland betrachtet das als Vertragsbruch. Seit heute Morgen sind die zweite und die zwölfte Armee auf dem Vorstoß. Natürlich war alles vorbereitet, aber das werden Sie sich ja denken können. Sie haben Rommel getroffen, und der hat kein Blatt vor den Mund genommen, was Feldmarschall List betraf.«

»Ich gestehe, ich weiß immer noch nicht, wer List ist, aber ich vermute mal stark, er ist jetzt ebenfalls auf dem Vorstoß?«

»Das ist er. Feldmarschall List kommandiert die Zwölfte Armee. Seine Truppen rücken von Bulgarien aus vor. Gegen Saloniki. Die Zweite Armee geht gegen die Jugoslawen vor.«

Jörg schüttelte den Kopf. »Dieser ganze Kram klingt recht beeindruckend. Aber was bedeutet das?«

»Wir haben bisher nur die ersten Meldungen reingekriegt.« Degen zuckte mit den Schultern. »Es wird noch ein paar Tage dauern, bis wir Genaueres wissen. Aber wir haben immerhin Agentenmeldungen per Funk empfangen. Es hat einen schweren Luftangriff auf Belgrad gegeben, und ein großer Teil der jugoslawischen Flugzeuge wurde bereits in den ersten Stunden zerstört. In Kroatien werden unsere Truppen als Befreier gefeiert. Der Vormarsch Richtung Zagreb und Belgrad hat begonnen, und die Jugoslawen haben nichts, was sie dem entgegensetzen könnten.«

»Und weiter?«

»Alles sieht demnach so aus, als müssten wir keinen Jugoslawieneinsatz mehr für Sie einplanen. Ich habe bisher noch keine Informationen aus Griechenland, aber ich könnte mir vorstellen, dass es dort ebenfalls vorangeht. Für Sie bedeutet dies eine Pause. Landgang allerdings nur in Tarent und Umgebung. Für den Fall, dass wir weitere Agenten absetzen oder zurückholen müssen, möchte ich Sie in Bereitschaft haben. Nur für alle Fälle.«

»Irgendwelche Neuigkeiten von Ante und Maja?«

Auf Degens Gesicht erschien ein Lächeln. »Keine, die ich mit Ihnen teilen kann. Aber es geht ihnen gut, soweit ich weiß.« Der Oberleutnant wich seinem Blick nicht aus. »Trotzdem, seien Sie auf der Hut, sollten Sie wieder auf Hauptmann Krasic treffen. Es mag sein, dass er nicht besonders interessiert erscheint, aber sollte er den Verdacht hegen, dass ... nun ja, er hat getötet, im Einsatz. Wenn sein Stolz verletzt ist, wer weiß, wie er reagieren wird.« Er zögerte kurz. »Und das habe ich nie gesagt.«

»Selbstverständlich.« Die Unterredung war beendet. Jörg erhob sich. »Ich bin dann wieder an Bord, falls Sie mich suchen.«

Degen reichte ihm die Hand. »Gut zu wissen.« Er wartete, bis Jörg beinahe die Tür erreicht hatte. »Übrigens, Major Reinhard hat Sie zur Beförderung vorgeschlagen.« Er grinste amüsiert über die Verblüffung des Skippers. »Aber ich weiß ja, dass Sie sich aus solchen Dingen nicht viel machen.«

Nichts schien Rommels Panzer aufhalten zu können. Marsa el Brega, das erste Ziel der Offensive, wurde nach ein paar Tagen erreicht, dann stießen die Deutschen durch Libyen vor, immer entlang der Küste. Die Engländer standen unter Schock, und die italienischen Verbündeten verstanden die Welt nicht mehr. Erst Mitte April stoppte der Vormarsch bei der kleinen ägyptischen Grenzstadt Sollum, südlich von Tobruk. Tobruk selbst wurde belagert, aber Rommel, der praktisch nur über Panzerverbände, jedoch keine Infanterie verfügte, konnte die tief gestaffelte Verteidigung nicht durchbrechen. Auch ein weiterer Vorstoß nach Osten, wie er von den Briten offensichtlich befürchtet wurde, war unmöglich, da die Verbindungslinien inzwischen achthundert Kilometer durch die Cyrenaika führten und es immer wieder zu bedrohlichen Versorgungsengpässen kam. Am Ende waren es nicht die Engländer, die Rommel aufhielten, sondern die Unfähigkeit der italienischen Verbündeten, wenigstens für ausreichenden Nachschub zu sorgen. Aber Wavell war immerhin bis Ägypten zurückgedrängt worden und stand mit dem Rücken zur Wand.

Wenn die Welt schon über den schnellen Vorstoß in Afrika verblüfft war, dann versetzten sie die Ereignisse auf dem Balkan noch weit mehr in Erstaunen. Es war die Zeit, in der den Deutschen scheinbar alles gelingen wollte. Am 6. April, kurz vor sechs Uhr, die *Achat* lag gerade erst wieder ein paar Stunden an ihrem Liegeplatz in Tarent, griffen die Deutschen von der Steiermark aus Jugoslawien an. Belgrad wurde bombardiert, die Flugplätze ausgeschaltet, Truppen in der Hauptstadt getroffen. Aber es kam auch zu schweren Opfern unter der Zivilbevölkerung. Jener Luftkrieg, der keine Regeln mehr kannte, hatte auch den Balkan erreicht.

Am Boden sahen sich die Jugoslawen zahlenmäßig überlegenen Truppen gegenüber, die größtenteils motorisiert waren. Der Jugoslawienfeldzug wurde für die Deutschen zum Durchmarsch. Die Außenbezirke von Belgrad wurden am 8. April erreicht, Zagreb fiel am 10. und die Hauptstadt selbst am 12. April. Bereits am 17. April, Rommels Panzer standen in Afrika noch vor Benghasi, kapitulierte die jugoslawische Armee bedingungslos.

Die Zerschlagung des Staates war nur eine Frage von Stunden. Kroatien wurde selbständig, und die Ustascha begann an der Seite Deutschlands ihre Herrschaft über Kroatien und die angrenzenden Gebiete aufzubauen. Kroatien wurde nationalsozialistischer Staat und jüngstes Mitglied der Achse, und viele der Kroaten feierten die deutschen Soldaten als Befreier von den Serben.

Der Rest wurde in kleine Stücke zerteilt und unter Deutschen, Bulgaren und Ungarn aufgeteilt. Jugoslawien hatte aufgehört zu existieren, oder jedenfalls sah es für alle so aus.

Und die Zeit der Niederlagen war für England, das versuchte, alle Gegner der Deutschen im Mittelmeer zu unterstützen, noch nicht zu Ende. Die Zwölfte Armee hatte ebenfalls am 6. April von Bulgarien aus Griechenland angegriffen. Schon am 7. April zerstörte ein Zufallstreffer ein Munitionsschiff im Hafen von Piräus. Tausende Tonnen von Munition flogen in die Luft, und die griechischen und englischen Soldaten, für die diese Ladung bestimmt war, hatten kaum noch genug, um ein paar Tage hinhaltende Gefechte zu liefern. Die angeblich unbesiegbare Metaxas-Linie, ein schwer befestigter Bunkerwall, wurde am 9. April durchbrochen. Am 11. April erreichten die Deutschen den Klidi-Pass, und das britische Expeditionskorps musste sich über den Olymp bis zu den Thermopylen zurückziehen. Am Kanal von Korinth, an dem eine weitere Verteidigungslinie eingerichtet worden war, landeten Fallschirmjäger und läuteten eine neue Variante der Kriegführung ein, als sie einen Brückenkopf im Rücken des Gegners halten konnten und dadurch dessen Situation unhaltbar machten.

Die Griechen kapitulierten am 20. April, und ab dem 21. April begann die Evakuierung des britischen Expeditionskorps nach Kreta. Zwar wurde auf einigen der Inseln noch gekämpft, aber Griechenland war gefallen – innerhalb von zwei Wochen.

Auf der *Achat* wurden die Ereignisse gespannt verfolgt. Es gab einen kurzen Einsatz, aber als der Schoner den Treffpunkt, erneut eine kleine Bucht an der Küste Afrikas, erreichte, lagerten oberhalb des Kliffs bereits deutsche Panzer. Der schnelle Vorstoß Rommels hatte also nicht nur die Engländer, sondern auch die Abwehr überrumpelt.

Danach lagen sie wieder im Hafen von Tarent und warteten. Alles schien rasend schnell zu gehen. Beinahe jeden Tag berichteten die Zeitungen von Orten, die eingenommen worden waren, oder von gegnerischen Truppen, die sich ergeben hatten. Drei Wochen lagen sie mehr oder weniger tatenlos herum und brachten ihr Schiff wieder auf Vordermann.

Jörg, der beinahe täglich bei Oberleutnant Degen vorbeischaute, konnte die aktuellsten Ereignisse auf dessen Karte ablesen. Die Abwehr verfolgte die Ereignisse, aber genauso wie für die *Achat,* so war auch für die Abwehr alles weit entfernt. Es ging nicht mehr um Spione, die hatten ihre Arbeit getan. Alles lief so großartig, dass sich weitere Einsätze erübrigten.

Aber mit jedem Tag wurde Jörg nervöser. Maja und ihr Mann befanden sich immer noch auf Kreta, und die Engländer zogen nun ihre Truppen vom Festland zurück auf die Insel – zerschlagene Truppen, ohne Ausrüstung und schwer dezimiert, wenn man Degen glauben konnte. Aber nichtsdestotrotz musste die Insel inzwischen von Engländern, Australiern und Neuseeländern nur so wimmeln. Ein gefährliches Pflaster. Aber er wusste auch, dass, sollte der Befehl kommen, die Chancen schlecht für seine *Achat* standen. Die Royal Navy hatte sich mehr oder weniger zwischen den Griechischen Inseln zurückgezogen und sich auf die Gewässer um Kreta konzentriert. Schwere Schiffe hatten sich zwar wegen der ständigen italienischen Luftangriffe weit zurückziehen müssen, aber es war klar, dass Malta und Kreta zu den Pfeilern der britischen Strategie im Mittelmeer geworden waren, zu Pfeilern, die deren Navy unter allen Umständen sichern wollte. Es war nahezu unmöglich, unbeachtet nach Kreta zu gelangen, selbst für den alten Schoner – und trotzdem, wenn der Befehl kommen würde, Maja abzuholen, würde er segeln.

21. Kapitel

Entscheidungen

Reinhard kehrte in der ersten Maiwoche zurück nach Tarent, und seine Ankunft löste innerhalb der kleinen Abwehrgruppe einiges an Aufsehen aus. Was auch immer er im fernen Hauptquartier der Abwehr berichtet haben mochte, es war offensichtlich auf das wohlwollende Interesse des Admirals Canaris gestoßen. Hell glänzte ein einzelner goldener Stern auf den verschlungenen Schulterstücken: Oberstleutnant.

Jörg erfuhr die Neuigkeiten indirekt durch Oberleutnant Degen, der zur *Achat* fuhr. Degen wirkte nicht unbedingt erfreut darüber, dass sein Herr und Meister zurückgekehrt war. »Er scheint bereits zu wissen, dass er bald wichtigere Aufgaben übernehmen wird.«

»Warum ziehen Sie dann so ein Gesicht, Herr Oberleutnant?« Der Skipper lehnte sich in seinem Stuhl zurück und betrachtete den Offizier prüfend. »Geht es Ihnen nicht schnell genug?«

»Nein, das ist es nicht ...« Degen zögerte. »Wir geraten hier an den Rand des Geschehens. Die Lage in Nordafrika ist unter Kontrolle, und wenn Rommel Verstärkungen und Nachschub erhält, dann steht er nächstes Jahr in Ägypten. Jugoslawien und Griechenland haben kapituliert. Es ist nicht gerade so, dass es hier viel für die Abwehr zu tun gibt.« Er gab sich einen Ruck. »Vielleicht erfahren wir morgen mehr. Der Oberstleutnant hat uns gebeten, sich morgen bei ihm zu melden.«

»Er hat gebeten?« Jörg sah Degen verdutzt an. »Nicht befohlen?«

»Gebeten!« Der Oberleutnant nickte bekräftigend. »Zur Mittagszeit, in Uniform.«

Der Skipper verzog das Gesicht. »Sie haben recht, jetzt bin ich tatsächlich besorgt.«

»Kneifen können Sie wohl kaum.« Auf dem Gesicht des Abwehrmannes zeichnete sich ein resigniertes Lächeln ab. »Kann ja nicht so viel sein, bei der derzeitigen Kriegslage.«

Die Männer saßen zusammen in der Messe des Schoners. Ein paar Bier, etwas Gitarrenmusik. Jetzt, mit nur der Besatzung an Bord, wirkte der Raum ungewohnt großzügig und gemütlich. Natürlich trug auch der Geruch von Bratwürstchen mit Kartoffelsalat, der sich unter dem Zigarettenrauch hartnäckig hielt, zur Gemütlichkeit bei.

Anton betrachtete die leer gegessenen Teller und die Bierflaschen. Sie hätten genauso gut an Land gehen können, in eine Kneipe, oder irgendwo den Mädels nachsteigen. In der Zwischenzeit kannten sie sich in Tarent wirklich gut genug aus. Aber sie waren nicht weggegangen. Als hätten sie es verabredet.

»So, wie es jetzt aussieht, neigt sich unser kleines Unternehmen bald dem Ende zu«, erklärte Jörg Wilhelm.

»Beinahe alle unsere Einsatzgebiete sind erobert worden. Die haben nicht mehr viele Orte, an die sie uns schicken können«, meinte dazu Georg Rath. »Ich hätte nicht geglaubt, dass es so weit kommen würde. Nordafrika, der ganze Balkan, mein Gott!«

»Keiner hat es gedacht, Georg.« Der Skipper nahm einen Schluck von seinem Bier. »Wenn sie uns nicht mehr brauchen, dann werden sie uns zurückschicken oder zu einer anderen verrückten Geschichte abkommandieren.« Beinahe konnte er Maja hören. *Sie können uns nicht laufen lassen, wir wissen zu viel.* Sie hatten die Agenten gesehen, sie kannten ein paar der Tricks der Abwehr. War das bereits genug, um den Stab zu brechen? Aber er brauchte nur an Oberstleutnant Reinhard zu denken, um zu wissen, dass es genug war.

Anton beugte sich vor. »Worauf willst du hinaus?«

»Wir alle haben einige von Reinhards Topagenten zu Gesicht bekommen. Wir kennen Tarnnamen, wir wissen, wo wir sie an Land gesetzt haben, obwohl ich bezweifle, dass dieser Teil noch von Belang ist.« Jörg Wilhelm atmete tief durch. »Ich glaube deshalb nicht, dass Reinhard uns einfach nach Hause schicken kann.«

»Mich höchstens zurück zur Luftwaffe, mir den Allerwertesten wegschießen lassen.«

»Wie du zur Luftwaffe gekommen bist, Anton, wird mir immer ein Rätsel bleiben«, bekannte Jörg.

Anton grinste breit. »Die hatten damals keinen Job mit Segeln. Und U-Boot oder gar schwimmende Kaserne war nicht mein Fall. Jemand hat mir erzählt, es gehe bei der Luftwaffe lockerer zu.«

»Nicht so locker, wie du dir vorstellst.« Georg schüttelte den Kopf. »Offensichtlich nicht.«

»Na, du kannst dir ja auch ausrechnen, was mit dir passieren wird.« Der Vorschoter hob die Flasche. »Prost, Dosenfleisch!«

»U-Boot?«

Georg wandte bei Jörgs Frage den Kopf. »Wahrscheinlich. Die brauchen derzeit die meisten Leute.« Er blickte den Skipper ausdruckslos an. »Falls Reinhard uns nicht bei der Abwehr behält.«

»Der Krug geht so lange zum Brunnen, bis er bricht«, gab

Jakob Bär zum Besten. »Wir haben bisher Glück gehabt. Aber ich traue den Kommissköppen nicht.«

Jörg nickte ihm zu. »Im Augenblick gibt es nur zwei Ziele, über die Reinhard nachdenken kann. Kreta und Malta.«

»Beides Scheiße! Die halbe Royal Navy treibt sich dort herum, und in der Zwischenzeit sollten die ziemlich misstrauisch geworden sein.«

»Sie werden es spätestens, wenn sich ein Schoner zu einer der beiden Inseln zu schleichen versucht.« Jörg starrte ins Leere. »Wo auch immer er herkommt, für die Engländer kommt er jetzt aus Feindesland.«

Christian Bergmann hatte allem bisher still zugehört, nun sah er von einem zum anderen. »Ihr klingt, als wolltet ihr einfach abhauen. Das geht doch gar nicht.« Verzweifelt blickte er sich um. »Ich habe meiner Mutter versprochen, heil und gesund wiederzukommen.«

Keiner der älteren Männer lachte. Und keiner widersprach. Nur Georg und Jörg wechselten einen kurzen Blick. Endlich leerte Jörg den Rest seines Biers in einem Zug und knallte die leere Flasche auf die Back. »Keine Sorge, noch ist es nicht so weit.«

»Was?«

»Reinhard wird uns noch einmal losschicken. Ich spüre es in den Knochen. Er ist ein Bastard, so viel habe ich begriffen.«

»Setzen Sie sich, meine Herren.« Oberstleutnant Reinhard schien entschlossen zu sein, einen etwas menschenfreundlicheren Eindruck als Major Reinhard zu hinterlassen. So kam es Jörg jedenfalls vor. Aber vielleicht wirkte der Oberstleutnant auch nur entspannter, nachdem er die begehrte Beförderung erhalten hatte.

»Ich höre, die *Achat* ist einsatzbereit?« Er rieb sich zufrieden die Hände. »Gut, gut!« Für einen Augenblick ruhte sein

Blick nachdenklich auf den beiden jüngeren Männern, die gehorsam Platz genommen hatten. »Große Dinge kündigen sich an. Sehr große Dinge. Und wir werden Ihre Hilfe brauchen, Oberleutnant Wilhelm.«

»Wohin soll es gehen?«

»Kreta!« Reinhard sah, wie sich Jörgs Gesicht verzog, und hob abwehrend die Hand. »Nein, nicht so, wie Sie vielleicht denken. Dieses Mal müssen wir uns etwas Neues einfallen lassen.«

»Etwas Gutes, hoffe ich.« Der Skipper wandte den Blick nicht von Reinhards Gesicht. »Die Engländer sind nervös. Die kontrollieren im Augenblick alles, darauf könnte ich wetten.«

»Lassen Sie sich überraschen, Sie werden rechtzeitig die Details erfahren.« Reinhard grinste wie ein Kater, der eine Schale Milch gefunden hat. »Wir können nicht verhindern, dass Sie angehalten werden, aber wir können verhindern, dass die Engländer Sie aufhalten.«

Jörg spürte die überraschte Bewegung neben sich. Also wusste auch Degen noch nichts von diesen neuen Plänen. Interessant. Der Eindruck, den er schon seit einer Weile hatte, verstärkte sich. Aber nach außen hin konzentrierte er sich auf den Oberstleutnant. »Darüber wüsste ich gerne mehr.«

»Werden Sie erfahren. Genauer, Sie beide werden mich nach Wien begleiten.«

»Wien? Was sollen wir denn da?«

»Es wird eine ziemlich große Runde, mehr darf ich aus Geheimhaltungsgründen nicht verraten. Aber Sie sollten Ihre Messeuniformen mitnehmen.«

»Messeuniform?« Jörg besaß genau eine Uniform, und die hatte ihm Degen als Tarnung besorgt, damals, als sie die *Achat* ausgesucht hatten. Er wusste nicht einmal, was eine Messeuniform von einer normalen Uniform unterschied.

»Wir werden mit der Luftwaffe zu tun haben, und die kann

teuflisch auf Etikette bedacht sein, falls Sie davon noch nichts gehört haben sollten.« Er wandte den Blick zu Degen. »Sie kümmern sich darum? Sie werden ohnehin einen Schneider brauchen.«

»Wie bitte?«

»Einen Schneider, spreche ich Chinesisch?« fragte Reinhard, eher amüsiert denn ungehalten. »Ihrer beider Beförderung ist durch. Ich habe die Nachricht selbst erst erhalten, als ich schon auf dem Sprung zu meinem Flieger war.« Er trat um den Schreibtisch herum und streckte die Hand aus. »Glückwunsch, Hauptmann Degen.« Dann kam Jörg an die Reihe, und der Segler sah ein amüsiertes Funkeln in den Augen des Oberstleutnants. »Und Sie werden Kapitänleutnant, weil die Marine Sie adoptiert hat. Irgendwie wenigstens.«

»Danke, Herr Oberstleutnant.« Jörg lächelte knapp. »Weiß die Marine überhaupt von meiner Existenz?«

Reinhard zuckte mit den Schultern. »Nicht wirklich, aber wir sollten es auch bei diesem Zustand belassen. Sie gehören zur Abwehr, und was Sie genau tun, geht Heer, Marine und Luftwaffe einen feuchten Kehricht an.« Zufrieden lächelte er den beiden anderen Offizieren zu. »Das gilt auch und ganz besonders für Wien.«

Ein paar Tage vergingen, dann flogen Reinhard, Degen und Wilhelm mit einer Transportmaschine der Luftwaffe nach Wien, die altehrwürdige Hauptstadt Österreichs, eine Stadt, wie geschaffen für Besucher. Aber auch Hauptquartier der Luftflotte 4 unter dem General der Flieger, Alexander Löhr. Und natürlich fand Jörg, der noch nie zuvor in Wien gewesen war, keine Zeit, die Stadt zu besichtigen, denn es war die Welt des Militärs, in die ihn Reinhard brachte. Eine Welt voller Eile und Dringlichkeit, vor allem jetzt.

An dem Treffen, zu dem auch die Abwehr gebeten worden

war, nahm etwa ein Dutzend Generäle teil. Schon bevor Löhr die Absichten der Luftwaffe, die natürlich streng geheim waren, den Anwesenden mitteilte, war jedem klar, dass man etwas Neues, etwas noch nie Dagewesenes im Sinn hatte. Allein die Anzahl der Fallschirmjägeroffiziere sprach bereits vor dem Treffen Bände. Doch obwohl Einigkeit darüber bestand, was man tun würde, gab es ein paar Meinungsverschiedenheiten darüber, wie man vorgehen sollte.

Jörg, der mehr oder weniger am Rande des Geschehens stand, stockte der Atem. Militär, das war wirklich nicht seine Welt, und in seiner neuen Uniform kam er sich eher wie ein Schauspieler denn wie ein Offizier vor. Aber in diesen Tagen, im Stab Löhrs, war es beinahe unmöglich, nicht von der Kühnheit des Unternehmens Merkur beeindruckt zu sein. Es ging nach Kreta. Aber da die Royal Navy das Mittelmeer beherrschte, würde es durch die Luft gehen. Die Luftwaffe würde Kreta mit Luftlandetruppen angreifen und einnehmen.

Dieses Mal ging es nicht um ein einzelnes kleines Schiff, nicht um eine Handvoll Agenten. Fünfzehntausend Fallschirmjäger sollten von Flugzeugen und mit Gleitern über der Insel abgesetzt werden. Weitere vierzehntausend Gebirgsjäger sollten von einer Flotte von sechzig Motorseglern unter dem Schutz der italienischen Marine nach Kreta gebracht werden, und weitere Hunderte von Flugzeugen mussten Nachschub und vor allem Munition zu den gelandeten Fallschirmjägern bringen, sobald diese die ersten Flugplätze in ihren Besitz gebracht hatten. Das war der kritische Punkt. Denn die Luftlandetruppen konnten nicht genügend Ausrüstung mitnehmen, um lange durchzuhalten. Sie mussten versorgt werden. Irgendwie.

Oberstleutnant Reinhards Bericht brachte die Entscheidung. Die Truppen der Engländer und Griechen waren schwach. Es gab nicht genügend Munition, die griechischen

Truppen waren mehr oder weniger wertlos und die Engländer von der Niederlage auf dem Festland demoralisiert. General Freyberg, der britische Kommandeur, war bisher noch nicht durch überzeugende Führungsqualitäten aufgefallen. Wesentlichster Punkt des Vortrages war aber Reinhards Überzeugung, gestützt auf die Berichte seiner Agenten, dass die Bevölkerung mit den Deutschen sympathisierte. Siebzehntausend Mann auf Seiten des Gegners und nicht gerade Elitetruppen, das erschien nicht als unschlagbare Streitmacht.

Die Generäle hörten sich den Bericht mit ausdruckslosen Gesichtern an. Aber jeder wusste, es war die Entscheidung, die sie gesucht hatten. Sie waren stark genug, um mehrere Ziele gleichzeitig anzugreifen. Alles, was sie tun mussten, war, sich auf die Auswahl der Ziele zu verständigen.

Erst am späten Abend konnten sich die beiden wichtigsten der Generäle einigen. Löhr, der für eine Konzentration auf die wesentlichen Ziele plädiert hatte, und Kurt Student, der Kommandierende General des XI. Fliegerkorps, der den Angriff durchführen sollte und sich für möglichst gleichzeitige Landungen an allen strategisch wichtigen Stellen der Insel eingesetzt hatte. Es würde vier Landungen in zwei Wellen geben, aber lebenswichtig waren Chania und Maleme. In diesem Gebiet lag der größte Flugplatz der Insel, und gnade Gott den Fallschirmjägern, wenn sie es nicht schaffen sollten, den in ihre Hand zu bekommen.

Als sie wieder zurück nach Tarent flogen, schwirrte Jörg der Kopf von dem, was er gesehen und gehört hatte. Alles, was er wusste, war, dass er wieder nach Kreta sollte. Noch bevor der Ballon platzte. Dieses Mal würde er keine Agenten absetzen, deren Aufgabe es sein sollte, Informationen zu sammeln. Die Passagiere auf dieser Fahrt würden einen gefährlicheren und gleichzeitig tödlicheren Auftrag haben. Aber das war auch schon alles, was der Skipper wusste. Denn bisher hatte Reinhard mit keiner Silbe verraten, wie er die *Achat* durch die britischen Kontrollen bringen wollte. Er musste etwas wissen, das auch Degen noch nicht erkannt hatte. Und dieses Wissen hatte irgendetwas mit Schonern zu tun.

22. Kapitel

Der Sturm braut sich zusammen

»Schneller, marsch, marsch, nach unten mit euch!«

Falls die dunklen Gestalten sich an Antons Drängen störten, dann zeigten sie es nicht. Grimmige Gestalten, bewaffnet bis an die Zähne, waren es, die aus den beiden LKWs auf der Pier sprangen und von dem stämmigen Seemann in aller Eile unter Deck gescheucht wurden.

Für Jörg, der mit Georg an der achteren Reling stand, schien es, als sei sein Schiff zu einem Loch ohne Boden geworden. Einer nach dem anderen verschwanden die Soldaten im Niedergang.

»Vierzig! Es wird höllisch eng werden.«

»Was soll's!«, meinte der Skipper und rekapitulierte noch einmal den Operationsplan. »Wir haben vier Tage Zeit, Kreta zu erreichen. Erste Gruppe zwischen Maleme und Chania, zweite Gruppe westlich von Maleme eine Nacht später.« Er blickte dem letzten der Soldaten nach, der gerade nach unten stieg, zwei schwere Munitionskisten hinter sich herschleifend. »Am Morgen danach geht es los. Wir sollten bis dahin schon ein Stück weg von der Insel sein.«

»Klingt relativ einfach.« Georg waren die Zweifel dennoch anzumerken. »Fragt sich, wie wir es schaffen, an der Navy vorbeizukommen?«

»Reinhard behauptet, das sei kein Problem. Wir haben die britischen Erkennungssignale, und der Oberstleutnant schwört Stein auf Bein, sie sind korrekt.« Er senkte die Stimme. »Es gibt noch mehr.«

»Ich weiß.« Rath blickte seinen Skipper nachdenklich an. »Oder sagen wir, wir ahnten es ja. Kannst du schon darüber reden?«

»Später, wenn wir draußen sind.« Jörg stockte, als der bekannte Kübel von Hauptmann Degen die Pier entlanggerast kam. Abgedunkelt und trotz der Finsternis mit halsbrecherischem Tempo. Mit quietschenden Bremsen kam das Gefährt zum Stehen, und Degen, gefolgt von einem anderen Mann, hastete über die Stelling. »Herr Kaleu, auf ein Wort?«

»Bitte!«

Der Hauptmann wirkte, als stünde er unter Strom. »Es gibt neue Nachrichten.«

»Gehen wir in meine Kajüte.« Der Skipper wandte sich an Georg. »Behalt alles im Auge, ich will in spätestens zwei Stunden hier raus sein.«

»Aye!«

»Wir haben die Bilder von den Aufklärern zu spät bekommen, verdammte Schweinerei.« Degen tigerte ruhelos die paar Schritte Weg hin und her, die ihm die enge Kajüte gestatteten. »Cunningham hat seine Schiffe in Position.«

Andrew Browne Cunningham, 1. Viscount Cunningham of Hyndhope, war der Kommandierende Admiral der britischen Mittelmeerflotte. Jörg erinnerte sich dunkel an einen nicht sehr großen Mann mit einem irgendwie überdimensionierten Kopf. »Ein erstklassiger Segler. Bin vor dem Krieg vor Felixstowe gegen ihn gesegelt.«

»Nett, wer hat gewonnen?«

»Er hatte Pech, sonst wäre es eng geworden.«

Degen witterte eine interessante Geschichte. Unter anderen Umständen hätte er sich die Zeit genommen, sie sich anzuhören, aber Zeit war genau das, was sie jetzt nicht hatten. »Er hat vier Verbände gebildet, soweit wir das aus Aufklärung und Agentenmeldungen erkennen können. Ein Kreuzer steht mit einem Rudel Zerstörer vor Heraklion und hat alles dichtgemacht.«

»Betrifft uns eigentlich nicht, denn wir wollen ja nicht so weit östlich.«

Degen deutete auf die Karte. »Darf ich?« Er nahm einen Zettel aus der Tasche und begann, Positionen zu suchen. »Hier hat die Aufklärung einen Kreuzer entdeckt und hier einen weiteren. Zwei andere Schiffe sind nicht genau identifiziert. Möglicherweise Zerstörer.« Er zögerte. »Und hier, weiter nordwestlich, haben die Flieger zwei weitere entdeckt. Einer davon ein ziemlich dicker Brocken, ein schwerer Kreuzer.«

Jörg betrachtete die Positionen, die Degen ihm gezeigt hatte. »Alles westlich von Heraklion oder sogar nordwestlich von Maleme.«

»Dachte mir, dass Ihnen das nicht gefallen wird.«

Der Skipper schüttelte den Kopf. »Es macht nicht wirklich einen Unterschied. Ob Torpedoboot oder Schlachtschiff, die können alle mit meiner *Achat* kurzen Prozess machen. Alles hängt von den Erkennungszeichen ab und ob die Geschichte stimmt, die Reinhard mir erzählt hat.«

»Die Geschichte stimmt, ich habe nachgehakt.« Degen griff in seine Aktentasche. »Ich habe sogar eine Beschreibung bekommen.« Er lächelte entschuldigend. »Sie können damit wahrscheinlich mehr anfangen.«

Jörg überflog die wenigen Angaben. Ein Schiff, das in der Adria von den Deutschen erwischt worden war, als es Agenten absetzte – englische Agenten. »Ein Schoner wie wir. Minimal größer. Toppsegel.« Er blickte auf. »War ja nur eine Frage der Zeit, bis die Tommys auch auf diese Idee kommen würden.«

»Haben wir uns auch schon länger gedacht, aber es kam ja erst durch die veränderte Situation zum Tragen.«

»Auf jeden Fall setzen die Engländer ebenfalls Agenten mit Schonern ab. Ob erst seit kurzem oder schon eine Weile, wissen wir nicht*, aber wir wissen, dass sie auf Schiffe wie dieses warten, auf Schoner, die korrekte Erkennungszeichen geben.«

»Richtig. Darauf haben wir ja von Anfang an gesetzt. Für alle Fälle hat Oberstleutnant Reinhard jedoch noch einen Agenten namens Anthony abgestellt. Ich glaube, Sie kennen ihn schon.«

»Was soll er bei dieser Sache tun?«

»Anthony ist Engländer. Sollten Sie angehalten werden, und eine Unterhaltung wird notwendig, dann klingt er echt. Er hat zudem eine komplette britische Lieutenant-Uniform dabei.« Ein flüchtiges Grinsen huschte über Degens Lippen. »Und fragen Sie besser nicht, woher wir die haben.«

»Verstehe!«

Degen langte erneut in seine Aktentasche und zog einen weiteren Umschlag hervor. »Erst öffnen, wenn Sie auf See sind.« Das Gesicht des Hauptmannes war ernst. »Eine Hand wäscht die andere, so sagt man doch.« Ohne eine Antwort abzuwarten, richtete er sich auf und salutierte. »Melde mich von Bord, Herr Kaleun!«

Jörg kam auf die Füße und legte die Hand an die verknautschte Mütze, die er trug. »Gute Zeit, Herr Hauptmann!«

---

* Die Engländer setzten Segelschiffe im Mittelmeer im Rahmen der Levante-Schoner-Gruppe bereits seit Mitte 1940 ein. Admiral Cunningham, selber Freizeit- und Regattasegler, hatte die Idee frühzeitig aufgebracht.

Eine halbe Stunde später warf der Schoner die Leinen los. Blass entfalteten sich die Segel in der Dunkelheit, und lautlos wie ein Gespensterschiff verschwand die *Achat* in der Nacht.

»Was glauben Sie, bekommen Sie meine Männer und mich ungesehen ans Ziel?«

Jörg blickte kurz zum Verklicker. »Der Wind steht gut. Wenn die Navy uns nicht kriegt …«

»Machen Sie sich keine Gedanken wegen der Navy, alter Junge.« Anthony lachte wiehernd. »Wir haben die Signale, und sollte einer von denen mit uns sprechen wollen, dann binde ich ihm einen Bären auf, der sich gewaschen hat.«

Rath, der ebenfalls bei der kleinen Gruppe am Ruder stand, musterte Anthony ruhig. »Froh, wieder unterwegs zu sein?«

»Immer.« Der Engländer schmunzelte vergnügt. »Wir wollen doch alle die große Show nicht verpassen.«

Der Major, der die Soldaten an Bord kommandierte, verzog keine Miene. Vielleicht musste er es gar nicht tun, denn in seinem Gesicht prangte eine Narbe, wahrscheinlich von einem Splitter, die ihm ohnehin ein ständiges spöttisches Lächeln zu verleihen schien.

»Sie machen das nicht zum ersten Mal, Major?«, fragte Jörg den Offizier interessiert.

»Narvik.« Ein Wort nur, als würde das alles erklären. Irgendwie tat es das auch.

»Hundertvierzig Meilen bis Kreta, vier Stunden bis Sonnenuntergang.« Wütend ließ Jörg den Stechzirkel fallen. »Verdammter Wind.«

»Das bedeutet mehr als zwanzig Stunden?« Der Major starrte etwas ratlos auf die Karte.

Jörg koppelte den Kurs durch, aber er kannte das Resultat ohnehin. »Morgen Nachmittag, frühestens. Und auch nur, wenn der Wind durchsteht, wir nicht aufgehalten werden und direkt unser Ziel ansteuern können.«

»Das gibt uns immer noch etwas Reserve.«

»Würde es, Major, aber nur rein rechnerisch.« Der Skipper betrachtete den Kurs auf der Karte. Ständige Kreuzschläge. Der Wind war beinahe genau daher gekommen, wo sie hin wollten, und ihr Zeitpolster war dahingeschmolzen wie Butter in der Sonne. »Ich glaube nur nicht, dass der Wind durchsteht.« Er blickte auf seine Notizen zur Operation. »Die Meteorologen haben für die Landung der Fallschirmjäger einen stetigen Wind aus Nord bis Nordwest vorausgesagt. Dazu müsste er noch ein bisschen drehen.«

Tatsächlich blies der Wind im Augenblick ziemlich genau aus Südost. Ein Hauch von Wüste. Mehr als ein Hauch. Die *Achat* lag hoch am Wind, die eine Bordwand war tief ins Wasser gedrückt. Beim letzten Loggen hatte Jakob Bär sechs Knoten ermittelt.

»Das ist in etwa vierzig Stunden.« Der Offizier mit dem Edelweiß an der Mütze schüttelte den Kopf. »Bis dahin kann der Wind noch dreimal drehen, oder?«

»Das schon!« Jörg Wilhelm packte unbeeindruckt die Instrumente wieder in das dafür vorgesehene Fach. »Und beinahe in jede Richtung.«

Der Major packte den Skipper bei den Schultern. »Man hat mir versichert, Sie seien der Beste. Was sagt Ihnen Ihr Instinkt?«

»Sie wollen Ihr und das Leben Ihrer Männer auf meinen Instinkt setzen?«

»Sagen Sie mir was Besseres.«

Jörg atmete tief durch. Der Moment der Unsicherheit verging. Mit plötzlicher Ruhe sah er dem Major ins Gesicht. »Wir werden es nicht schaffen. Der Wind wird noch ein paarmal die Richtung wechseln, aber er wird erst morgen während des

Nachmittags oder am Abend völlig umspringen. Bliebe als Möglichkeit, nach Norden zu drehen und die Funkstille zu brechen.«

»Nicht gerade eine einfache Entscheidung. Die Engländer kriegen es mit und schnappen uns noch auf See.« Der Finger des Majors folgte der Küstenlinie Kretas. »Die Briten haben ein Geschwader vor Heraklion in See, ein zweites vor dem westlichen Ende der Insel.«

»Worauf wollen Sie hinaus?«

»Nur so eine Idee.« Der Major zögerte. »Ich bin Gebirgsjäger von Haus aus und vom Segeln habe ich keine Ahnung. Aber wenn ich es richtig kapiere, können wir es nicht schaffen, weil der Wind wieder genau aus der Richtung blasen wird, in die wir wollen. Sie können unser Ziel bei diesem Wind nicht erreichen, richtig?«

»So in etwa.«

»Gut!« Der Major nickte, offensichtlich zufrieden, dass er die Lage richtig eingeschätzt hatte. »Wir können den Zeitpunkt der ersten Landungen nicht verschieben, aber vielleicht können wir die Landezone verlegen.«

»Wie soll das gehen?«

Der Gebirgsjäger hob die Hände. »Das müssen wir ausknobeln.« Er ließ die Arme wieder sinken. »Unsere Ziele sind zwei Radarstationen an der Küste, die einen frühen Alarm auslösen könnten, wenn die Transporter mit den Fallschirmjägern kommen. Kaum Besatzung, aber die Sache wird bunt, wenn die Engländer versuchen, uns da wieder wegzukriegen.«

Jörg nahm den Gedanken auf. »Also müssen Sie die Radarstationen besetzen, bevor diese die Junkers entdecken, aber auch nicht zu früh, damit keiner begreift, dass es darum geht, einen größeren Angriff zu verschleiern.«

»Ich merke, Sie haben verstanden, worum es geht.« Der Major deutete auf die Karte. »Vom ersten vorgesehenen Absetzpunkt aus sollten wir während der Nacht marschieren, den Tag über in Deckung bleiben und während der folgenden Nacht uns der ersten Station bemächtigen. Die zweite Landezone liegt nur etwa acht Kilometer vom Ziel entfernt.«

»Was bedeutet das?«

»Wir können den Plan umdrehen. Das zweite Ziel zuerst ansteuern und hoffen, das erste Ziel in der folgenden Nacht zu erreichen. Aber dann müssten Sie näher an Maleme heran, als Ihnen lieb sein dürfte.«

Jörg musste sich zwingen, ein unbewegtes Gesicht zu wahren. Er dachte wieder an den Umschlag, der in seiner Kammer lag, an das, was Hauptmann Degen ihm mitgeteilt hatte, nicht ohne Grund, natürlich nicht. Jörg war kein Agent und nie als solcher ausgebildet worden. Aber um ein paar Grundregeln zu begreifen, brauchte man auch kein Genie zu sein. In diesem Geschäft gab es nichts umsonst, man traute keinem über den Weg. Und dann die letzte und wichtigste Grundregel: Genauso, wie jeder seinen Preis hat, so findet sich auch für jeden ein Käufer. Degen würde etwas für die Information erwarten, für die einzige, von der er genau wusste, dass er, Jörg, sie ihm abkaufen würde. Er zwang sich zu einem Lächeln. »Maleme also? Wir sind nicht in den landgebundenen Teil dieser Operation eingebunden. Mit anderen Worten, keiner hat uns erzählt, wo Sie hingehen und was Sie dort tun werden.«

Der Major grinste breit. »Die verdammte Station steht nahe Maleme beinahe am Strand. Ein Stück östlich des Hafens selbst. Wir sollen am Strand entlang vorgehen und alle überraschen.«

»Klingt nach einer Schnapsidee.«

»Nur, wenn Sie hier draußen sind.« Das Grinsen des Majors blieb unverändert, und Jörg wusste, dass der Mann dahinter nur seine Sorgen verbarg. »Im sicheren Lagezimmer klingen solche Pläne immer großartig.«

»Schön!« Jörg studierte die Eintragungen auf der Seekarte. »Dann habe ich noch eine Schnapsidee für Sie.«

»Schießen Sie los!«

Der Skipper rieb sich am Kinn. »Wir werden auch die zweite Landezone in der kommenden Nacht nicht erreichen. Aber wir können sie am Abend, nach Einbruch der Dunkelheit erreichen. Die Männer raus und dann gleich weiter, entlang der Küste, nach Maleme.«

»Die Engländer werden Sie nicht lassen.«

»Nicht, wenn wir versuchen, weiter nach Osten als bis Maleme zu segeln.«

Die Augen des Gebirgsjägers weiteten sich. »Das ist verrückt! Sie wollen ...«

»Ja, ich will direkt nach Maleme hineinsegeln bis an die verdammte Pier. Und ich verlasse mich darauf, dass Sie uns lange genug Feuerschutz geben können, um wieder da rauszukommen, sollte das notwendig sein.«

Für einen Augenblick sahen sich die beiden Männer wortlos an, dann schüttelte der Major erneut den Kopf. »Das ist verrückt ... natürlich, für uns wiederum ...«

»Der Service hat einen Preis.«

»Also hat die Sache einen Haken?«

Jörg nickte, und wieder dachte er an den Brief. »Einen winzigen. Ich glaube, Sie wurden verraten, und die Tommys warten schon am Strand auf Sie.« Befriedigt registrierte er, wie das Gesicht seines Gegenübers sich verfärbte. »Zwei Agenten sitzen in Maleme. Bisher sind sie den Tommys noch nicht aufgefallen, aber ich will, dass Sie mir helfen, sie rauszuholen.«

23. Kapitel

Nicht ganz wie geplant

»Wir brauchen noch zwei Touren.«

Jörg tat sich schwer, einen Fluch zu unterdrücken. »Dann an die Arbeit. Und hurtig, Anton!«

Der Major blickte über die Bordwand und sah den letzten Männern zu, die in das Schlauchboot stiegen. »Natürlich hat keiner daran gedacht, dass Sie nicht weit genug an den Strand rankommen können.«

»Wie das so ist mit solchen Plänen.« Jörg unterdrückte den Wunsch, auf die Uhr zu sehen. Es würde ohnehin nur eine Minute später sein als beim letzten Mal. Eine kostbare Minute, die genauso verronnen war wie die anderen davor. Alles dauerte zu lange. »Beeilung da unten!«

Doch die Männer taten schon, was sie konnten. Das Boot legte ab und wurde mit kräftigen Schlägen in Richtung Strand gerudert.

Schritte erklangen, und im Niedergang erschien eine zunächst undeutliche Gestalt. »Wir haben nicht mehr viel Zeit, Sir.« Offensichtlich handelte es sich dabei um Anthony.

»Wir werden es schaffen.« Jörg wünschte sich, so sicher zu sein, wie er klang. Aber wenn man sich erst einmal entschieden hatte, kamen einem die Dinge nur einfacher vor. Sie waren es nicht wirklich.

»Ich glaube, den Plan einfach zu ändern war nicht gerade die smarteste Idee.«

»Das hängt davon ab, was unsere Freunde da draußen tun werden«, beschied der Major den Agenten.

Unsere Freunde ... Jörg zog eine Grimasse. Sie hatten die Silhouette im Licht der untergehenden Sonne gesehen, mehr wie einen Schattenriss. Aber das Glück war ihnen hold geblieben. Der Zerstörer hatte sich gegen den Westhimmel abgezeichnet, während der Osthimmel bereits ziemlich dunkel gewesen war. Anthony hatte behauptet, die Briten hätten noch keinen Radar auf kleineren Schiffen. Vielleicht stimmte es ja, vielleicht stand auch kein größeres Schiff mit Radar hinter dem Horizont und setzte den Zerstörer an. Vielleicht, vielleicht, vielleicht ... aber jedenfalls hatte das Kriegsschiff keine Anstalten gemacht, sich dem alten Schoner zu nähern.

»Die versuchen, Landungen zu verhindern. Ein armseliger Schoner steht nicht auf ihrer Liste. Und sollten sie auf die Idee kommen, uns zu kontrollieren, haben wir immer noch die Erkennungssignale.«

»Hoffen wir, dass sie ihre Wirkung tun.« Aber Jörg wusste, das würden sie: selbst jetzt noch, wenn die *Achat* entlang der Küste segelte – auf einem Kurs, der beim besten Willen nicht mehr mit einem zurückkehrenden englischen Spionageschiff zu vereinbaren war.

Das Schlauchboot kam zurück. Eine Tour noch. Am Strand war alles ruhig, aber der friedliche Eindruck täuschte. Zwanzig Gebirgsjäger mit Ausrüstung waren abgesetzt. Nicht viel, aber eine tödliche Bedrohung für jede Streife der Tommys, die versehentlich zu nahekommen sollte.

Jörg spürte die unruhigen Bewegungen seiner *Achat* unter den Füßen. Als wollte das Schiff selbst endlich los, die Sache hinter sich bringen. Bald, bald ... unwillkürlich strichen seine Finger über die zerschrammte Reling. Bald.

Im Nachhinein waren die Dinge immer offensichtlich. Georg stand mittschiffs und kontrollierte ein weiteres Mal die Positionen an Deck. Zwanzig Gebirgsjäger warteten unter Deck, aber ein Teil der Waffen war bereits oben. Versteckt hinter der Reling lagen zwei der MGs bereit, zusätzlich zu ihren eigenen, in der Backskiste lag ein leichter Granatwerfer. Sollte es Probleme geben, dann würden die Gebirgsjäger einen gewaltigen Feuerzauber veranstalten. Nicht, dass es gegen einen Zerstörer helfen würde, aber nahe der Küste würden sie es eher mit den britischen Schnellbooten, MGBs und MTBs, zu tun bekommen, und denen konnten sie wenigstens weh tun.

Sie waren verraten worden! Georgs Hirn weigerte sich immer noch, zu glauben, was Jörg ihm in der Abgeschiedenheit seiner Kajüte erklärt hatte. Alles war logisch, und er hatte den Brief selbst gesehen. Und trotzdem …, aber vielleicht machte das einen guten Doppelagenten aus. Dass niemand es vermuten würde. Er lächelte verkrampft. Natürlich, Reinhard hatte Degen nie vertraut. Und dennoch … er zuckte mit den Schultern. Vielleicht sollte er noch einmal die Positionen überprüfen. Wenn es heiß herging, brauchten die Maschinengewehre und der Granatwerfer freies Schussfeld.

»Hoch mit dem Tuch!« Jörg legte sich selbst ins Tau, und zögernd kam die schwere Gaffel in Bewegung. Stück für Stück, mit jedem Hauruck entfaltete sich das Groß und griff mehr Wind. Vom Bug kam der Ruf »Auf und nieder!«, und er spürte, wie die *Achat* sich etwas mehr auf die Seite legte, als Georg das Ruder drehte. Jeder seiner Männer wusste, was er zu tun hatte, sie mussten nur auf die Gebirgsjäger aufpassen. Die Soldaten waren zwar willig, mit Muskelkraft auszuhelfen, aber ständig hatte Jörg das Gefühl, die Gefahr, eine von den Berggemsen könnte im nächsten Augenblick über Bord gehen, sei größer als ihr Nutzen.

Triefend kam der Anker in die Höhe und wurde an Deck gezerrt. Männer eilten ans Schot, und Augenblicke später entfalteten sich auch schon Klüver und Schonersegel. Gehorsam drehte der Schoner auf den neuen Kurs ein, und die Bäume schwangen aus. Raumschots. Vom Bug kam eine wilde Mischung seemännischer und bajuwarischer Flüche, und einer der Männer, Jörg konnte in der Dunkelheit nicht sehen, wer, lag inmitten seiner Kameraden auf dem Rücken und strampelte mit den Beinen.

Schon Augenblicke später passierten sie die Felsen, die den Eingang der kleinen Bucht markierten. Alle Gespräche verstummten, und wache Augen bemühten sich, die Dunkelheit zu durchdringen. Für bange Augenblicke lag nur die See vor ihnen, weit und dunkel.

Dann blitzte ein Licht in der Ferne auf. Ein ungleichmäßiger Rhythmus. Morsezeichen. Und weiter an Backbord antwortete ein zweites Licht. Es mochten alle möglichen Schiffe sein, die da Informationen austauschten. Aber hier und in dieser Nacht konnte es trotzdem nur eines bedeuten: britische Kriegsschiffe.

»Georg, weiter nach Steuerbord.« Jörg sprang zum Niedergang. »Ich kontrolliere noch mal den Kurs!«

Ein paar hektische Augenblicke später war er wieder oben. »Auf Brandung achten!« Er kniff die Augen zusammen und versuchte, die verräterischen weißen Flecken in der Dunkelheit auszumachen.

»Die müssen mindestens fünf Meilen weiter draußen stehen.« Anton plierte noch einmal zu den Morsezeichen hinüber, bevor er sich demonstrativ nach Backbord wandte. »Keine Spur von Brandung, Skipper.«

»Vorsicht ist die Mutter der Porzellankiste.«

Der Major schob sich näher an Jörg heran. »Ich kann gar nichts erkennen. Wie weit sind wir vom Ufer weg?«

»Eine Meile, etwas weniger. Das Wasser ist hier für die dicken Brocken schon zu flach, deswegen müssen die Tommys außen vor bleiben.«

»Zu flach?« Der Major sah plötzlich besorgt über die Bordwand. Mit einem Mal erschien ihm der alte Schoner wahrscheinlich nicht mehr langsam, sondern eher besorgniserregend schnell.

»Sie, Major, könnten zwischen Grund und unserem Kiel gerade noch durchgehen, zumindest wenn Sie den Kopf einziehen.«

»Oh!« Der Offizier blickte verblüfft auf das Wasser, das an der Bordwand entlangrauschte, drehte sich dann um und fragte: »Anthony, haben Sie das gehört?«

»Aber ja doch, Major. Und ich kann eine gewisse Besorgnis nicht verhehlen.«

Dieter durchwühlte in aller Eile die Tasche. Nichts. Unter der Matratze der Koje fand sich auch nichts, im Spind ebenso. Noch einmal suchte Wolters alles ab. Vergeblich. Entweder hatte der Engländer die Erkennungszeichen auswendig gelernt, oder er führte sie Liste mit sich.

Ein paar Herzschläge später stieg der Funker den Niedergang empor und sagte zu Jörg, der ihn erwartungsvoll anblickte: »Schweigen im Walde, Skipper.«

»Ist da nicht was, Skipper?«

»Ja, steuerbord achteraus?« Jörg reckte den Hals, aber zu sehen war nichts. Noch nichts. Doch das Geräusch machte unmissverständlich klar, dass es bald etwas zu sehen geben würde. Man hörte Schnellbootmotoren, aber die schweren Benzinaggregate liefen nicht mit hoher Drehzahl und röhrten daher nicht wie urweltliche Tiere. Was der Wind herantrug, war eher ein sonores Blubbern. Die Tommys liefen Marschfahrt, um Sprit zu sparen. Zwölf Knoten, vielleicht fünfzehn. Das war gar nichts für diese Boote, die um die vierzig Knoten leisten konnten, aber immer noch viel schneller als die *Achat*.

Georg bewegte sich. »Jörg, kannst du kurz das Ruder übernehmen? Ich will nur noch mal kontrollieren, wo wir stehen.«

»Alles klar!« Der Skipper griff nach dem Rad. »Nimm dir nicht zu viel Zeit.«

Vom Ruder aus überblickte Jörg sein Schiff. Er blickte auf schattenhafte Gestalten, nur ein paar waren nahe genug, so dass er sie erkennen konnte. Jeder schien einfach nur herumzuhängen und die milde Nachtluft zu genießen – ein Bild, das ihn an Friedenszeiten erinnerte. Nur waren das hier keine friedlichen Fahrtensegler. Die meisten der Männer waren Gebirgsjäger, und sie hatten ihre Waffen in Reichweite.

Eine Bewegung erregte seine Aufmerksamkeit, und er sah Anthony, der sich von der Reling löste und auf ihn zuschlenderte. Der Mann musste Nerven haben wie aus Stahl. »Werden sie uns einholen, Skipper?«

»Sicher!« Jörg bemerkte den hageren Major, der sich hinter den Engländer schob. Nur für alle Fälle …

Aber der Engländer schien die Gefahr nicht zu spüren. Vielleicht war er gegen solche Empfindungen auch einfach immun. »Wir können sie anrufen, das wird die Boys wecken.«

»Ach ja, die Signale.« Jörg blickte kurz zu den bleichen Segeln hinüber. Immer noch liefen sie raumschots, beinahe schon mit halbem Wind. Eine andere Windrichtung wäre besser gewesen, aber zumindest hatten sie überhaupt Wind. »Die Signale … Nein, warten wir einfach ab. Wahrscheinlich fahren sie sowieso vorbei, ohne uns zu entdecken.« Demonstrativ sah er auf die Uhr. »Drei Stunden bis Maleme. Wir haben alle Chancen, die Tommys immer noch mit heruntergelassenen Hosen zu erwischen, und deswegen hätte ich jetzt gern von Ihnen die Liste.«

»Pardon?«

»Ich sagte, die Liste bitte.«

»Die gibt es nicht«, erklärte der Agent. Ich habe alles im Kopf, alter Junge. Was soll das alles?«

»Sagen Sie mir eines, Anthony ...« Jörg schlug einen beinahe gemütlichen Gesprächston an. »Sind Sie Reinhards Agent? Oder ist Reinhard vielleicht Ihr Agent?«

Keiner der Männer rundherum sprach ein Wort. Der Major und Jörgs Crew waren eingeweiht worden, einer nach dem anderen. Es war schwierig gewesen, miteinander zu sprechen, ohne dass Anthony es mitbekam. Aber es hatte geklappt. Alles, was sie nun brauchten, war die Liste mit den Erkennungszeichen.

»Schnellboote kommen von achtern auf!« Antons Stimme klang drängend.

»Anthony, die Liste bitte. Es muss eine geben.«

Der Engländer versuchte, die Hand in die Tasche zu stecken, aber er erstarrte, als er den Kampfdolch des Majors über seinen Nieren spürte. »Langsam, keine hastigen Bewegungen.« Die Stimme des Gebirgsjägers klang eiskalt.

»Was hat mich verraten?«

Jörg spürte die Erleichterung. Bisher war alles nur eine Vermutung gewesen. Ein Verdacht, den er zu lange von sich gewiesen hatte. Er lächelte müde. »Wenn Reinhard einen britischen Spion gehabt hätte, dann hätte er ihn durch die Abwehr absichern lassen. Sie wären ganz normal im Operationsplan aufgetaucht, und wir hätten Sie von Kreta abgeholt.«

»Aber Sie haben mich doch von Kreta abgeholt!«

»Richtig.« Jörg nickte langsam. »Aber dann hat Reinhard mir die Anweisung gegeben, das auf keinen Fall Degen zu erzählen. Er wusste natürlich nicht, dass Degen mir wiederum erzählt hat, dass Reinhard schon lange auf eine Beförderung aus war und deswegen unser kleines Unternehmen hier bald verlassen würde, so oder so.«

»Ich verstehe nicht?«

»Ganz einfach, Anthony. Reinhard ging die Zeit aus. Er brauchte einen Kontakt. Nur konnte er kaum zu Ihnen kommen, also mussten Sie zu ihm hin. Und nun die Liste, bitte.«

»Es gibt keine …«

Jörgs Stimme wurde schärfer. »Major, durchsuchen.«

Kräftige Hände griffen den Engländer und drückten ihn aufs Deck. Rath zwang ihm ein Tauende zwischen die Zähne und zog zu. Improvisiert, aber so wirksam wie jeder andere Knebel. Augenblicke später wedelte Wolters mit einem Blatt Papier. »Hier …« Er überflog die sauber getippten Eintragungen. »UJ03 – Proceed to Maleme, silent alert, attack imminent.« Er sah auf. »UJ03 – Weiterfahrt nach Maleme, stiller Alarm, Angriff steht kurz bevor.«

Jörg beugte sich nieder. »Sehen Sie, ich wusste, es gibt eine Liste. Weil es einfach zu viele Codes geben musste.« Er richtete sich wieder auf und ignorierte den strampelnden Anthony. Stattdessen sah er Wolters an. »Was geben wir den Tommys?«

»Ich sehe zwei, die in Frage kommen. AN16 – Proceed, situation under control oder ZN12 – Proceed, no signs of imminent attack.«

»Dann nehmen wir AN16 und sehen, was dabei herauskommt.« Jörg schüttelte den Kopf. »Wir wären so oder so auf diese Schnellboote gestoßen. Gleichgültig, ob wir dem ursprünglichen Plan gefolgt wären oder dem geänderten. Es ist ein geplantes Rendezvous.«

»Schnellboote in Sicht.«

Jörg sah den Major an. »Bringen Sie ihn unter Deck, aber wir brauchen ihn vielleicht später noch lebend.«

»Alles klar!«

Es dauerte ein paar Minuten, bis das führende Schnellboot sie anmorste. »XC23! XC23!«

Dieter schaute in der Liste nach. »Anrufsignal, er will Anthony zeigen, dass er der richtige Ansprechpartner ist.« Ein widerwilliges Grinsen erschien auf seinem Gesicht. »Die haben sich das gut ausgedacht.«

»Dann tu dein Schlimmstes.«

Augenblicke später blitzten auch von der *Achat* Signale in die Nacht. »A … N … 1 … 6« Und noch einmal. »AN16 – Weiterfahrt nach Maleme, Situation unter Kontrolle.«

Das Antwortsignal des Schnellbootes kam im Klartext. »Godspeed – Gute Fahrt!«

»Wenn der wüsste!«

24. Kapitel

Die Stunde null

Jörg warf einen prüfenden Blick nach oben. Noch immer wehte die griechische Flagge in der Brise. Aber ein Blick voraus überzeugte ihn, dass es wirklich nur noch drei, maximal vier Meilen waren.

»Ich sehe die Pier!«

Der Hafen von Maleme war nicht groß. Hauptsächlich lagen hier Fischer. Nur zwei lange Holzbrücken ragten als Pier vom Strand weg in die See. Die Pier, die Georg gemeint hatte, lag an Steuerbord. Aber ein Stück weiter, auf einem kleinen Hügel, stand ein viereckiger Betonbau, über dem ein Gittermast in die Höhe ragte. Eine große Antenne bewegte sich in gleichmäßigem Rhythmus vor und zurück. Die Radarstation – ihr Ziel! Wie weit mochte es sein? Von der Pier eine halbe Meile? Nicht ganz ein Kilometer? Viel näher, als der Major und seine Gebirgsjäger hatten hoffen können.

Der Skipper ließ das Glas sinken. »Christian, klar, unsere Flagge zu hissen!« Er sah sich um. »Sag unten Bescheid, dass es losgeht.« Er warf einen kurzen Blick auf die Uhr. Beinahe Viertel vor sechs. Sie waren spät dran, viel später als jemals geplant. Aber noch nicht zu spät.

»Aye, Skipper!«

Jörg hob das Glas erneut. Hinter der Pier stand ein Militärlaster, doch er konnte nirgendwo Soldaten sehen. Aber irgendwo mussten die ja sein. Und sicher gab es auch in den Hügeln jenseits der Radarstation Feldartillerie. Alles kam darauf an, die Gebirgsjäger abzusetzen und so schnell wie möglich aus der Reichweite der Kanonen zu kommen, wo auch immer die Tommys die versteckt haben mochten.

Er spürte das Adrenalin in seinem Körper, musste jedoch einen kühlen Kopf bewahren. Zwei Meilen. Noch immer lag die *Achat* am Wind, den Bug etwas von der Pier weggerichtet. Es wurde Zeit. »Flagge setzen! Klar zur Wende!«

Die griechische Flagge verschwand aus dem Topp und wurde sofort durch eine neue ersetzt. Der Bart war ab, aber einen Angriff unter falscher Flagge fahren, das konnten sie auch nicht tun. Sollte das hier schiefgehen, wären die Engländer berechtigt, einen jeden Mann des Kommandos zu erschießen. Nicht, dass sie es nicht sowieso tun würden.

Von vorne hörte er Antons Stimme. »Klar zur Wende!« Schon sah Jörg, dass der Klüver nicht mehr ganz steif stand.

»Ree!« Er drückte das Rad herum. Die *Achat* luvte an, und beinahe augenblicklich kam der Klüver back. Der Schatten des Baumes bewegte sich über das Deck, als das Groß dem Wind folgte. Für einen kurzen Augenblick lag der Schoner ohne Krängung im Wasser, und der Wind wehte direkt von vorne. Irgendwo knallte es, und eine Wassersäule stieg weit an Steuerbord in die Höhe.

Dann kam die *Achat* durch den Wind und legte sich auf die andere Bordwand. Direkt auf die Pier zu. »Fest!« Laut knatternd füllten sich die Segel wieder, und die *Achat* legte leicht an Fahrt zu.

Ein zweiter Schuss knallte in den Hügeln, und eine Granate flog heulend über sie hinweg. Jörg blickte kurz nach Steuerbord. Die Kanone musste dort irgendwo in den Hügeln stehen. Wahrscheinlich war den Tommys ihre eigene Radarstation im Weg. Seine Augen maßen die Entfernung zur Pier und schätzten die Sekunden. Im Niedergang drängten sich schon die ersten Gebirgsjäger.

»Anton!« Er sah den stämmigen Seemann. »Den Klüver zuerst! Runter mit dem Tuch!«

Die Männer machten sich an die Arbeit. Der Klüver fiel als große, unordentliche Masse Tuch einfach zusammen. Das war nicht das Segelbergen, das sie in See durchgeführt hätten, hier kam es mehr auf Geschwindigkeit an. Hoffentlich gab das später keinen Ärger, aber auslaufen mussten sie sowieso mit der Maschine.

Das Schonergroß kam nieder, als die Männer die Fallen einfach durchrauschen ließen. Als erneut ein Schuss in den Hügeln losdonnerte, verzog Jörg schmerzhaft das Gesicht. Oh heiliger Sankt Nikolaus, Schutzpatron der Seefahrer!

Die Soldaten drängten an Deck, und die Crew hatte etwas zu kämpfen, um den Rest des Manövers zu beenden. Plötzlich waren überall Waffen und Männer im Weg.

Auf der Landseite der Pier rannten ein paar Gestalten in Khaki durcheinander, und Gewehrschüsse krachten – täuschend harmlos, verglichen mit der Kanone in den Hügeln. Doch die Soldaten konnten treffen, während das Geschütz immer noch hilflos über die Mastspitzen schoss.

Ein Gebirgsjäger drehte sich plötzlich im Kreis wie eine Marionette, deren Fäden gerissen waren. Anton warf sich flach an Deck und hielt sich den Arm.

Jörg legte das Ruder hart, und die Restfahrt trieb den alten Schoner an die Pier. Mit einem kräftigen Stoß bohrte sich der Bug hinein, Holz splitterte, und ein paar Bretter flogen durch die Luft. Nicht elegant, aber der Bug bildete eine sichere Brücke, über welche die Gebirgsjäger stürmen konnten.

Das Gewehrfeuer wurde zum Stakkato, als immer mehr Männer das Feuer eröffneten. Ein weiterer Soldat wurde getroffen und kroch über das Deck, eine breite Blutspur hinter sich herziehend.

Jörg ließ das nun nutzlose Ruder los und zog den Kopf ein. Ein Geschoss traf das Kompassgehäuse und jaulte als Querschläger davon.

Nun schien alles gleichzeitig zu passieren: Auf der Pier wurden die graugrünen Kampfanzüge der Gebirgsjäger sichtbar, und der Major führte seine Männer in den Angriff. Krachende Schläge und Staubwolken zeigten an, wo Handgranaten niedergingen.

»Raus mit den Männern!« Jörg robbte an der Reling entlang, während über ihm Kugeln durch die Luft sausten. »Wo ist Christian?«

Rath hob hinter dem Niedergang den Kopf. »Er ist unten, wartet nur auf dein Kommando!«

»Kommst du zu ihm durch?«

Eine Salve schlug in die Reling; Metall und Holzsplitter flogen herum.

»Ich versuche es!« Mit einem Ruck schwang sich Georg in den Niedergang.

Jörg gab es auf, unter Deck zu kommen. Die Engländer hatten sich eingeschossen. Er würde es nicht über die Decksbreite schaffen, ohne sich eine Kugel einzufangen. Maleme, verdammter Mist, was hatten sie hier überhaupt zu suchen?

Ein hohles Heulen erfüllte auf einmal die Luft, dann schlugen weiter draußen drei Granaten auf einmal ein und rissen mächtige Wassersäulen in die Höhe. Jörg blinzelte verdutzt. Obwohl die Einschläge mindestens zwei Kabellängen ablagen, spürte er einen säuerlichen Geschmack auf der Zunge.

Der Rumpf begann, leicht zu vibrieren, und mit Verspätung nahm er das Nageln der Maschine wahr. Georg hatte seine Anweisung weitergegeben. Der Lukendeckel hob sich etwas, und Christian Bergmann spähte hinaus.

»Rückwärts ... lass sie rückwärts laufen!« Jörg riskierte es, den Kopf zu heben. Die wilde Schießerei am Ufer verlagerte sich, und die ersten Gebirgsjäger stürmten den Strand entlang. Aber hinter ihnen blieben auch etliche Gestalten bewegungslos liegen. »Kleine Fahrt!« Er robbte zum Ruder, konnte sich jedoch nicht aufrichten, weil wieder Geschosse herumpfiffen. Verdammt, alles hatte sich so einfach angehört. Rein, die Gebirgsjäger absetzen und wieder raus, um abzuwarten. Abzuwarten, bis die Transportmaschinen mit den Fallschirmjägern kamen. Aber jetzt hing irgendjemand vor dem Strand herum und schmiss mit schweren Koffern.

Wieder wurden Wassersäulen emporgerissen, als Granaten in die See schlugen. Jörg sah drei, aber vielleicht waren es auch vier, und er begriff, dass die Schüsse von einem Kriegsschiff auf der anderen Seite der Untiefen gekommen sein mussten. Entlang des Strandes zogen sich lange Sandbänke dahin. Kein Problem für die kleine *Achat,* aber ein Zerstörer oder gar Kreuzer konnte sich da den Kiel herausreißen, wenn er auflief.

Es war eine Pattsituation, wenigstens so lange, wie die Gebirgsjäger die Tommys an Land beschäftigt hielten. Sie konnten nicht raus, das Kriegsschiff dort draußen nicht zu ihnen hinein. Er sah auf die Uhr. Etwas mehr als eine Stunde noch.

Langsam setzte sich der Schoner in Bewegung. Die Maschine zog das Schiff achteraus aus den Trümmern der Pier. Vom Bug hing Tauwerk ins Wasser, aber ansonsten schien das Schiff so weit in Ordnung zu sein. Der Skipper hob vorsichtig den Kopf und griff nach dem Ruder. »Christian!«

Der Lukendeckel hob sich. Bergmann musste schon gewartet haben. »Umkuppeln!«

Quälend langsam schwenkte das Heck in Richtung Ufer, während sich der Bug zur See drehte. Jörg biss die Zähne zusammen. Dieses Mal sah er die flache Silhouette, die langen

Feuerzungen. Es schien eine Ewigkeit zu dauern, bis die Granaten einschlugen. Wieder in die See, aber dieses Mal näher. Heißes Metall schlug in den Kajütaufbau, aber beinahe sofort war einer der Männer da und kippte eine Pütz Wasser über die dünne Rauchfahne. Bär nahm sich noch die Zeit, Jörg zuzuwinken, bevor er wieder in Deckung ging. Ein Feuer, das hätte ihnen jetzt gerade noch gefehlt.

Die Schraube begann wieder zu drehen, dieses Mal vorwärts. Jörg drückte das Ruder nach Steuerbord. Rum, immer weiter herum! Beinahe kam es ihm so vor, als habe er das seinem Schiff laut zugerufen. Meter um Meter schwenkte der alte Schoner herum, parallel zum Strand.

Die nächsten Granaten schlugen Backbord achteraus ein. Der Tommy schoss gut, aber es musste für ihn bereits die maximale Entfernung sein, und er beging nicht den Fehler, auf das Ufer zuzudrehen. Er wusste wohl, was unter seinem Kiel auf ihn lauerte. Mit einem Fluch gab Jörg die Idee auf, den Zerstörer auf eine der Untiefen zu locken. Der Kommandant da drüben war zu helle für solche Tricks.

Für die *Achat* gab es zwei Möglichkeiten: Entweder sie hielten sich entlang des Strandes und segelten nach Osten, Richtung Heraklion, oder sie blieben hier. Dann konnten sie nur versuchen, die *Achat* an den Strand zu setzen und darauf zu hoffen, sie später wieder aus dem Dreck rauszubekommen. Andererseits, irgendwann wurde das Wasser nach Osten hin tiefer, und es gab Lücken in den Untiefen. Der Zerstörer konnte sie kriegen, und wenn es erst einmal so weit war, würden seine schweren Geschütze den alten Schoner zu Kleinholz verwandeln. Zwei Möglichkeiten, und beide schlossen die Vernichtung der *Achat* mit ein. Jörg packte die Verzweiflung.

Die nächsten Schüsse des Zerstörers lagen backbord voraus, und eine zusätzliche kleinere Wassersäule zeigte an, dass auch die in den Hügeln versteckte Kanone noch immer hinter ihnen her war. Gehetzt blickte er zum Strand. Nahe der Radarstation stieg Rauch auf. Kleine Lichtblitze zeigten an, dass immer noch gekämpft wurde. Hatte sich der Angriff der Gebirgsjäger festgerannt? Alles schien zum Teufel zu gehen!

Ein weiterer Einschlag – dieses Mal stieg die Wassersäule gleich neben der Bordwand auf, und Splitter schlugen bis in die Aufbauten. Der Skipper biss die Zähne zusammen und riss am Ruder. Einmal mehr schwang die *Achat* herum. Der Bug richtete sich auf den Strand, gleich unterhalb der Radarstation. »Christian, kleine Fahrt!« Er brüllte es. »Bereithalten zum Umkuppeln!«

Im Niedergang erschien Jakob Bär. Ein Splitter hatte ihm die Wange aufgerissen. Keine schwere Verletzung, aber er blutete ziemlich heftig. Der große Rostocker trug eines der MGs über der Schulter. Ohne sich um den Skipper zu kümmern, klappte er das Zweibein auseinander und setzte das Magazin auf. Hinter ihm huschte Dieter Wolters aus dem Luk, beladen mit Magazinen. Anton und Georg brachten das zweite Maschinengewehr nach oben. Splitter sausten herum, als eine weitere Granate zu nahe kam, aber dann mussten sie bereits wieder in der Deckung der Radarstation sein. Nur noch der Zerstörer feuerte, aber seine Schüsse lagen kurz.

Gewehrschüsse empfingen sie, als sie näher an den Strand kamen. Eine halbe Kabellänge. »Christian, Maschine stopp!«

Das Nageln verstummte, als habe der Maschinist bereits gewartet. Auf dem Bug ratterte eines der MGs los und deckte den Strand und die Sandsackbarriere vor der Radarstation mit Stahl ein. Das Gewehrfeuer am Strand verstummte.

Jörg hob verdutzt den Kopf. Das Gewehrfeuer verstummte! Nicht nur auf sie wurde nicht mehr geschossen. Soldaten rannten am Strand entlang, wie von Furien gehetzt auf den viereckigen Betonbau zu. Es waren die Gebirgsjäger. Ihre eigenen Leute. Jörg grinste bösartig bei dem Gedanken. Wessen Leute waren sie überhaupt?

Knirschend fuhr der Bug in den Kies, und die *Achat* kam mit einem Ruck zum Stillstand. Für einen kurzen Augenblick schien der Mast vor ihm zu schwanken, aber alles hielt. Jörg taumelte, blieb jedoch auf den Füßen, und vorne feuerten beide Maschinengewehre erneut. Ein paar winzige Figuren in Khaki rannten in die Hügel hinter dem Strand. Im Inneren der Radarstation explodierte etwas.

Ein vielstimmiges Kreischen übertönte alle anderen Geräusche. Das war nicht das Heulen der Granaten, nicht das Jaulen von Querschlägern, sondern ein Ton – lauter und bösartiger –, der aus der Hölle selbst zu stammen schien. Jörg sah sich um und hielt den Atem an. Die Stukas schienen direkt aus der Sonne zu stürzen: steil, als seien die Bomber bereits am Abstürzen, als könne nichts ihren rasenden Fall aufhalten. Die Sirenen unter den Tragflächen heulten auf wie Rachegöttinnen aus einer griechischen Tragödie.

Der Zerstörer zackte wie wild, um den fallenden Bomben zu entgehen, aber schon setzte eine zweite Kette zum Sturzflug an und eine dritte. Krepierende Bomben rissen Sand und Wasser in die Höhe, ein Zeichen dafür, wie nahe der Zerstörer den Sandbänken gekommen war. Tausende von Pferdestärken drückten das gejagte Schiff in eine enge Wende, und der Himmel füllte sich mit dunklen Sprengwolken.

Jörg hielt den Atem an. Weiter draußen erschienen dunkle Punkte am Himmel. Zuerst waren es nur wenige, aber noch während er hinsah, wurden es mehr, immer mehr. Ein paar Augenblicke später waren es bereits zu viele, um sie zu zählen. Maschine um Maschine, in dichter Formation und großer Höhe, scheinbar uninteressiert an dem Drama unter ihnen, zogen die Transportgeschwader auf die Insel zu. Er blickte auf die Uhr: genau Viertel vor acht, pünktlich wie die

Reichsbahn. Die Stunde null, der Angriff auf Kreta, hatte begonnen.

Seine verkrampften Hände lösten sich vom Ruder, und er wandte sich um. Der Zerstörer brannte von einem Ende zum anderen. Es konnte nicht mehr lange dauern.

25. Kapitel

Der Sturm

Der Himmel füllte sich mit Fallschirmen, mit Männern, die an ihren Tragegurten baumelnd durch die Luft sausten, mit Körpern, die noch an den Schirmen hängend von Geschossen zerfetzt wurden. Gleiter, die ebenfalls Fallschirmjäger absetzen sollten, stürzten in die See, nur zweihundert Meter vom Strand entfernt, aber die schwere Ausrüstung zog mehr als einen unter Wasser, und diejenigen, die den Strand erreichten, hatten nur leichte Waffen und wenig Munition.

Draußen vor den Sandbänken rollte das Wrack des Zerstörers herum, das Wasser war allerdings nicht tief genug, dem sterbenden Schiff ein Untergehen überhaupt zu gestatten. Zerschlagen und rauchend blieb das Wrack liegen; die oberen Aufbauten ragten immer noch aus dem Wasser, wie eine Insel, auf der sich Überlebende gesammelt hatten.

Westlich des Flugfeldes gingen ebenfalls Lastensegler voller Fallschirmjäger nieder, aber der Untergrund war nicht so eben, wie man angenommen hatte, und etliche der Landungen waren eher Bruchlandungen. Für einige Minuten verzögerte sich hier die britische Abwehr, überrascht durch die beinahe selbstmörderische Art der Landungen, doch dann stiegen auch westlich des Flugfeldes die Sprengwolken vom Mörserfeuer empor.

In der Stadt quoll Rauch auf, wahrscheinlich waren Gruppen von Fallschirmspringern nicht dort gelandet, wo es geplant gewesen war, sondern weit über Maleme und Umgebung verteilt worden. Diese kleinen Gruppen versuchten jetzt alle, sich zu den ebenfalls abgeworfenen Ausrüstungscontainern auf dem Flugfeld durchzukämpfen, wo das erste Angriffsziel sein sollte. Keiner wusste in diesen ersten etwa dreißig Minuten, was vor sich ging. Es war die erste Stunde des ersten Tages.

Auf der *Achat* hoben die Männer vorsichtig wieder die Köpfe. Das Feuer hatte nachgelassen, wahrscheinlich, weil die Engländer anderweitig beschäftigt waren. Über der Radarstation wehte die deutsche Flagge, aber nach wie vor kauerten Männer an den Ecken und feuerten auf Ziele, die der Besatzung der *Achat* von ihrem gestrandeten Schiff aus verborgen blieben. Der Kampf war also noch keineswegs vorbei.

Jörg richtete sich auf und wandte den Blick nach achtern. Trümmer trieben in der See, dazwischen Körper und schwimmende Männer – es mussten Hunderte sein. Die Soldaten aus den abgestürzten Lastenseglern und auch die Überlebenden des Zerstörers, alle hatten sich im Wasser zu einem Durcheinander aus Körpern vereint, und nur sehr schwer konnte man vereinzelt eine Uniform einer der beiden Parteien zuordnen.

»Christian!«

Der Lukendeckel hob sich, und der Maschinist streckte den Kopf heraus. »Skipper?«

»Wirf deinen Bock an, kleine Fahrt rückwärts, wir versuchen sie aus dem Dreck zu ziehen.«

»Aye!« Der Junge verschwand wieder nach unten, und Jörg begriff, dass viele derer, die an diesem Morgen aus dem Himmel stürzten, nicht älter waren als sein Maschinist. Für einen Augenblick erschreckte ihn diese Erkenntnis, aber dann wandte er sich wieder um. »Anton, Jakob, versucht da vorne mal aufzuklaren. Georg, wo ... ach hier!«

Georg kam auf den Ruf hinter dem Kajütaufbau hervor. »Hier, und noch in einem Stück.«

»Geh ans Ruder, ich will uns flottkriegen, bevor jemand auf die Idee kommt, uns den Rest zu geben.«

»Und danach?«

»Hängt davon ab.« Jörgs Gesicht wurde ernst. »Wenn die Gebirgsjäger die Sache hier im Griff haben, legen wir uns erst einmal an die Pier. Sieht ja so aus, als habe wenigstens die Air Force hier nicht viel zu melden.«

»Ich meinte eher, was hast *du* vor?«

Der Skipper zögerte kurz. Sein Blick glitt nachdenklich über die Rauchwolken. »Ich will jetzt endlich die Wahrheit rausbekommen.«

Es dauerte fast zwei Stunden, die *Achat* wieder in tieferes Wasser zu bekommen. Die Pumpe lief fast ununterbrochen, weil der Rumpf ein paar kleine Einschusslöcher abbekommen hatte, und sie mussten die Vorräte so weit wie möglich nach achtern umladen, um den Bug zu leichtern. Aber langsam, Zentimeter für Zentimeter, schaukelten Maschine und Rudermanöver den Schoner von seinem Kiesbett.

Es war auch höchste Zeit, denn das Feuer am nicht sehr fernen Flugfeld wurde wieder stärker. Ständig donnerten Granaten, und zwischendurch erreichte sie wildes Geknatter. Es mussten Tausende einzelner Schüsse sein, die dort abgegeben wurden.

Kaum schwang die *Achat* an die Pier, erwartete sie bereits der Major. Um seinen Kopf war ein schmutziger Verband geschlungen, und die Mütze war irgendwo verlorengegangen. Verschwunden war der adrette Offizier, die Uniform war schmutzig, an einigen Stellen zerrissen und blutig. Der Gebirgsjäger sah Jörgs Blick. »Ja, war ein hässliches Geschäft.«

»Aber es war erfolgreich?«

»Soweit es uns betrifft.« Der Major zögerte. »Wir haben Funkverbindung zum Bataillonsstab.«

Jörg musterte das besorgte Gesicht. »Raus damit, was ist los?«

»Die wenigen großen Funkgeräte sind zerstört, es gibt keine Verbindung zum Hauptquartier in Athen. Die Fallschirmjäger sind überall verteilt und haben den größten Teil der Ausrüstung verloren.« Der hagere Mann zuckte mit den Schultern. »Und die englische Gegenwehr ist erheblich stärker, als uns vorhergesagt wurde. Am Flugplatz liegen neuseeländische Truppen. Frische intakte Infanterie, nichts mit evakuierten und erschöpften Soldaten vom Festland. Und wenn ich noch rechnen kann, dann haben die viel mehr hier, als die Abwehr behauptet hat.«

»Also wird das Ganze zum Desaster?«

Der Gebirgsjäger blickte über die Schulter zur Stadt. »Wir können uns nicht einfach zurückziehen. Und in ein paar Stunden kommt die zweite Welle an.« Er schüttelte den Kopf, als könnte er alles noch nicht richtig begreifen. »Die Feldjäger haben beim Sturm auf den Flugplatz eins aufs Maul bekommen. Wir sollen hier halten und versuchen, versprengte Fallschirmjäger einzusammeln.«

Das war aus Jörgs Sicht bisher die beste Nachricht, aber er hütete sich, das zu zeigen. »Vergessen Sie unsere Abmachung nicht.«

»Wie schlimm sieht Ihr Boot aus?«

»Schiff … und den Umständen entsprechend gut. Wenn wir Holz finden, können wir die meisten Einschüsse notdürftig stopfen.«

»Also wollen Sie in die Stadt? Diese beiden Agenten rausholen?«

Jörg nickte, obwohl neben ihm Georg scharf die Luft einzog. »So lautete unsere Abmachung. Wir haben Sie bis fast an die Haustür gesegelt.«

»Gott sei Dank haben Sie das!« Der Major trat einen Schritt zurück und salutierte. »Wenn Sie das nicht getan hätten, wären wir über den Strand ins Messer gelaufen. Skipper.«

»Also?«

»Also geben Sie mir eine halbe Stunde, dann können wir los. Ich hoffe, Sie kennen die Adresse?«

»Die Adresse habe ich.« Jörg runzelte die Stirn. »Können Sie Griechisch lesen?«

»Oh weh!« Der Offizier verzog das Gesicht. »Mein Griechisch in der Schule liegt hundert Jahre zurück. Oder länger. Und es war Altgriechisch.«

»Schön, das bringt Sie trotzdem in Vorteil.« Jörg nickte zufrieden. »Georg, während ich weg bin, sieh zu, dass wir so seeklar wie möglich sind.« Er zögerte kurz und sah in die Augen seiner Freunde. »Und sollte hier was anbrennen, sollten die Engländer diese Pier stürmen oder was auch immer, dann haut ihr ab, verstanden? Ihr wartet nicht auf mich.«

»Warum gehst du überhaupt? Alles wegen der Frau eines anderen?« Georg sah ihn unsicher an. »Ich will nicht ...«

»Aber du hast gerade.« Jörg schüttelte den Kopf und war sich des neugierigen Blicks des Majors bewusst. »Die ganze Sache ist ziemlich kompliziert. Und nein, es ist nicht nur wegen Maja.«

Die Straßen waren leer, wahrscheinlich wartete die Bevölkerung in Kellern ab, was weiter geschehen würde. Immer wieder knallten Schüsse, und manchmal schienen sie nur von einer Straße weiter zu kommen, aber wenn die Gebirgsjäger die nächste Querstraße erreichten und um die Ecke spähten, war nichts zu sehen. Es war gespenstisch, denn abgesehen von den einzelnen Schüssen und dem Donner ferner Explosionen war alles wie ausgestorben. Kein Vogel sang, keine streunende Katze überquerte die Straße, keine Hunde, keine Spur von Menschen. Nichts. Nur ab und zu einzelne Schüsse.

Der Major hielt an und gab seinen Männern ein paar Handzeichen. Dann deutete er auf ein Straßenschild an der gegenüberliegenden Häuserwand. »Das könnte die richtige Straße sein.« Er verzog das Gesicht. »Oder meine paar Brocken Griechisch haben mich völlig im Stich gelassen, und es heißt etwas ganz anderes.«

»Nummer 24.« Jörg zog die Pistole aus dem Holster und lud durch. Aus dem Augenwinkel sah er das beifällige Nicken des Soldaten. »Nur für alle Fälle.«

»Nur für alle Fälle, so soll es sein.« Er winkte seinen Männern. »Nummer 24!«

Die Gebirgsjäger, es waren nur vier, die der Major mitgenommen hatte, schwärmten auf beiden Seiten der Straße aus und huschten vorwärts, aber alles blieb still. »Also los! Sprung auf, Marsch Marsch!« Und plötzlich erschien der gar nicht so weite Weg zu Nummer 24 unendlich lang. Während er in weiten Sätzen hinter dem Major herrannte, rechnete Jörg jeden Augenblick mit einem harten Schlag in den Rücken, dem Einschlag einer Kugel. Schwer schnaufend stürzte er in den dunklen Eingang.

Die Wohnung lag im ersten Stock. Natürlich war die Tür verschlossen. Jörg blickte nach unten, wo die Soldaten kauerten. Es wäre einfach, die Tür aufzubrechen, aber … es gab immer ein Aber. Entschlossen zog er die Waffe und drückte ab. Die Kugel fetzte Holz und Metallteile weg. Er riss die Tür auf.

Ante sprang aus einem Zimmer in den Korridor, aber er hielt inne, als er Jörg sah. Oder wenigstens dessen Pistole. »Einen schönen guten Tag!« Die Stimme des Skippers klang völlig ruhig. »Zurück! Wo ist Maja?«

Der Kroate grinste plötzlich. »Sie sind den ganzen Weg wegen ihr gekommen?« Er hob langsam die Hände, hörte aber nicht auf zu grinsen. »So blöde war ich auch einmal.«

»Gut zu wissen!« Jörg hob die Pistole ein paar Zentimeter. »Zurück ins Zimmer. Langsam!«

Der Raum war wohl einmal ein Wohn- oder Esszimmer gewesen, aber nun stand auf dem einzigen Tisch ein Funkgerät, und verschiedene Unterlagen lagen ausgebreitet daneben. Ante nickte knapp. »Athen oder auch Tarent sind zu weit weg.«

»Wie also machen Sie es?«

»Ein Flugzeug, das zu bestimmten Zeiten in unsere Reichweite fliegt und die Meldungen aufnimmt.« Er wandte sich plötzlich um und sah Jörg an. »Für wen arbeiten Sie? Degen oder Reinhard?«

»Das ist die gute Frage.« Der Skipper ließ die Waffe sinken, und Ante entspannte sich etwas. »Wo ist Maja?«

Ante deutete über die Schulter zu einer weiteren Tür. »Schlafzimmer. Ich musste sie fesseln, weil sie versucht hat, mich umzulegen, bevor ich die Meldung durchgeben konnte.«

»Aber jetzt ist die Meldung durch?«

»Vor fünf Minuten.« Antes Blick irrte zum Fenster. Wieder waren in der Ferne Einschläge zu hören, und Jörg meinte, auch das Kreischen von Stukas zu vernehmen. Ihre Blicke trafen sich, und der Kroate hob unsicher die Hände. »Etwas zu spät. Wir sind ins Messer gelaufen.« Nachdenklich sah er Jörg an. »Wie sind Sie dahintergekommen?«

»Reinhard hat seinen Kontaktmann von uns abholen lassen, einen Engländer, und natürlich haben wir geglaubt, der Mann sei einer von Reinhards Agenten. Aber Degen wusste von nichts, und Reinhard wollte auch sicherstellen, dass er davon nichts erfuhr. Vor allem nicht von dem Engländer.«

»Dann wussten Sie mehr als ich.« Er griff nach einer Flasche, die geöffnet auf dem Tisch stand. »Sie erlauben?«

»Bitte!« Jörg sah zu, wie der Kroate sich einen kräftigen Schluck einverleibte. »Und Maja arbeitet für Reinhard?«

»Ja. Ich glaube, sie hat gewusst, was vorging. Deswegen hat sie auch versucht, mich daran zu hindern, eine Meldung abzusetzen. Sie muss meine früheren Meldungen auch gefälscht haben.«

Vor Jörgs geistigem Auge stand ein Bild. Maja, die mit leicht schiefgelegtem Kopf unter Deck stand und lauschte. Er hatte nie darüber nachgedacht, was sie gehört haben könnte. Die Morsesignale aus dem Kartenraum waren für ihn immer so etwas wie ein lästiges Hintergrundgeräusch gewesen. Nie mehr. Aber sie hatte die Zeichen verstanden. »Sie war Ihre Funkerin.«

»Ich habe ihr vertraut.« Ante nahm einen weiteren Schluck. »Nun will ich sehen, dass ich sie zurückbringe. Reinhard wird an die Wand gestellt, das ist so sicher wie das Amen in der Kirche. Degen hat genügend Material. Und nicht nur Reinhard, auch alle, die für ihn gearbeitet haben.« Ein triumphierendes Lachen brach sich Bahn. »Und ich, der kleine kroatische Fischer? Ich kriege einen Orden und werde befördert. So einfach ist das.« Ante zwinkerte. »Vielleicht Major? Oder ich kehre nach Kroatien zurück, nun, da die Ustascha die Macht hat? Die Abwehr kann mir eine Empfehlung schreiben, meinen Sie nicht?« Er hob erneut die Flasche und ließ sich den klaren Schnaps durch die Kehle rinnen.

Die Bewegung kam so schnell, dass Jörg beinahe überrascht wurde. Die Waffe hatte *hinter* dem Funkgerät gelegen! Die beiden Schüsse krachten fast gleichzeitig. Kalk rieselte von der Wand. Ante starrte Jörg mit einem wilden Funkeln in den Augen an. Dann, ganz plötzlich, verzerrte sich sein Gesicht in plötzlichem Begreifen. Langsam, wie in Zeitlupe, fiel er nach hinten um.

Auf der Treppe hörte man schnelle Schritte, und der Major stürmte mit gezogener Pistole ins Zimmer. »Keine Bewe …« Er sah auf Ante. »Was zum Teufel?«

Jörg ließ die Waffe sinken. »Da haben Sie den zweiten Verräter.« Er wandte sich um und ging zur Schlafzimmertür. Noch immer hallte in seinem Kopf der Schuss nach. War es Mord gewesen? Was war in diesen Zeiten überhaupt noch Mord? Er wusste es nicht, aber es würde eine Zeit kommen, in der er darüber in Ruhe nachdenken konnte. Vorsichtig öffnete er die Tür. Maja lag gefesselt und geknebelt auf dem Bett und sah ihn verblüfft an. Eine dünne Blutspur lief von ihrem Mundwinkel über das Kinn, und ein Auge war im Übergang von blau zu grün. Er steckte die Waffe weg und machte sich daran, die Stricke zu lösen.

26. Kapitel

Eine Entscheidung

»Also zurück nach Tarent?«

Jörg blickte Georg müde an. »Das können wir vergessen.«

»Aber ich dachte, Degen hätte dir die Informationen gegeben, weil er dir vertraut hat, Skipper?« Christian Bergmann blinzelte verdutzt. »Oder habe ich das falsch verstanden?«

»Nein, nicht weil er mir vertraut hat, das sicher nicht.« Der Skipper lehnte sich zurück und ließ einen weiteren Schluck Bier durch die Kehle rinnen. »Degen hat geglaubt, Ante sei der Verräter. Ante war so übertrieben überzeugter Nationalsozialist, Anhänger der Ustascha, Judenhasser, alles Mögliche. Degen ist wahrscheinlich gar nicht auf die Idee gekommen, dass der Mann all das wirklich geglaubt hat.«

»Es *musste* einfach eine Maske sein.« Rath nickte. »Und deshalb hat er darüber nachgedacht, was sich wohl dahinter verbarg.« Er verzog das Gesicht. »Reinhard ist ein mieser Hund, aber er versteht sein Geschäft.«

»Also war einer ein Verräter, und der andere tat nur seine Arbeit?« Wolters schüttelte den Kopf. »Wie bist du drauf gekommen, dass Maja und Reinhard zusammenhingen? Mal ganz abgesehen von unserem Freund Anthony?«

»Reinhard hat sich selber entlarvt. Es hätte zwar sein können, dass Anthony eine Falle für Degen war, aber als er wochenlang mit dem Engländer nach Berlin abgeschwirrt ist ...« Er schüttelte den Kopf. »Wie wahrscheinlich ist es, dass Reinhard so ein Ding alleine aufziehen konnte? Oder Degen?«

»Nicht sehr, Tarent liegt nicht gerade im Mittelpunkt ...« Georg sah Jörg verdutzt an. »Oh Mann!«

»Richtig!« Jörg nahm, mehr um Zeit zu gewinnen, einen weiteren Schluck. »Berlin, nicht wahr? Berlin liegt im Mittelpunkt des Geschehens.«

»Aber wieso können wir nicht zurück nach Tarent?«

»Christian, Ante hat eine Meldung gefunkt. In Tarent weiß man, dass Reinhard ein Doppelagent ist. Alle, die für Reinhard gearbeitet haben, sind nun auch verdächtig.«

Die Augen richteten sich auf die Tür der Kammer, in der Maja schlief, aber keiner sagte ein Wort. Es lag an Jörg, weiterzumachen. »Sie besonders. Aber auch jeder von uns.« Er sah sich in der Runde um. »Reinhard hat eine schlaue Auswahl getroffen, nicht wahr? Selbst wenn man uns nicht an die Wand stellt, ein jeder von uns kann einfach verschwinden oder zu einem Himmelfahrtskommando abkommandiert werden. Ende der Geschichte. Keine direkte Familie, Anton war vorher schon reif für ein Kriegsgericht ...«

»Also hat er es von Anfang an geplant?«

»Reinhard hat mich erpresst. Mein Bruder hat einen vierteljüdischen Schwiegervater. Reinhard hat seine Sicherheit garantiert. Ich hoffe, er hat ihn aus Deutschland rausgebracht.«

»Du hast Familie, und meine Mutter wartet darauf, dass ich heimkomme.« Bergmann wirkte immer noch verwirrt.

»Deutschland ist im Krieg.« Rath sah von einem zum anderen. »England, Frankreich, Belgien, Holland, Dänemark, Norwegen, nun auch auf dem Balkan und in der Wüste. Wo wird es weitergehen?«

»Liest hier eigentlich keiner Bücher?« Anton sah die anderen ernst an. Die Crew war seine Familie, die einzige, die er hatte. »*Mein Kampf* ist doch für jeden guten Deutschen Pflichtlektüre.«

»Mein Gott, du hast das Ding wirklich gelesen?« In Bärs Augen erschien ein amüsiertes Funkeln, als er Anton in die Seite stieß. »Ich wusste nicht einmal, dass du lesen kannst.«

Anton machte keine Anstalten, auf den Witz einzugehen. Stattdessen schüttelte er nur ernst den Kopf. »Ihr hättet es lesen sollen. Alles, und sehr aufmerksam.«

»Warum?«

»Weil unser glorreicher Führer, dieser gescheiterte Anstreicher, seine Visionen darin bereits niedergelegt hat. Nieder mit dem Bolschewismus, Lebensraum für die Arier im Osten. Steht alles drin, ist kein Geheimnis.«

»Aber das hat er doch nicht ernst gemeint?« Bergmann schüttelte den Kopf. »Ich hab's ja nicht gelesen, aber ...«

Anton winkte ab. »Das ist das Problem, keiner hat es gelesen. Nun, der Krieg ist da. Wir haben selber genug miterlebt.« Er atmete tief durch. »Das ist erst der Anfang. Bevor das alles vorbei ist, wird es noch erheblich bunter.«

Die Männer starrten Anton verdutzt an. Eine Kneipenschlägerei, unzüchtige Lieder mit vierzig Strophen, all das hatten sie ihm zugetraut und vieles mehr. Aber Bücher? Wenn sie ehrlich waren, hatte keiner von ihnen das Buch wirklich gelesen, auch wenn es überall in den Regalen stand. Kaum jemand hatte es gelesen, wahrscheinlich in ganz Deutschland nicht. Aber nach und nach nickte jeder.

»Russland?« Rath blinzelte. »Das geht niemals gut.«

»Das ist aber nicht unser Problem, nicht im Augenblick.«

»Warte mal, Jörg!« Rath schüttelte den Kopf. »Das ist genau unser Problem.« Er sah sich um. »Keiner hat uns gefragt, ob wir diesen Krieg mitmachen wollen. Und jetzt müssen wir auch noch damit rechnen, an die Wand gestellt zu werden, weil man bei der Abwehr nicht mehr weiß, wem man trauen kann. Das ist doch genau die Situation? Und wenn es uns nicht hier erwischt, dann in Russland oder wer weiß, wo.«

»Was willst du damit sagen?«

»Der Skipper kann nicht zurück. Ein Blinder mit einem Krückstock kann sehen, warum.«

»Wegen ihr?« Bergmann blickte zur Tür.

»Wegen ihr!« Georg schüttelte den Kopf. »Und was mich angeht, so habe ich jetzt schon die Schnauze voll vom Krieg.«

Bär lehnte sich zurück. »Moment mal! Abhauen gut und schön, aber ihr habt mir nicht verraten, wie und wohin.«

»Du hast noch nicht gesagt, ob du überhaupt abhauen willst.« Georg sah den Rostocker fragend an. »Zeit, Farbe zu bekennen.«

»Ich habe auf einer Werft gearbeitet, was glaubst du, wie lange das dauert, bis die mich in eine Uniform stecken.« Er zuckte mit den Schultern. »Wobei ich glaube, dass die eher annehmen, wir hätten alle für Reinhard gearbeitet.«

»Haben wir ja auch.«

Jakob seufzte. »Ich bin Achteljude, wusstet ihr das?« Sein Blick traf Rath. »Frag mich nie wieder, ob ich aus dieser Scheiße abhauen *möchte*!«

»Dieter und Anton?« Christian sah die beiden Männer an. »Was ist mit euch?«

»Ich glaube, Jakob hat recht. Wir stecken zu tief drin, und diese Kerle legen einen auf Verdacht um. Vor allem in Kriegszeiten.« Wolters hob die Flasche. »Also ich bin dabei. Aber es darf kein Verdacht aufkommen, nicht, dass die sonst hinter unserer Verwandtschaft in Deutschland her sind.«

Anton stellte die leere Flasche ab. »Einfache Sache. Wenn der Skipper sagt, wir hauen ab, dann bin ich dabei.«

Christian biss sich auf die Lippen. Er war ledig und ungebunden, hatte nicht viele Freunde, keine Freundin, beides nie wirklich gehabt. Wenn die anderen Jungs Fußball spielten, hatte er immer nur an Maschinen herumgebastelt. Er war immer ein Außenseiter gewesen, bis er als Jonas in die Crew gekommen war. Aber er würde seine Mutter vermissen. Genauso vermissen, wie wenn man ihn in eine Uniform stecken und irgendwo in den Krieg schicken würde. Draußen war es bereits dunkel, aber noch immer donnerten vereinzelte Detonationen. Und Christian Bergmann, achtzehn Jahre alt, konnte den Anblick der Fallschirmjäger, die in der Luft zerfetzt wurden, nicht aus seinem Kopf verbannen. Alles, was er herausbrachte, war ein Flüstern. »Ich bin dabei!« Aber dann wurde seine Stimme wieder kräftiger. »Wir brauchen Öl. Das muss es doch hier irgendwo geben.«

»Und wo?«

»Traktoren, abgeschossene Panzer. Unser Vorrat ist beinahe zur Hälfte weg.« Er zögerte. »Wird nicht einfach, aber vielleicht fällt uns was ein.«

Bär sah den Skipper fragend an. »Du hast schon was ausklamüsert?«

»Ja, aber es fehlen noch ein paar Details.« Er schlug Christian auf die Schulter. »Und wir werden dafür noch etwas mehr Öl brauchen.« Er dachte kurz nach. »Jakob, haben wir Schläuche an Bord?«

»Nein, wozu sollten wir die brauchen?«

»Dachte ich mir.« In Jörg kam Leben. »Christian, können wir das Öl aus dem Zerstörer verwenden? Wenn ja, wie kriegen wir es in unseren Tank?« Er sah sich um. »Georg, seeklar um Mitternacht. Anton, du musst uns etwas basteln.«

»Und was machst du?«

Jörg zuckte mit den Schultern. »Ich muss mich mit Maja unterhalten und mit Anthony.« Er sah die Männer der Reihe nach an. »Das Ding kann genauso gut schiefgehen, das ist euch klar?«

Die vordere Last war so ziemlich der ungemütlichste Raum auf der *Achat*. Aber auch der sicherste, wenn es darum ging, jemanden einzusperren. Wenn man es ganz genau betrachtete, dann war es eigentlich der einzige Raum, in dem man jemanden einsperren konnte.

Jörg stieg über den gefesselten Engländer hinweg und setzte sich auf eine Taurolle. »Wir laufen demnächst aus.«

»Nach Tarent?« Der Mann klang überraschend ruhig. »Von dort aus nach Berlin und in die Keller der Gestapo zur Befragung? Verzeihen Sie, dass diese Aussicht nicht meine Begeisterung weckt, alter Junge.«

Jörg grinste unwillkürlich. »Sie sind ein harter Brocken, Anthony.«

»Das haben meine Lehrer auch schon immer gesagt.« Anthony stemmte sich an der gerundeten Bordwand in eine sitzende Position. »Was wollen Sie?«

»Vielleicht kann ich Ihren Reiseplan etwas ändern?«

Im Gesicht des Engländers zeigte sich zum ersten Mal eine Spur von Interesse, gemischt mit viel Misstrauen. »Ich bin ganz Ohr. Aber ich kann Ihnen keine anderen Agenten nennen, Sie verstehen?«

»Ich glaube nicht, dass Sie überhaupt sehr viele andere Agenten kennen. Außer Oberstleutnant Reinhard natürlich.« Er legte besondere Betonung auf den nächsten Satz. »Und seinen Hintermann.«

»Wie gesagt, ich kann nicht …«.

Jörg winkte ab. »Was halten Sie von Port Said?«

»Das ist am Roten Meer, jenseits des Suezkanals. Wie soll ich nach Port Said kommen?«

»Sehen Sie, das ist genau mein Problem.« Der Skipper streckte die Beine von sich und betrachtete den Engländer genau. »Wenn ich nach Port Said segeln wollte, wäre das möglich?«

»Vergessen Sie es!« Anthony räusperte sich. »Die Kontrollen sind streng, und Sie wären tagelang in der Luftaufklärung von Alexandria. Da kommen Sie nicht durch.« Der Engländer blickte zu Jörg auf. »Andererseits, wenn Sie mit uns kooperieren würden, könnte ich vielleicht Ihre Sicherheit garantieren.«

»Könnten Sie?« Jörg nickte langsam. »Vielleicht könnten Sie das tatsächlich. Lassen Sie uns mal darüber nachdenken. Stellen Sie sich vor …«

Lautlos wie ein Gespenst verschwand der alte Schoner von der Pier, hinaus auf See. Nur wenige sahen überhaupt das Ablegemanöver. Es war eine gefährliche Fahrt, denn draußen lauerte die Royal Navy. Die Kreuzer warteten zwar eher darauf, Truppen abzufangen, die über See nach Kreta gebracht werden sollten, aber sie würde auch die *Achat* nicht ungeschoren davonsegeln lassen. Besonders der Major der Gebirgsjäger hatte Jörg eindringlich gebeten, zu warten. Es würde Verstärkung kommen. Sie würden das Flugfeld einnehmen. Sie würden Kreta erobern. Aber der Skipper hatte seine Befehle, oder jedenfalls hatte er das dem Major so erklärt. Befehl war Befehl, und Befehle waren nicht dazu da, diskutiert zu werden, schließlich waren sie Deutsche. Doch das verhinderte nicht, dass das kümmerliche Häufchen zusammengeschossener Gebirgsjäger dem alten Segelschiff mit einem bangen Gefühl im Herzen nachsah. Aber es gab so vieles zu betrauern oder zu befürchten nach diesem ersten Tag. Viertausend Tote und Verwundete hatte er gekostet, und ob sich die Invasionstruppen würden halten können, wussten die Götter. Vielleicht war es ja doch die richtige Entscheidung, nachts auszulaufen.

Um vier Uhr dreißig, kurz vor Sonnenaufgang, empfingen die deutschen Abhörstationen in Italien und Griechenland einen Funkspruch eines britischen Zerstörers. Zwar war der Spruch verschlüsselt, aber die Codetafeln dieses Schlüssels waren der deutschen Abwehr seit Monaten bekannt. *HMS Parthan* meldete seinem Flaggschiff, ein Segelschiff beschossen und versenkt zu haben, das sich einer Untersuchung widersetzen wollte.

Ein Aufklärer der Luftwaffe auf dem Weg nach Kreta berichtete später von einem Feuerschein auf dem Meer, aber der Flieger war zu weit entfernt, um Genaueres zu berichten. Seine Position zu diesem Zeitpunkt lag etwa zweiundzwanzig Meilen von jener entfernt, welche die *Parthan* gemeldet hatte.

Ebenfalls um vier Uhr dreißig empfing eine Küstenfunkstelle auf Sizilien einen seltsamen Funkspruch im Klartext. »RRRR Achat RRRR …« Der Rest war zu verstümmelt, um einen Sinn zu ergeben. Aber die Peilung passte zu der Position der *Parthan*.

»Wir müssen davon ausgehen, dass die *Achat* bei dem Versuch, nach Tarent zurückzukehren, einem britischen Zerstörer begegnet ist.«

»Sie waren nicht die Einzigen, nicht wahr?« Oberst Reinhards Gesprächspartner beugte sich vor und wählte sorgfältig eine Zigarre aus der Kiste auf dem Tisch. »Die Engländer haben eine Nacht später die Motorsegler erwischt, die Verstärkung nach Kreta brachten.«

»Und am Morgen desselben Tages ein zweites Geleit mit Verstärkung. Man kann sagen, die Engländer waren in diesen beiden Nächten sehr erfolgreich.« Die Augen des Obersts fielen auf den Kalender. Juni, der Sommer 1941, näherte sich seinem Höhepunkt. Und nicht nur der Sommer, darüber waren sich die beiden Männer in diesem Raum im Klaren.

Der ältere Mann zündete sich umständlich die Zigarre an und gab ein paar blaue Wölkchen von sich. »Also ist es sicher, dass die *Achat* gesunken ist und es keine Überlebenden gegeben hat?«

»Alles deutet darauf hin. Es gab ja keine Augenzeugen. Der Zerstörer hat das Schiff einfach zusammengeschossen und dann seine Patrouille fortgesetzt.«

»Oder er hat nach Überlebenden gesucht und sie in der Dunkelheit nicht gefunden. Die Operation war ein Erfolg, vor allem für uns. Ich bedaure, dass es so enden musste, Oberst.«

»Vielleicht ist es so am besten. Degen war mir unangenehm nahe auf den Fersen.«

»Weil Sie sich dämlich angestellt haben, Reinhard.« Der ältere Mann betrachtete den Oberst ausdruckslos. »Aber dieses Problem ist ja jetzt gelöst.«

»Wie …«

Eine Hand wurde gehoben und schnitt jede weitere Frage ab. »Das soll Sie nicht belasten, Reinhard. Hauptmann Degen ist auf Umwegen nach England gereist, um Kontakt mit Agenten aufzunehmen. Sein Fehler, dass die Engländer ihn geschnappt haben.«

»Er ist in Camp 020? Degen weiß sehr viel.«

»Vermutlich.« Der Zigarrenraucher blickte auf. »Wir werden bald wissen, ob das ein Vor- oder ein Nachteil ist.«

Epilog

1942

Die Schlacht um Kreta war bereits Geschichte; deutsche Truppen standen tief in der Sowjetunion, und noch immer kämpfte England verzweifelt ums Überleben, während Deutschland alles zu gelingen schien. Und nun, gerade einen Monat zuvor, war auch Japan in den Krieg eingetreten, hatte in Pearl Harbor die US-Flotte dezimiert und ließ seine Truppen wie Ameisen über die Inseln der Philippinen schwärmen. Es würde Monate dauern, bis Amerika fähig war, etwas zu diesem Krieg beizutragen.

Jörg ließ die Zeitung sinken und schüttelte den Kopf. »Welch ein Wahnsinn! Am Ende wird Amerika den Krieg entscheiden. Einfach, weil sie wirtschaftlich zu stark sind.«

»Das ist weit weg.« Maja lächelte ruhig. Natürlich, ein Teil von Jörg war in Europa zurückgeblieben, wie von ihnen allen. Mochte der Krieg sich auch auf der anderen Seite der Welt abspielen, er bewegte alle. Ein Krieg, der die ganze Welt erfasst hatte. Es war nicht der erste dieser Sorte, und jeder wusste, wie der Erste Weltkrieg ausgegangen war. Aber er breitete sich weiter aus wie ein Flächenbrand – sobald der erste Funke geschlagen war, schien es zum Aufhören zu spät.

Jörg zuckte mit den Schultern. »Es interessiert mich immer noch, irgendwie.« Für einen Augenblick lauschte er den Geräuschen, die durch das geöffnete Skylight drangen. Macao war stets ein geschäftiger Hafen gewesen, aber nun war er einer der wenigen neutralen Seehandelsplätze, ein Ort, um Geschäfte zu machen, saubere wie schmutzige gleichermaßen. Die Grenzen waren ohnehin fließend. »Was machst du heute?«

Maja blickte an ihrem Bauch hinunter. Viel Zeit blieb ihr nicht mehr. »Ich wollte diese Näherin aufsuchen. Ich könnte noch ein Kleid mehr gebrauchen.«

»Wir treffen uns bei Wong-Ho zum Mittag?« Jörg erhob sich. »Georg kommt heute zurück. Oder wenigstens sollte er.«

»Auf Georg ist Verlass.« Die junge Frau betrachtete die Reste des Frühstücks. »Außerdem weißt du längst, dass er kommt.«

»Natürlich.« Jörg lächelte träge. »Der Leuchtturmwärter hat das Schiff gestern Abend schon gemeldet, aber Georg wollte wohl nicht bei Nacht einlaufen. In diesem Durcheinander könnte er leicht Kleinholz machen.« Er sah auf die Uhr. »Ich muss los!« Er beugte sich zu ihr hinunter und gab ihr einen Kuss auf die Wange. »Und nicht überanstrengen, ja?«

Als er über die Stelling ging, musterte er die Pier. »Williams & Co Ltd.« Das Schild konnte neue Farbe vertragen. Trotzdem, es sah gar nicht schlecht aus. Und jetzt, solange der Krieg andauerte, war mit Seetransporten gutes Geld zu verdienen.

»Englischer Sprengstoff?« Oberst Reinhard zuckte mit den Schultern. »Und dazu geräuschlose Säurezünder?«

»Es ist wichtig, dass alle Spuren nach England deuten.«

Reinhard nickte zustimmend. »Das ist mir klar. Aber es wird nicht ganz einfach sein, das zu beschaffen. Und noch schwieriger, die Fracht nach Deutschland zu bringen.«

Der Offizier, der ihm gegenübersaß, nickte. »Die Beschaffung können Sie unseren Freunden überlassen. Was den Transport angeht, verlasse ich mich auf Ihre Kreativität, Oberst.«

»Sehr wohl. Gibt es bereits einen Zeitrahmen?«

»Nein.« Sein Gegenüber schüttelte bedauernd den Kopf. »Der Führer reist sehr viel, es kann sein, dass es Monate dauert, bis sich eine Gelegenheit ergibt. Aber dann müssen wir bereit sein.«

»Ich verstehe!« Oberst Reinhard blickte aus dem Fenster. Januar 1942, und der Krieg im Osten hatte begonnen. Die Zeit drängte.

NACHTRAG

1943 schmuggelte Oberst Fabian von Schlabrendorff zwei mit Sprengstoff gefüllte Cognacflaschen in das Flugzeug Adolf Hitlers, das von Smolensk zum Führerhauptquartier Wolfsschanze zurückfliegen sollte. Der englische Sprengstoff sowie die Säurezünder explodierten jedoch wegen der großen Kälte im Frachtraum der Maschine nicht. Der Sprengstoff war zuvor von Admiral Canaris und Oberstleutnant Erwin von Lahousen persönlich nach Smolensk gebracht worden. Oberstleutnant von Lahousen war Leiter der Abteilung II der Abwehr, also der Auslandsaufklärung.

Canaris sowie einige seiner ranghöchsten Mitarbeiter standen bereits seit 1940 mit dem britischen Geheimdienst MI6 in Kontakt. Auch wenn es mindestens ein Treffen mit dem Chef des MI6 im besetzten Paris gegeben hatte, wurden diese Kontakte meist über Feldagenten abgewickelt. Englische wie auch deutsche Unterlagen der Abwehr erwähnen hier vor allem zwei Codenamen eines solchen Führungsagenten: Anton bzw. Anthony, abhängig davon, ob es sich um englische oder deutsche Unterlagen handelt.

Die Abwehr und auch ihre englischen Gegenspieler setzten während des Krieges viel häufiger Segelschiffe ein, als gemeinhin angenommen wird. Auf deutscher Seite wurden Schoner verwendet, um U-Boote in spanischen Gewässern zu versorgen, Segelyachten brachten Agenten bis nach Südamerika und Nordafrika, und es gab sogar eine einzelne Operation, in der durch einen umgebauten holländischen Lastensegler vor Felixstowe Minen gelegt wurden.

Auf englischer Seite wurden Schoner wie die *Achat* eingesetzt, um Partisanen in Jugoslawien mit Waffen zu versorgen, um Agenten in Italien abzusetzen, aber auch, um diskrete Aufklärung nahe der italienischen Flottenstützpunkte zu betreiben. Gerade im Mittelmeer fanden Schiffe wie die *Achat* beinahe ständig Verwendung, denn damals war das Mittelmeer noch voll von ihnen.

Aber diese Geschichte ist ein Roman. Jede Ähnlichkeit mit lebenden oder damals lebenden Personen wäre daher rein … zufällig.

Die Chronologie der Bolitho-Romane – Fortsetzung

Fieber an Bord
Fregattenkapitän Bolitho
in Polynesien
ISBN 978-3-548-23930-9

Des Königs Konterbande
Kapitän Bolitho
und die Schattenbrüder
ISBN 978-3-548-25331-2

Nahkampf der Giganten
Flaggkapitän Bolitho
bei der Blockade Frankreichs
ISBN 978-3-548-26132-4

Feind in Sicht
Kommandant Bolithos
Zweikampf im Atlantik
ISBN 978-3-548-25080-9

Der Stolz der Flotte
Flaggkapitän Bolitho
vor der Barabareskenküste
ISBN 978-3-548-26457-8

Eine letzte Breitseite
Kommodore Bolitho
im östlichen Mittelmeer
ISBN 978-3-548-24606-2

Galeeren in der Ostsee
Konteradmiral Bolitho
vor Kopenhagen
ISBN 978-3-548-26650-3

Admiral Bolithos Erbe
Ein Handstreich in der Biskaya
ISBN 978-3-548-25735-8

Der Brander
Admiral Bolitho
im Kampf um die Karibik
ISBN 978-3-548-26281-9

Donner unter der Kimm
Admiral Bolitho
und das Tribunal von Malta
ISBN 978-3-548-26314-4

Die Seemannsbraut
Sir Richard
und die Ehre der Bolithos
ISBN 978-3-548-25779-2

Mauern aus Holz,
Männer aus Eisen
Admiral Bolitho am Kap
der Entscheidung
ISBN 978-3-548-26741-8

Mar. 01

Die Chronologie der Bolitho-Romane – Fortsetzung

Das letzte Riff
Admiral Bolitho –
verschollen vor Westafrika
ISBN 978-3-548-25904-8

Dämmerung über der See
Admiral Bolitho
im Indischen Ozean
ISBN 978-3-548-23921-7

Dem Vaterland zuliebe
Admiral Bolitho
vor der Küste Amerikas
ISBN 978-3-548-25905-5

Unter dem Georgskreuz
Admiral Bolitho
im Kampf um Kanada
ISBN 978-3-548-26665-7

Das letzte Gefecht
Admiral Bolitho
vor Malta
ISBN 978-3-548-24737-7

Feindhafen Algier
Geheimauftrag für
Adam Bolitho
ISBN 978-3-548-25601-6

Hatz ohne Erbarmen
Adam Bolithos Jagd
auf die Sklavenschiffer
ISBN 978-3-548-25441-8

Unter Segeln vor Kanonen
Adam Bolitho
im Kielwasser von Sir Richard
ISBN 978-3-548-25906-2

maritim

Mar. 01

Patrick O'Brian

Die Chronologie der Jack-Aubrey-Romane

Kurs auf Spaniens Küste
ISBN 978-3-548-25317-6

Feindliche Segel
ISBN 978-3-548-25318-3

Duell vor Sumatra
ISBN 978-3-548-25319-0

Geheimauftrag Mauritius
ISBN 978-3-548-25203-2

Sturm in der Antarktis
ISBN 978-3-548-25208-7

Kanonen auf hoher See
ISBN 978-3-548-25212-4

Verfolgung im Nebel
ISBN 978-3-548-25320-6

Die Inseln der Paschas
ISBN 978-3-548-25329-9

Gefahr im roten Meer
ISBN 978-3-548-25435-7

Manöver um Feuerland
ISBN 978-3-548-25443-2

Hafen des Unglücks
ISBN 978-3-548-25642-9

Sieg der Freibeuter
ISBN 978-3-548-25643-6

Tödliches Riff
ISBN 978-3-548-25721-1

Anker vor Australien
ISBN 978-3-548-25730-3

Inseln der Vulkane
ISBN 978-3-548-25770-9

Gefährliche See von Kap Hoorn
ISBN 978-3-548-25774-7

maritim

Mar. 28

Die Chronologie der Jack-Aubrey-Romane – Fortsetzung

Der Lohn der Navy
ISBN 978-3-548-26131-7

Der Triumph des Kommodore
ISBN 978-3-548-25902-4

Der gelbe Admiral
ISBN 978-3-548-25903-1

Mission im Mittelmeer
ISBN 978-3-548-26125-6

»Die besten marinehistorischen Romane, die je geschrieben wurden.« *The New York Times Book Review*

maritim

Mar. 28

Julian Stockwin

Die Chronologie der Kydd-Romane

Kydd – Zur Flotte gepreßt
ISBN 978-3-548-25323-7

Kydd – Bewährungsprobe auf der Artemis
ISBN 978-3-548-25439-5

Kydd – Verfolgung auf See
ISBN 978-3-548-25646-7

Kydd – Auf Erfolgskurs
ISBN 978-3-548-25772-3

Kydd – Offizier des Königs
ISBN 978-3-548-26133-1

Kydd – Im Kielwasser Nelsons
ISBN 978-3-548-26404-2

Kydd – Stürmisches Gefecht
ISBN 978-3-548-26463-9

»Stockwin wurde zum Bestsellerautor, weil er seine Leser mitten zwischen die Männer stellt, die vor dem Mast fuhren, ob freiwillig oder gepreßt.« *Daily Express*

maritim

Mar. 07